河出文庫

帰ってきたヒトラー 上

ティムール・ヴェルメシュ
森内 薫 訳

河出書房新社

目次

◈ 帰ってきたヒトラー　上

序章　ドイツで目覚める　11
1章　二〇一一年八月三十日――ヒトラー復活　14
2章　おたくはアドルフ・ヒトラーに見えるよ　28
3章　ガソリン臭い制服　38
4章　ただひとり、私だけの力で　56
5章　ねえ、サインもらえない？　63
6章　そのメイキャップはご自分で？　78
7章　あきれたテレビ　89
8章　プロダクション会社に採用　106
9章　ほんとうの名前　122
10章　骨の髄まで芸人　133

11章　ドイツ式敬礼、知ってます　145
12章　アドレス設定狂想曲　162
13章　愚劣な政治家ども　177
14章　ふたたび表舞台へ　191
15章　総統に乾杯！　214
16章　ユーチューブに出ているんですよ！　232
17章　アクセス数が七〇万回を超えました！　249
18章　お嬢さん、泣かないでくれ　264
著者による原注（上）　277

〈下——目　次〉

19章　新聞の一面に載る
20章　謎の女
21章　〈ウサギ耳の犬〉という名のキツネ
22章　あなたはナチスなの？
23章　極右政党本部への突撃取材
24章　孤独なクリスマス
25章　検察に突き出されるぞ！
26章　〈ビルト〉紙への反撃
27章　〈ビルト〉紙の降伏
28章　グリメ賞の受賞
29章　真実
30章　彼が帰ってきた
31章　狂乱のオクトーバーフェスト
32章　陰謀の真相
33章　ネオナチの襲撃
34章　入院の顛末
35章　英雄の本
36章　また歩き出す

著者による原注（下）
〈ニューヨークタイムズ〉書評
なぜイスラエルで出版できたのか？
解　説　（マライ・メントライン）
訳者あとがき
文庫版訳者あとがき

帰ってきたヒトラー　上

本書について

彼が帰ってきた——だが、アドルフ・ヒトラーが現代によみがえって、いったい何ができるのか？　その答えを知るには、現代のベルリンで彼を目覚めさせてみればいい。空前絶後の風刺小説である本書は、まさにそこから始まる。最初の一ページからもう、痛快な場面の連続だ。何しろ主人公は、テレビのコメディ番組のヒトラーでもなく、ハリウッド映画のヒトラーでもなく、本物のヒトラーだ。まわりを独自の視線で分析し、人々の弱点をナイフより鋭く稲妻より速く見抜き、そして奇怪な論理を堂々と推し進め、さらにそれをゆずらない本物のアドルフ・ヒトラーなのだ。しかし、彼はいたって正気である。

ベルリンのミッテ地区の空き地からキオスクへ、はたまたトルコ人のクリーニング屋へ、そしてついにはテレビ局に。その快進撃をわくわくしながら読み進めていた読者は、同時にわずかな後ろ暗さを感じるはずだ。それは、最初は彼を笑っていたはずなのに、ふと気がつけば、**彼と一緒に**笑っているからだ。ヒトラーとともに笑う——これは許されることなのか？　いや、そんなことができるのか？　どうか、自分でお読みになって試してほしい。この国は自由の国なのだ。今のところはまだ——。

本書の登場人物、およびその行動や性格、会話は、すべてフィクションである。実在の人物とその行動、実在する会社や組織に描写が類似していたとしても、それは偶然の一致である。なぜなら、同様の状況がもしも現実に起きた場合、彼らが本書の描写とちがう行動をとる可能性は全面的には排除できないからだ。著者は次の点をとくに強調しておく。社会民主党のジグマール・ガブリエルも緑の党のレナーテ・キュナストも、アドルフ・ヒトラーと直接会話を交わしたことはない。

序章　ドイツで目覚める

私をいちばん驚かせたのは、おそらくドイツの国民だ。敵が汚したこの大地でこのさき何も生きていけないよう、私はすべてを破壊することに全力を注いだ。橋も、発電所も、道路も、駅も、残らず破壊せよと命令した。今、あらためて調べてみたところ、命令を下したのは三月だった。そして何を破壊すべきかを、私は非常に明確に指示していた――と思う。つまり、何らかの供給施設はすべて、根こそぎ破壊せよと命令したはずだった。水道。電話設備。生産手段。工場。町工場《まちこうば》。駅。それから物的価値のあるものすべて。文字どおり「すべて」を、破壊するのだ！　命令は明解に行わなければならない。国民がほんのわずかも疑念をさしはさむことがないように。読者にもわかるはずだ。とある前線に作戦の全体像を知らぬまま配置され、戦略的な関連性についてろくに知識を持ちあわせていない一介の兵士は、始終戻ってきてこんな質問をしかねない。「あそこにある、あのキオスクに、ほんとうに火をつけなきゃいけないんですか？　あれが、敵の手に渡ってはいけないんですか？　あれが敵の手に落ちることが、そんなにまずいことなんですか？」

もちろんだ！　キオスクを手に入れたら、敵は新聞を読めるではないか！　さらに、敵はキオスクで商売をし、キオスクをわれわれと敵対させ、そのほかにも目に見えるすべてのものをわれわれと敵対させるにちがいない。だからこそすべてを、重ねて言うが、物的価値のあるもののすべてを破壊しなければならないのだ。家だけではない。扉だけではない。ドアノブも。それからネジも、大きなものだけでなく小さなものまですべて。取り去ったネジは、容赦なく折り曲げる。ドアは破壊し、おがくずになるまで粉々にし、燃やしてしまう。そうでもしなければ、無慈悲な敵は好きなようにドアから入って、出て行くだけだ。しかし、こうしてドアノブをぶち壊し、ネジをひん曲げ、ドアを灰の山と化しておけば、やってきたチャーチルはいったいどんな顔をすることか。ともかくこれは、必要なことだ。ひどい話でも、戦争の帰結としてやらなければならないことだ。私はいつでもそれを明確に理解していた。私の命令はけっして、とりちがえられてはならない。たとえ、命令を出す背景が変わろうと――。

ともかく、本来はそうなるはずだったのだ。

ドイツ国民が、イギリスやソ連赤軍のボリシェビキ、そして帝国主義を相手どった叙事詩的な戦いに結果的に敗北したのは否定すべくもない。その結果、国民はそのまま存続する道を奪われ、ありていにいえば、狩猟と採集というもっとも原始的な状態にまで落とされた。そして敗北したドイツ国民はその時点から、水道や、橋や、道路に対する権利を奪われた。それから、ドアノブの権利も――。だからこそ私は、そうなる前に破壊命令を出しておいたのだ。完ぺき主義の私はもちろんあのころ、総統官邸のあたりを何度か自分の足で歩いてみた。そのとき、いやおうなく突きつけられた事実――それは、ほんとうなら私の命令で行うはずだったインフラの大量破壊という仕事を、アメリカ人やイギリス人が空飛ぶ要塞を使って全面的に代行していたことだ。(1)こうした命令のすりかわりを、当時の私がひとつひとつ、詳細にチェックしていたわけではもちろんない。想像がつくだろう。当時の私には、やらねばならないことがたくさんあった。西ではアメリカ軍と戦い、東ではロシア軍の攻撃を防衛。首都ベルリンの都市計画をさらに進め、そのほかにもまだ、山のような仕事があった。破壊命令が及ばずに残っているものがあったら、ドアノブにいたるまで、その破壊はドイツ国防軍が完了させせねばならなかった。させねばならないはずだった――。そして、このときもうドイツ国民は存在すべきでなくなっていたのだ。

とはいえ、ドイツ国民は今もなお、たしかに存在している。

これは私には、大きな謎だ。

そして、もうひとつの謎は、私が今ここに存在することだ。

1章　二〇一一年八月三十日——ヒトラー復活

思い出してみよう——。

目が覚めたとき、あれはおそらく午後のまだ早い時間だった。私は目を開けて、頭上に広がる空を見た。わずかに雲が浮かんだ青い空。気温はあたたかく、四月にしてはいささかあたたかすぎることはすぐ知れた。この陽気は、暑いといってよいほどだ。あたりはほどほどに静かだ。敵の飛行機は見えない。砲声も聞こえない。近くに砲弾が落ちたようすもない。防空サイレンの音もしない。それから総統官邸は——私は頭の中に書きつけた。総統官邸も、総統地下壕も、どこにもない。頭を動かし、あたりを見回してみる。がらんとした空き地に寝かされているようだ。周囲の家はレンガ造りで、壁のあちこちに汚らしい落書きがある。ふつふつと怒りがこみあげ、私はほとんど自動的にデーニッツを呼びつけようとした。海軍元帥のカール・デーニッツ。彼もきっとこのあたりにいるはずだ——。だが頭の霧が晴れ、論理的思考が戻るにつれ、この状況がふつうでないことに私はすぐ気がついた。総統は通常、野営などしない。

　私はまず考えた。昨日の晩、いったい自分は何をしていた？　酒を飲みすぎたはずはない。ふだんから、アルコールはいっさい口にしないのだ。それから頭に浮かんできたのは、妻のエヴァと一緒に柔らかなソファに座っていた記憶だ。[2]ソファに座って私たちは――ともかく私は――呑気にも、しばし国務を忘れようと決めていたのだ。ならば何をするといっても、計画は何もなかった。外食や映画は論外だ。そのときすでに帝都では、そういう種の娯楽はほかならぬ私の命令で間引かれていた。数日後にスターリンが攻め込んでくるかどうかは私にも断言できなかったが、戦局を考えれば、可能性としてまったくないとはいえなかった。[3]はっきりいえるのは、スターリンが活動写真のひとつも見ようと、ここベルリンにやってきたとしても、それは無駄足だということだ。スターリングラードと同じく、今日びのベルリンでそんなものを見ることはできない。

　それよりも、私が何をしていたかだ。エヴァとしばし談笑し、手持ちの古いピストルを見せたのは覚えている。だがそれ以上の細かいことは、寝起きのせいか、何だかよく思い出せない。持病の頭痛のせいだろうか？　もうやめよう。昨晩のことをこれ以上思い出す必要は、当面ないのだから。

　ともかく必要なのは、事態を把握すること。今の自分の状況を、さらに詳しく検証することだ。これまでの人生で学んできたではないか。重要なのは、些細なものごとまで含めて万事を観察し、熟視し、認識することだ。大学出の人間ですらこの重要性を理解するどころか、無視しさえする。だが、私は長年の鍛錬のおかげではっきりこう言える。危機に面したときにも私はふだん以上に落ち着き払い、平静を保ち、感覚を研ぎ澄ますことができる。そして正確に、冷然と、機械のように働いて、情報から得たものを順番にまとめあげていくのだ。たとえば今、私は地面の上に寝ている。あたりを見回すと、すぐ近くにゴミが転がっている。雑草がこちらに、灌木《かんぼく》があちらに生え、ヒナギクやタンポポがところどころに花を咲かせている。何か物音が聞こえる。そう遠くではない。叫び声と、何かが絶えず跳ね返っているような音。その音のする方向を私は見た。あれだ、サッカーで遊んでいる少年たちだ。もう小さな子どもではなく、かといって突撃隊に入るにはまだ年若い、おそらくヒトラーユーゲントの少年たち。敵方がどうやら骨休めをしている今、ヒトラーユーゲントもまた、休息をとっているのだろう。鳥が一羽、木の梢で身動きし、さえずりはじめる。はた目には、ただののどかな光景だ。だが不確実なこの情勢下では、生存競争と自然について熟知する者は、些細なものまであらゆる情報を集め、敵が近くにいないかどうかを考えるものだ。体のすぐ近くに水たまりがある。水たまりは小さくなりかけている。つまり、すこし前に長い雨が降ったということだ。近くに落ちているあれは、私の帽子だ。よく訓練された私の優秀な頭脳は、こんないらだたしい瞬間にも頼もしく働いてくれている。

私は体を起こした。何の問題もない。足を、手を、指を動かしてみる。だいじょうぶ、どこにも傷はなさそうだ。肉体的な状態は上々。持病の手の震えさえもおさまってきたようだ。頭が痛むのを別にすればほぼ完ぺきに健康だといえる。自分の姿を見おろしてみる。服は着ている。制服、つまり軍服を身にまとっている。すこし汚れてはいるが、そうひどいものではない。どこかに生き埋めにされていたわけではどうやらなさそうだ。服には泥の染みと、焼き菓子かケーキのくずのようなものがついている(4)。服の生地からはガソリンのような強いにおいが漂う〔ヒトラーの遺体は死後すぐガソリンをかけて焼却された〕。そうか、おそらくこれはベンジンだ。きっとエヴァが、制服の汚れを落とそうと躍起になって大量のベンジンをふりかけたのだろう。彼女はもしかしたら、まるごとひと瓶のベンジンを私の上に浴びせかけたのかもしれない。でも、エヴァはそばにいない。愛用のステッキもどこかに消えている。軍服の裾と肩から大きなゴミを払っていると、だれかの声が聞こえてきた。

「おい、ちょっと見ろよ！」

「うわあ、なに、この人？」

おそらく私は、助けを必要としているように見えたのだ。三人の少年は、それを正しく理解してくれた。さすがはヒトラーユーゲント。彼らはサッカーの試合を中断し、敬意を払いつつこちらに近づいてきた。当然だ。ドイツ帝国の総統が突然、手を伸ばせば届くほど近くに出現したのだ。ふだんはスポーツや肉体の鍛錬にしか使われない、このうち捨てられた一角で、タンポポやヒナギクの合間から突如、総統本人が姿をあらわしたのだから。まだ大人に成熟していない彼ら少年にとっても、これは類《たぐい》まれなる僥倖《ぎょうこう》のはずだ。少年らは私を助けようと、グレーハウンド犬のようにこちらに駆け寄ってきた。若者は未来である！

少年たちはやや距離をおいて私を取り囲み、私のことをじろじろと見た。その中からいちばん体の大きな、おそらくはこのグループのリーダーだろう少年が、私のほうを向いてこう言った。

「だいじょうぶ？　大将」

大将？

まさかとは思ったが、だれひとりドイツ式敬礼を行わない。たしかに彼らは驚きのあまり、私の称号を言いまちがえたのかもしれない。こんなにややこしい状況でなければ、笑い話になっていたかもしれない。塹壕《ざんごう》の過酷な日常の中でさえ、おかしな出来事は起きないわけではないのだ。だがしかし、兵士たるものどんなに異常な状況下でも、自然に、自動的に、正しい行動をとるべきではないか。それこそが鍛錬の意味だ。それができないような軍隊には、一文の価値もない。

私は立ち上がった。簡単ではなかった。きっとずいぶん長いこと、ここに倒れていたのだろう。私は軍服の裾を正し、ズボンを軽くたたいて埃を払った。そして咳払いをして、リーダー格の少年にたずねた。

「ボルマンは、どこだ？[5]」

「だれそれ？」

いったいどういうことだ？

「ボルマンだ！　マルティン・ボルマン」

「知らねえよ」

「聞いたことないし」

「それどんな人？」

「全国指導者のボルマン！　愚か者どもが！」

　何かが、決定的に、おかしい――。私が今いるこの場所は、政府機構のいっさいから遠く隔たってはいるが、あきらかにベルリンの一角だ。ともかく、早急に総統地下壕に戻るのが先決だ。ここにいる少年らがたいして役に立たないことは、おおかた察しがついた。でもなんとかして、帰り道を探さなくては。今いる、このどことも知れぬ一角は、ベルリンのどこかではあるはずなのだ。ここから通りに出さえすれば、だれかがきっと総統地下壕への道を教えてくれる。敵の攻撃がどうやら長いあいだ中断されている今、通りにはきっと通行人や勤め人や辻馬車がたくさん出てきているはずだ。

　おそらく私は、もう助けが必要ないように見えたのだろう。ヒトラーユーゲントらは、サッカーの試合に戻りたそうなそぶりを見せはじめた。いちばん年長の少年が、仲間のほうに向きなおったとき、私は彼の名前を読みとった。けばけばしい色のスポーツ用シャツの上に、おそらく母親が縫いつけたと思われるその名――。

「ロナウド！　ヒトラーユーゲントのロナウド！　通りにはどうすれば出られるのか？」

少年は振り返りさえしない。残念ながらこの部隊には、文字どおり聞く耳がないということだ。それでも年少のひとりが、気のないようすで空き地の一角を腕で指し示してくれた。よく見ると、そこにはたしかに抜け道らしきものがある。私は心の中に、こう書きつけた。

「教育文化相のルストを罷免および追放！」

一九三三年から教育文化相の座にあるベルンハルト・ルスト。だが、こんな事態を招いた大馬鹿者に、教育制度を任せておいてよいわけがない。若き兵士が自身の指揮官の顔すらわからないようでは、ソ連赤軍ボリシェビキの心臓であるモスクワへと勝利の道を見出すことがどうしてできようか。

私はかがみこんで帽子を拾い、頭に載せると、少年が指さしたほうにたしかな足取りで歩きだした。空き地の角にたどりつくと、高い壁にはさまれた小道があった。小道の向こう側が明るく見える。人慣れない猫が一匹、壁沿いにそばをすり抜けていく。汚い毛並みの三毛猫だ。なおも四、五歩と歩みを進めると、そこはもう大通りだった。圧倒的なまでの光と色の洪水に、私は思わず息をのんだ。

　思い出してみよう――。いちばん最後に目にしたベルリンの町はひどく埃っぽく、軍服の灰緑色に染まっていた。残骸やがれきの山もあった。けれども、目の前に広がる街並みに、そんなものはひとつも見あたらない。がれきはどこかに消えたか、すくなくともきれいにどこかにまとめられたのだろう。道路も片づいている。そのかわりに路肩には、多数の――いやこれは、無数のというべきか――色とりどりの車が停められている。小ぶりだが、これはおそらく自動車だ。設計に大きく協力したのはたぶんメッサーシュミット社。見るからに技術の進歩が感じられるつくりだ。家々の壁は思い思いの色に美しく塗られ、それは、まだ少年だったころに見た砂糖細工を思い出させた。告白すれば、私はこのとき軽いめまいすら感じていた。なにか確かなものはないかと私は視線をさまよわせ、道路の向こうの緑地帯に置かれたみすぼらしいベンチに目をとめた。ベンチをめざして数歩歩く。恥を恐れずに言えば、足元がいささかおぼつかないように見えたかもしれない。ベルの音と、ゴムタイヤがアスファルトをこする音がして、つづけてだれかが私に向かって怒鳴る声が聞こえた。

「ちょっと、おっさん！　気をつけろよ！　どこに目ぇつけてんだ！」

「私は――私は、申し訳ないが……」。驚くと同時に安心したせいか、口から勝手に言葉がとびだした。すぐそばには、自転車とその乗り手がいた。すくなくともこれは、見慣れた光景だ。それに、彼が防護用にかぶっているヘルメット。表面にたくさんの穴があいているのは、敵の攻撃を受けてひどく損壊したせいなのだろう。つまり、今はまだ戦時中なのだ。

「おっさん、どこ歩いてんだよ！」

「私は。失礼、私は、そこに腰かけようと……」

「いっそ寝てろよ。永遠にな！」

私は逃げるようにベンチに向かった。崩れるようにそこに腰かけたとき、おそらくいくらか青ざめていたはずだ。さっきのあの男も、私がだれなのかわかっていなかった。ドイツ式敬礼はやっぱり行われなかったし、男の反応から察するに、彼はありきたりの通行人とぶつかったとしか思っていないようだった。ほかの人々も同様だ。私のすぐそばを、首を振りながら通り過ぎていった年老いた男。超近代型の乳母車を押している、肉づきのよい女。乳母車自体は私にとってなじみのものだが、だからといって、この絶望的状況がどうなるものでもなかった。私は立ち上がり、必死で体をしゃんとさせながら、乳母車の女のほうに歩み寄った。

「失礼、驚かれるかもしれないが、道を……ここから総統官邸に行く最短の道を、今すぐに知りたいのだが」

「あなた、もしかして〈TVトタール〉のスタッフ？　人気バラエティー番組の？」

「失礼？」

「じゃあ、ハーペイ・カーケリングの番組？　それとも、〈ハラルド・シュミット〉？」

元来神経質なせいだろうか、私はこの言葉にむっとして、女の腕を思わずつかんだ。

「ご婦人よ、ふぬけたことを言っている場合か！　同胞としてのつとめを思い出したまえ。今は戦時中なのだ！　ロシアがもしここに攻めてきたら、人民がどんな目にあうか、考えられよ。ロシア兵があなたの幼な子を見て、『なんと初々しいドイツの娘だ！　だがまだ子どもだから、性欲の餌食にはしないでおこう』とでも言うと思っているのか？　ドイツ民族の存続、血の純粋性、そしてわれわれが生き延びられるかどうかは、今日この日の今という時間に、まさに危険にさらされている！　あなたは後世の人々に対して、ひとつの文明を終結させた責任を負う覚悟があるのか？　それも、あなたがその信じがたい偏狭な心でドイツ帝国総統たっての願いをはねつけ、総統官邸への道を教えるのを拒んだそのために！」

　反応は、やはりない。だがもう私は驚かなかった。愚かな女は私の手を振りほどき、あぜんとした顔でこちらを見た。そして私の頭のほうに手のひらを向け、幾度かくるくると円を描くという失礼千万なしぐさをした——。何かが決定的に狂っていることは、もう認めざるをえない。人々は私のことをもはや、指導者として見ていない。帝国総統としても見てはいない。サッカーに興じていた少年たち。年老いた男。自転車に乗っていた男。そして乳母車を押しているこの女。偶然などであるものか。かくなるうえは、秩序回復のため、国家保安機構にこの現状をいそぎ報告しなければ。だが、私は思いとどまった。現状について、まだ十分に理解していないからだ。今の私に必要なのは、さらなる情報だ。

　勤勉さと正確さを取り戻した頭の中で、私は事態を冷静にまとめてみた。私が今いるのは、ひどく心もとないとはいえおそらく、ドイツの、しかもベルリンだ。目の前にあるこのドイツという国は、私の記憶の中のドイツ帝国とはまるでちがう。だが、いくつかのものごとは、たしかに似ている。自転車に乗る人々がいて、自動車が走っていて、それから新聞もおそらくはある。私はあたりを見回した。腰かけているベンチのまさにその下に、新聞のようなものが落ちている。ずいぶんとカネをかけて印刷されたようだが、この時勢に多色刷りとは、いったいどういうことだろう？　紙面には〈メディア・マルクト〉〔ドイツに本社がある欧州最大の家電量販チェーン店〕と大きく書かれている。どれだけ必死に思い出しても、こんなものの発行を許可した覚えはない。いや、ぜったいに許可するはずがない。そこに書かれている情報はまるで意味不明で、紙不足のこのときに、こんな中身のないクズ同然の印刷物に国民の財産である貴重な資源がむだに注がれていることを思うと、憤懣《ふんまん》やるかたない気持ちがこみあげてきた。いつもの書斎に戻ったら、宣伝省次官のフンクに大目玉をくらわせてやらなくては。しかたない、今はともかく信頼のおける情報を集めることだ。ナチスの機関紙〈民族の観察者〉[6]か、〈突撃兵〉[7]紙。それが無理なら、〈パンツァーベア〉[8]紙でもかまうまい。見れば、そう遠くないところにキオスクがあった。驚くほどたくさんの新聞が店先に並んでいることは、ここからでもよくわかる。人々は偽りの平和の中にどっぷりつかっていることに、どうして気づかないのか？　私はいらいらしながら立ち上がった。もう十分すぎるほど、時間を浪費してしまった。今はなんとしても、秩序ある状態を早急に回復しなくてはならない。軍隊には指令が必要なのだ。もしかしたらどこかに、私がいなくて困っている部隊があるかもしれない。私はずんずんとキオスクをめざして歩いた。

近づいてみると、興味深い事実がわかった。店先に並んだ多色刷りの新聞の相当数は、トルコ語のものだったのだ。このあたりは最近は、トルコ人が多く住むようになったのだろう。私が意識を失っているうちに思いのほか長い時間が流れ、そのあいだに大勢のトルコ人がここベルリンに流入してきたのだろうか。これは注目すべき事実だ。トルコ人は私の記憶するかぎり、基本的にドイツ国民の盟友だった。だが、あの手この手で説得を試みても、彼らはつねに中立を保ち、戦争が始まったときもけっしてわれわれの側につこうとはしなかった。でももしかしたら、私がいないあいだにだれかが——おそらく参謀のデーニッツあたりが——ドイツを支持するようトルコを説き伏せたのかもしれない。それに、通りにあふれるこの平和な空気。これはあるいは、トルコが進軍してきた結果、戦況が大きく変わったあらわれではないだろうか？

驚きだ。トルコの人々をいつも敬愛してきたが、このすばらしい成果を正直予測してはいなかった。私は多忙にかまけ、トルコという国の発展を詳しく追いかけることができなかったのだ。おそらくトルコの初代大統領ケマル・アタテュルクの改革が実を結び、この国は画期的な一歩を踏み出したのにちがいない。人々はさぞ驚いたことだろう。あの宣伝相のゲッベルスも、トルコの支援をとりつけるという希望にいつまでもしがみついていた。私は、熱い自信で胸が高鳴るのを感じた。私が、そしてドイツ帝国が、暗闇のどん底にあった瞬間でさえ、勝利への信念を一度たりとも捨てなかったことは、今こうして報われたのだ！

店先にはトルコ語の雑誌も、多色刷りの立派なものが四、五種置かれていた。これは、ドイツとトルコが同盟を結んだことで、ベルリン・ローマ枢軸ならぬベルリン・アンカラ枢軸が成立したことを示す動かぬ証拠だろう。私の心を悩ませていた帝国の繁栄にまつわる大きな懸念は、こんな思いがけない形で解消された。次に解明すべきは、あのさびれた空き地の奇妙な薄明かりの中で、いったいどれほどの時を過ごしてしまったかだ。

私はまず店先で、〈民族の観察者〉紙を探した。ひとつも見あたらない。きっともう売り切れてしまったのだろう。しかたなく、手近にあった信頼できそうな見かけの新聞に目をやった。〈フランクフルター・アルゲマイネ・ツァイトゥング〉〔中道右寄りの高級紙〕。初めて聞く名前だが、ほかの新聞に比べればまだ、題字の古いドイツ文字の書体が信頼できそうに見え、好感を抱いたのだ。私はわき目もふらずに、日付を目で追った。

八月三十日、と書かれている。そして――。

二〇一一年。

私の目はその数字を呆然と、信じられない思いで見つめた。となりに置かれている〈ベルリーナー・ツァイトゥング〉に視線を動かしてみる。こちらの新聞にも立派な飾り文字が使われている。日付は？　日付はどうだろう？

新聞をラックから引き抜いて広げ、次のページを、さらに次のページをめくった。

二〇一一年。

見つめるうち、数字は私をあざ笑うように踊りはじめた。ゆっくりと左に動き、さっと右に戻り、もっとスピードをつけてふたたび左へ揺れる。酒場で大衆がよくやる、あの動きにそっくりだ。私は揺れる数字を追いかけ、それを手でつかもうとした。新聞が手から滑り落ちる。自分の体がくずれおちていくのを感じながら、私はラックの中の別の新聞を必死でつかもうとした。いくつかの新聞にしがみついたまま、私は地面に倒れこんだ。

目の前が暗くなっていった。

2章 おたくはアドルフ・ヒトラーに見えるよ

気がついたとき、私はまだ地面に寝ていた。額に何か冷たいものがのっている。

「具合はどう?」

男が私の上にかがみこんで言った。四十代半ばか、五十代だろうか。チェックのシャツに質素なズボンという労働者風の恰好——。だいじょうぶだ、今度こそは最初の質問でつまずいたりしない。

「今日は、何日だ?」私はたずねた。

「ええと……。八月二十九日。いや待てよ、三十日だ」

「何年の?」声がかすれている。体を起こすと、額の布が膝の上にぽとりと落ちた。

男は、額にしわを寄せて私を見た。

「二〇一一年だけど」。軍服をじろじろ眺めて、男は言葉をつづけた。「何年だと思った? 一九四五年、とか?」

私は答えに困りながら、よろよろと立ち上がろうとした。

「まだ横になっていたほうがいいよ」。男は言った。「せめて座っていなくちゃ。店に椅子があるから」

のんびりしている暇はないと言おうとして気がついた。足がひどく震えているのだ。しかたなく私は、男のあとにつづいて店に入った。男は小さな窓口のそばにある椅子に座り、私のほうを見て言った。

「水でも飲むかい？　よければ、ミューズリーのチョコバーか何かもあるけど」

ぼんやりしながら私はうなずいた。男は立って瓶を持ってくると、グラスに水を注いだ。そして棚から、棒状の何かを取り出した。カラフルな包みだが、中身は非常食か何かだろう。男が包みを破くと、つぶした穀物を固めたような食べ物があらわれた。男はそれを私の手に押しつけた。パンの配給不足は今もまだ解消されていないのか？

「すこし何か、食べたほうがいいよ」。男はふたたび椅子に腰かけ、言葉をつづけた。

「どこかで何か撮っているの？」

「撮っている……？」

「ほら、ドキュメンタリーとか、映画とか。ここらはしょっちゅう、何かを撮っているからね」

「映画……？」

「おっと、いきなりしゃんとしたね」。男は笑って、私のほうを手で指した。「撮影でないとしたら、いつもそんな恰好であたりを歩いているわけ？」

　私は自分の体を見おろした。埃っぽいのとガソリン臭いのを別にすれば、とくに変わったところは見つからない。

「まあ、そうだ」。私は答えた。

　もしかしたら、顔に傷でもあるのだろうか？　私は男にたずねた。「鏡はあるか？」

「もちろん」。男は答えた。「おたくのすぐ近く。〈フォークス〉のすぐ上に」

　指さされたあたりを見ると、何かの雑誌と雑誌のあいだに、〈鏡《シュピーゲル》〉と大きく書かれた何かがさしこまれていた。枠はオレンジ色。下の三分の一は、さしこまれているせいで見えない。〔〈シュピーゲル〉はドイツの週刊誌。オレンジ色の枠の表紙が特徴〕。それにしてもわざわざ鏡と書かないと、鏡がわからない人間がいるものだろうか？　私はそれをのぞきこんだ。

　非の打ちどころのない顔だ。制服もアイロンをかけたてのように、驚くほどぱりっとして見える。きっと、この店の明かりのせいでそう見えるのだろう。

「特集が気になったのかい？」男がたずねてきた。「その(9)〈シュピーゲル〉って雑誌はさ、三号に一回くらいはヒトラーの話を特集しているよ。でも、おたくはこれ以上作りこむ必要なんてないよ。今ので十分だ」

「どうも」。私は上の空で答えた。

「いや、ほんとうに」。男はつづけた。「俺、あの映画を見たんだ。〈ヒトラー　最期の十二日間〉。二回も。主役のブルーノ・ガンツははまり役だったな。でも、あんなの目じゃないね。おたくは全体のたたずまいが……言っちゃなんだが、まったく、あれの本人みたいなんだよね」

私は顔を上げた。「あれの本人？」

「あれ、だよ。〈総統〉！」そう言いながら男は両手を上げ、人差し指と中指をくっつけて数回小さく曲げ伸ばしした。

私は一瞬目を疑った。ドイツ式敬礼は六十六年の歳月を経てここまで変形してしまったのだ！　だが、ともかくそれが受け継がれているのは、私の政治的影響力が今なお残っている証拠ではないか？

私は答礼に肘を曲げ、「私は、総統本人だ！」と言った。

男はまた笑った。「いやはや、堂にいったもんだね」

男の底抜けの明るさをどう受け止めるべきか、私ははかりかねた。でも、状況はだんだんのみこめてきた。

もしもこれが夢でないとしたら（夢ならば、とんでもなく長い夢だ）、今は現実に二〇一一年ということだ。そして、この世界が私にとって目新しいものであるように、この世界にとっては私自身が奇妙な存在なのだ。この世界がまがりなりにも論理的に動いているなら、私は今、百二十二歳になっているか、ずっと前に死んでいるかのどちらかなのだから。

「ほかの役もやるのかい？　どこかで見たような気もするんだけど」

「いや」。私はやや素っ気なく答えた。

「ふうん」。男はいやにまじめな顔をしたあと、ウィンクをしてよこした。

「舞台に出ているんだね？　プログラムはある？」

「当然だ」。私は答えた。「一九二〇年に！　わが同胞ならあなたも、二十五か条綱領というプログラムを知らないわけがなかろう！」

　男は熱心にうなずいた。

「でも、どこで見たんだか、やっぱり思い出せないな。ねえ、チラシか名刺《カルテ》か何か持っていないの？」

「残念だが」。私は悲痛な声で言った。「地図《カルテ》は本部にしかない」

次に何をすべきか、私は頭を整理しようとした。五十六歳の総統だって、ときには人の不信を招くこともある。総統官邸や地下壕の中でさえそうだったのだ——。今だって、そうなっておかしくない。ともかく今必要なのは時間をかせぎ、とるべき道を分析することだ。そのためにもまずは、泊まる場所を見つけなければ。だが、私ははたと気づいた。ポケットに一銭もカネが入っていないのだ。一瞬、不快な記憶が胸によみがえった。一九〇九年当時暮らしていた寄宿舎のことだ。[10] 必然だったとはいえ、それに大学では学べない見識をあそこで得たのは事実とはいえ、あの不自由な日々は楽しい思い出ではない。あの数か月の暗い日々の記憶。侮辱。無視。不安。日々の物資やパンをめぐる心細さ――。それらが一挙に頭に浮かび、私は暗い気持ちになった。なかば放心状態で、私はさっき手渡された奇妙な食べ物をかじった。のけぞるほどの甘みが口に広がった。私はかじりかけのその食べ物をしげしげと眺めた。

「それ、俺も好きなんだ」。男が言った。「よかったら、もうひとつどうだい？」

私は頭を振った。そんなことより大問題がある。わずかでも、毎日の糧《かて》を得る道を探すこと。ともかく必要なのは、宿とカネだ。事態がもっとはっきりするまで、すくなくともしばらくは何か仕事をしなくてはならない。働きながら、もう一度政治の世界に出る可能性と手段を探っていこう。それまでは、なんとかして食い扶持《ぶち》を稼ぐことだ。絵描きでも建築事務所でもいい(11)。当面ということなら、肉体労働もいとわない。もちろん、戦争でもあるなら私の知識が役に立たないともかぎらないが、現状がわからない身にたぶんそれは無理だ。今の私は、帝国がどの国と国境を接しているのか、どの国がドイツ帝国を侵そうとしているのか、どの国に反撃ができるかさえ、さっぱりわかっていないのだ(12)。今しばらくは、パレード用広場や高速道路の建築でも何でも、とにかく自分の手や体を使って収入を得るのに甘んじなければなるまい。

「まじめな話、そんなにすごいネタがあるのに、まだアマチュアなのかい？」男の声が響いた。ずいぶんな言いぐさではないだろうか？

「アマチュアではない」。私はきっぱり言った。「そこらのブルジョワの腑抜けと同じにされては困る」

「ごめんごめん」。男はなだめるように言った。この男はもしかしたら、ほんとうに徹頭徹尾、善意の人間なのかもしれない。彼はさらに言った。「知りたいのはつまり、おたくは何の仕事をしているのかってことだよ」

何の仕事を？　いったいい何と答えればいいのか？

「今はその、しばし……引退を……」。私は注意深く言葉をにごした。

「誤解しちゃ困るよ」。男はやっきになって反論した。「でももし、おたくがほんとうにまだ……いや、ほんと信じられない！　ごめんよ、つまり、ここにはいろんな連中が来るんだ。この町には、エージェントや映画人やテレビの人間がごろごろしているし、みんな、耳寄りな情報や新しい顔を見つけようといつも躍起になっている。でも、おたくは名刺を持ってないと言うし……そうだ、連絡先を教えてくれればいい。電話番号とか、eメールとか」

「それは……」

「そういえば、どこに住んでいるんだい？」

痛いところを突かれた。でも彼はどうやら、悪巧みをしているわけではなさそうだ。私は男の善意を信じようと腹を決めた。

「じつは住まいについては、今……何というか……問題が……」

「そりゃまた。ああ、もしかして、女と一緒だとか？」

一瞬、エヴァのことが頭に浮かんだ。エヴァは、いったいどこにいるのだろう？

「いや」。私は悲痛な声でつぶやいた。「一緒ではない。もう」

「そう」。男は言った。「わかるよ。まだそれから日が浅いわけだ」

「ああ」。私は打ち明けた。「日が浅いといえば、すべてがそうなのだが……」

「うまくいかなくなったのは、最後のほう？」

「そのとおりだ」。私はうなずいた。「許しがたいのは、シュタイナー分隊がロシア軍の撃退命令を無視したことだ[13]！」

男はいらついた顔をした。「女の話をしてるんだけど。それで結局、悪かったのはどっちなわけ？」

「わからない」。私は言った。「結局、悪かったのは……おそらくチャーチルだ」

男はげらげら笑った。それから、何か考えるような顔でしばらく私を見た。

「おたくのそのスタイル、気に入ったよ。そこでひとつ提案があるんだが」

「提案？」

「何も特別なことはできないけど、それでかまわなければ、ここに一晩か二晩泊まってかまわないよ」

「ここに？」私は店を見回した。

「五つ星ホテルにでも泊まれるのかい？」

男の言うとおりだ。私は困惑して床を見つめた。

「見てのとおり……今は持ちあわせが……」。私は認めた。

「いやいや。その才能をしまっておいたんじゃ、それも不思議ないさ。隠れていちゃだめだ」

「隠れたことなどない！」私は抗議した。「あれは、空襲を避けるためだ！」

「まあまあ」。男は私をさえぎって言った。「とにかくね、ここに一晩か二晩はいていいよ。ここに来るお客の何人かに、おたくのことを話してみるから。演劇情報誌の〈テアター・ホイテ〉の最新号とかがちょうど昨日届いて、これからどんどんさばけていく。それを手にとったお客に売り込んでみればいいさ。だいじょうぶ、その恰好だけでインパクト十分だから、ほんとのほんと、何もできなくたって平気だよ」

「つまり、ここにいていいと？」

「当面はね。とりあえず、一緒に一日店番してくれるかい？　そうすれば、だれかが来たときにすぐ紹介できるし。もしだれも来なかったら、まあそんときはそんときさ。もちろん、何かほかに行く当てがあるならかまわないんだけど」

「いや」。私はため息をついた。「つまりその、総統地下壕以外には……」

男はまた笑った。だが突然、笑うのをやめて言った。

「まさかとは思うけど、うちの店を荒らして逃げたりしないよね？」

私はむっとして男を見た。「私が泥棒に見えるとでも？」

男は私を見返して言った。「いや、おたくはアドルフ・ヒトラーに見えるよ」

「そのとおり」。私は言った。

3章　ガソリン臭い制服

これから幾日と幾晩かは、厳しい試練の時になろう。怪しげな出版物や、売り物のタバコや菓子や飲み物に囲まれて数夜を過ごすのは忸怩《じくじ》たる思いだが、いたしかたあるまい。完ぺきではないがまあまあ清潔なソファの上で私は体を丸め、空白の六十六年間を埋める作業を始めた。何かを新しく知って、損になることなどない。凡人であれば、時空を超えるというこんな非現実的な状況をも、自然科学的に解決しようとむなしい努力を重ねるかもしれない。だが私の方法論的かつ思索的な頭脳は事態にすぐ順応し、ぐずぐずと嘆くかわりに新たな事実を受け入れ、探究を始めた。とりあえず見たところ、状況は悪くない方向に変化したようだった。

まず理解したのは過去六十六年のあいだに帝国領内、とくにベルリン区域において、ソヴィエト兵の数が激減していることだ。目にしただけで、その数は三〇から五〇人程度。つまり今は国防軍にとって、敵を蹴散らすまたとない好機ということだ。何しろ、参謀幕僚らが最後に見積もったとき、東部戦線だけで敵兵の数はおよそ二五〇万にも及んでいたのだから。

次の一瞬、こんな想像が頭に浮かんだ。もしかしたら私は、何かの陰謀にはめられ、敵のスパイに誘拐されたのかもしれない。敵は、私の鉄の意志を打ち砕いて機密情報を引きだそうと、大金を投じて巧妙な策を講じ、技術の限りを尽くし、まったく新しい世界を作りあげたのではないか？　そして、私をその世界の中でしばし泳がせているのではないか？　だが、私が今この手で、この目で経験している世界の現実感を思うと、その筋書きはあまりに荒唐無稽に思えた。とにかく、今この現在がどれだけ奇妙であっても、必要なのはすなわち闘うことだ。そして闘争のための第一歩は、状況を解明すること。どんなときでもこれは同じだ。

容易に想像がつくことだが、必要なインフラなしで新しい確実な情報を手に入れるのは、簡単ではない。そして今の私の状況は、きわめて厳しい。まず外交政策についでは、国防省にも外務省にも連絡をとることができない。内政については、ゲシュタポとの接触が断たれている。図書館に赴くのも、今すぐは危険が大きすぎる。当面は、この店にあるたくさんの出版物だけが頼りだが、その中身が信頼に足るものかどうかは、はなはだ怪しい。道行く人が話している言葉や会話の断片についても、同じことがいえる。そんな私に、店の主人は親切にも自前のラジオを貸してくれた。

ラジオの容積は空白の数十年間の技術の進歩により、信じがたいほど小さくなっていた。だが、その中身は一九四〇年当時に比べていちじるしく低下していた。スイッチを押してみると、即座に地獄のような騒音が聞こえてきた。騒音はたびたび、わけのわからない無意味な長話で中断される。私はなおも耳を傾けつづけたが、聞こえてくる中身は変わらなかった。変わるのは、雑音と音声の切り替えが頻繁になることくらいだ。私は数分間で区切れるその騒音に必死で耳を澄ませ、解読を試みた。だが、結局あきらめてスイッチを切った。呆然として十数分、身じろぎもせずに座り込んでいた私は、ラジオの件はとりあえずあとにまわそうと決めた。結局、今のところは手近な紙媒体を頼りにするほか、道はないのだ。ただ、この種の紙媒体がめざしているのは、事実を歴史的に解明することではない。過去にもそうだったし、現在もあきらかにそうだ。

最初の状況分析は、不完全ではあるが、次のようになる。

一、トルコは戦時中、ドイツの味方にはならなかった。
二、大規模なソ連侵攻作戦であるバルバロッサ作戦から七十周年にあたるためか、今現在、ドイツの歴史の中でもとくにこのテーマについて多くの報道がなされている。ただ、報道は総じて否定的な内容で、軍事作戦は失敗だったというのがおおかたの論調だ。そして、どうやら戦争全体もドイツの勝利には終わらなかったようだ。すくなくとも、そう書かれている。

三、私、アドルフ・ヒトラーは事実上死んだことになっている。死因はおそらく自殺。たしかに思い返してみると、信頼できる人間とのあいだでそうした可能性を理論的に討議したような気はする。そして、問題の数時間の記憶が私の中からすっぽり抜け落ちているのも事実だ。だが結局、「私は死んでいるのか否か」を知るには、自分の体を頭からつま先までじっくり眺めてみればいいのではないか？

さて、私は死んでいるのだろうか？

人々の知識とは所詮、新聞から得たものにすぎない。だがその新聞とはいわば、目の見えない人間が話したことを、耳の聞こえぬ人間が書きとめ、村一番の間抜けがそれを書き直し、さらにそれを、よその新聞社が丸写しにしているだけのものだ。何も考えていない民衆を丸めこみ、極上と偽って安酒を飲ませるためなら、嘘で煮出したスープを真の出来事に注ぎかけるくらい、彼らには日常茶飯事だ。ただ、今回の件については私もある程度、彼らを容赦する心づもりがある。何しろ私の身に起きたのは、運命の歯車がふつうにかみあっているかぎり、ぜったいにありえない出来事だからだ。最高の頭脳の持ち主ですら理解しがたいことを、意見の出版人を称する凡庸な彼らがどうして簡単に理解できるというのだ。

四、ともかく、雑食のブタの胃のような脳みそでもなければ、新聞に書かれている混乱した情報は、とても消化できるものではない。彼らが書き散らす軍や軍の歴史についての問題や、政治的な問題や、経済にまでいたる種々雑多な問題は、無知や悪意から生じた誤った評価でとりどりに色づけされている。そんなものは無視するにかぎる。これほど多くの虚言妄言が並べられた紙面を見て、まともな人間の頭がおかしくならないわけがない。

五、さらに許しがたいのは、国家統制を免れた扇動新聞の、その梅毒により退化した脳が、共同幻想的な世界像をまさに白痴的にべらべらとまくしたてていることだ。その紙面を見るだけで、胃が痛みだしそうな気さえする。

六、ドイツ帝国はいわゆる〈連邦共和国〉に屈服したらしい。そしてこの連邦共和国の指揮を執っているのは、どう見ても女だ。ただし、過去には男がその座についていたようだ。

七、複数の政党が復活し、その結果当然ながら、非生産的な政争も復活した。雑草のようにたくましい社会民主主義は、打たれ強いドイツ国民の背後でまたもや無益な策を勝手放題繰り広げ、他の党は党で、あの手この手で国民の財産に寄食するありさま。ふだんは調子のよいことばかり言う嘘つき新聞ですら、どういうわけか、政党の〈仕事〉には手厳しい評価をしている。それはさておきナチスはというと、その活動はもはや停止状態にあるようだ。帝国が敗北したという見方を信じることができるなら、可能性としてありうるのは、ナチスの活動が戦勝国側によって阻害されているか、あるいは組織自体が非合法化されているかだ。

八、〈民族の観察者〉紙はまったく売られていない。このキオスクの店主はあきらかにリベラルな思想の持ち主のようだが、それにしても、この新聞をはじめ民族主義的な出版物は店でいっさい扱っていない。
九、帝国の領土はあきらかに縮小した。いっぽうで周辺諸国のおおかたは以前と同じ面積を保っている。本来存在すべきでないポーランドですら、その領土を減らされるどころか、そもそもドイツ帝国の領土だった場所まで、どさくさにまぎれて持ち去ったようだ。私は冷静になろうと努力はしたが、こみあげる怒りをおさえられず、店の暗がりに向かって思わず叫んだ。「ならば、あの戦争はしなければよかったということか！」
十、帝国の通貨だったマルクはもはや使われていない。そのかわり、私の悲願だった、マルクを欧州全体の通貨に格上げするという概念が、どうやらほかのだれかの手で実現に移されたようだ。実行したのはおそらく戦勝国側のあさはかな素人連中だろう。ともかく今は〈ユーロ〉という人工的な通貨で商取引は行われているが、はたしてと言うべきか、巨大な不信をも引き起こしている。その首謀者がだれかは知らぬ。だが私なら、こうなることをそいつに、ただちに忠言していただろうに。
十一、当面、社会は部分的には平和に見えるが、軍隊は今も存在し、戦争をしている。現在の軍隊は〈連邦軍〉の名で呼ばれ、技術の進歩のおかげとはいえ、うらやましいような状態にある。発表されている数字を信じてよいとすれば――いやこの数字自体、戦場でのドイツ兵がほとんど不死身だと考えなければ、とうてい信じがたいものではあるのだが――〈連邦軍〉がこうむっている被害はきわめて少ない。ひるがえって、往時の私の悲劇的な運命や、総統地下壕で過ごしたいくつもの苦難の夜を思うと、私の喉からは知らず、うめき声がもれた。この悲しみをだれが想像できようか。あのころ、総統地下壕の状況分析室で私は心痛でやつれた顔で地図を見おろし、悪意の世界に憤り、運命と必死に格闘していた。当時、あちこちの戦線で兵士が命を落とし、犠牲者は四〇万人を超えていた。しかもその数字は、一九四五年一月だけのものだ。もし、現在の信じられないほど高水準な軍隊があのとき手中にあったら、アイゼンハウアーの部隊を残らず海にぶちこみ、スターリンの愚連隊を数週間もかけずにウラルで、カフカスで、ウジ虫のように踏みつぶしてやったものを――。それだけの軍事力が今のドイツにあることは、せめてもの救いだ。この世界で目覚めて以降の、数少ない朗報のひとつだ。将来、東西南北の四方に生存圏を奪取せんとするときも、この新しい軍隊があれば、昔の軍隊に負けず劣らずの成果をおさめられる気がする。これは最近、プロイセンの名将シャルンホルストのような若き大臣が、改革を行ったことによるらしい。だがこの大臣は、石頭で嫉妬深い学者どもの陰謀にあい、失脚させられた。今も昔も同じだ。若き日の私が希望に燃えてデザイン画やスケッチを提出していた当時のウィーン大学でも、同じことがあった。みずみずしい才能をほとばしらせる天才を、心の狭い輩《やから》は妬《ねた》みや嫉《そね》みから、食いものにしたり足を引っ張ったりしようといつも手ぐすねを引いている。天才の輝きによって、自分や仲間の情けなさを容赦なく照らし出され、意気消沈したりいらいらしたりすることに、小心な連中は耐えることができないのだ。

まあ、しかたがない――。

こうしたもろもろの状況には、文字どおり慣れていくしかない。だがしかし、心ならずも認めないわけにはいかないのは、多少のごたごたはあるものの、少なくとも目下のドイツに差し迫った脅威は存在していないということだ。

さて、創造的な精神の持ち主の例にもれず、私は長時間働いたあとは長時間休息するのを常としてきた。いつもどおりの英気を保ち、万事にすばやく反応するためだ。いっぽうでこの善良なキオスクの店主は職業柄、早朝からもう開店の準備にとりかかる。その結果、研究に没頭してしばしば明け方まで起きている私は、英気を養うのに必要な睡眠を途中で断ち切られる羽目になった。さらに困ったことに、この店主は朝早くからもう、こちらが閉口するほどうるさくおしゃべりを仕掛けずにはいられない人間だ。だが、私のほうはこの時間帯はいつもなら、まだ長い未覚醒状態のただなかにある。最初の朝からもう、受難は始まった。店主は元気溌溂《はつらつ》で店に入ってくると、私に大声で呼びかけたのだ。

「やあ！　わが総統！　昨日はよく眠れたかい？」

そして店主は、開店時間ぴったりに店のシャッターを開けた。ぎらぎらとまぶしい太陽の光が店内を明るく照らし出す。私はうめき声をあげ、目をかたくつぶりながら、自分が今どこにいるのかを必死に頭の中に呼び起こした。ここは総統地下壕ではない。それははっきりした事実だ。もしもここが総統地下壕だったら、私は目の前にいるこのろくでなしを、戒厳令下の即決裁判で射殺させることもできるのに――。この早朝の恐怖はいっさいの譲歩も反論もなしに、私の自衛力を直接ぶちこわしてくれた。それでも私は必死に平静を保ち、この新しい状況を認識するようつとめた。私は自分で自分をなだめるように語りかけた。いいか、目の前のこのろくでなしは、生計を立てるためにやむなくこんなことをしているだけなのだ。そして、彼なりの不器用な方法で私への好意を示そうとしているのだ、と。

「さあさあ」。店主は笑いながら言った。「こっちに来て、ちょっと手伝ってよ！」そう言いながら店主はうなずくように首を振って、新聞の可動式ラックがいくつか置かれたあたりを指し示した。そのうちのひとつを、店主は外に押し出した。

私は深く息を吸い、疲れた体にむちうって、なんとか店主の希望に沿うよう努力した。まったくおかしなものだ。おととい、たしか私は第十二軍の兵士らを戦地に押し進めていたはずなのに、今日は一転、なぜか新聞のラックを押し進めている。そのときふと、〈野と犬〉という雑誌の新しい号に目がとまった。こんな雑誌が、今もまだあったとは――。私は狩猟の熱烈な愛好家ではまったくなく、逆に狩猟をいつも批判的な目で見ていたのだが、その雑誌をちらりと見た瞬間、ある強い気持ちにおそわれた。それは、今のこの奇妙な生活を放り出してどこかに逃げ、一匹の犬とともに自然の中を歩き回り、自然界の営みを間近で観察したい……という気持ちだった。だが、私はそんな夢想からむりやり意識をもぎ離した。数分後、開店の準備はほぼ整った。主人は折りたたみ式の椅子を二つ持ってくると、店先の陽だまりに広げ、私にそこに座るようすすめた。店主はタバコの箱をシャツのポケットから取り出し、箱をとんとんとたたいてタバコを数本出し、私のほうに差し出した。

「タバコは吸わない」(14)。私は首を振りながら言った。「気持ちは、ありがたいが」

店主はタバコを一本取り出して口にくわえ、ズボンのポケットからライターを出し、タバコに火をつけた。そして煙を吸い込み、満足げにそれを吐き出すと、こう言った。

「さあて、次はコーヒーだ。おたくもどう？　いやもちろん、飲みたければ、ということだけど。何しろ、コーヒーといってもインスタントしかないからね」

驚くにはあたるまい。つまり、イギリスは海上封鎖を今なお解いていないのだ。この問題を、私は十分知っていたはずだ。意識を失っていたあいだ、新しい帝国の指導者が――それがどんな名前と形をとるかはともかく――この問題を解決しようとしたものの、荷が勝ちすぎたという可能性は十分ある。そしてその状態が、今なおつづいているということだ。気丈で、苦難をものともしないわがドイツ国民は、長い時間を代用食で耐え忍んできたのだ。当時たしか、コーヒーの代用品は〈ムッケフック（コーヒーもどき）〉と呼ばれていたはずだ――。私は昨日食べた、つぶした穀物を棒状に固めた例の食べ物のことを思い出した。どうやらあの人工的な甘さの食品が、ここでは正しいドイツ風パンの代用として食されているのだ。そして、この気の毒な店主はもうすこしましな食べ物を出せないことを、客の前で恥じ入っているのだ。だがそれというのも、イギリスの寄生虫どもに喉輪を締められているからだ。まったくけしからん話だ。強い思いが胸にこみあげてくる。

「善き人よ、しかたのないことだ」。店主を安心させようと、私はこう言った。「いずれにせよ、私はコーヒーは好まない⑮。ただの水をコップに一杯もらえれば、それで十分だ」

こうして私は、この新しい奇怪な世界で迎える初めての朝を、タバコの煙をくゆらせている店主のとなりで過ごすことになった。だが私の頭には固い決意があった。店主が昨日ほのめかしていた人脈を使って、ささやかでも何かの口を私のためにとりもってくれるまでは、ここを通りがかる人々をともかく観察し、その行動から新たな知識を獲得するのだ。

最初の数時間、店に立ち寄ったのは単純労働者と年金生活者ばかりだった。彼らはあまりしゃべらず、タバコと朝刊を買って去っていった。非常によく売れているのは〈ビルト〉という名のタブロイド紙だ。年配の客にとくに人気なようだ。推測するにそれは、この新聞がありえないほど大きな文字で書かれているせいだろう。視力の落ちた人間でも、これなら情報をあきらめる必要はない。すばらしいアイデアだと私は内心認めざるをえなかった。あれだけ仕事熱心なゲッベルスですら、こんなアイデアは一度も考えつかなかったはずだ。あの当時、もしもこの方法を用いていたら、この年齢層の国民をもっと激しく扇動することはきっと可能だったはずだ。あの戦争の最後のころ、国民突撃隊の中でも年配の人間には、高揚感や鉄の意志や犠牲の精神が不足していた。出版物の文字を大きくするという単純な方法がこれほどの効果をもたらすことを、どうしてだれも予測できなかったのか？

もちろん、紙不足という問題があったのはたしかだ。それにしても、宣伝省次官のフンクは一言でいえば、救いがたい馬鹿者だったということだ。

私が店先に陣取っていることで、だんだんに問題が生じてきた。ときおり、まだ年若い勤め人が明るく、しばしば賞賛するような口調で、「うおっ！」「すげえ」などの言葉を発していく。その言葉が何を意味するかは定かでないが、表情の動きからは、私に対する尊敬の念があきらかに見てとれた。

「な、そうだろ？」キオスクの店主は、お客ににやりと笑いかけた。「ぜんぜん区別がつかないだろ？　な？」

「まったく」。お客は答えた。勤め人で、年は二十代の半ばだろうか。新聞を折りたたみ、彼はこうつづけた。「でもさ、それって問題ないの？」

「何が？」店主は答えた。

「だから、その制服が」

「ドイツ帝国軍人の制服が、いったいなんの咎《とが》めを受けるのか?」私は用心深く、しかし声には軽い怒りを込めて男にたずねた。

男はげらげら笑い出した。おそらく、笑ってごまかそうというつもりだろう。

「この人、ほんと筋金入りだね。いや、僕が言っているのはつまり、あなたはこれを、もちろん仕事でしているんだろうけど、それにしたって、その恰好で四六時中公共のあちこちを歩くなら、何か特別な許可はいらないかってことなんだけど」

「いったい何を言いたいのだ?」私は怒りを込めて切り返した。

「いや、僕はつまりただ……」。男は縮み上がりながらこう言った。「その、制服が……」

……私はしばし考えた。どうやらこの男の言葉に悪意はなさそうだ。たしかに今着ているこの制服は、最高の状態ではないかもしれない。

「よろしい。この服がいくらか汚れているのは事実だ」。いささか悄然《しょうぜん》としながら、私は認めた。「だが、たとえ汚れていても兵士の制服は、嘘つき外交官の染みひとつない燕尾服よりよほど尊いものだ!」

「法に引っかかりはしないだろ?」店主が冷静に発言した。「鉤十字はついていないんだしさ」

「それはいったい、どういう意味だ?」私は憤然として怒鳴った。「鉤十字があればこそ、私がどの政党なのか、人々にわかるはずではないか!」

お客は頭を振りながら暇ごいをし、店を去った。店主はもう一度私に椅子をすすめ、おだやかな顔でこちらを向いた。

「あのお客は、何から何までまちがっているわけじゃないさ」。彼はにこやかに言った。「ほかの客も、奇妙な顔であんたのことを見てる。なあ、おたくが自分の仕事に全身全霊を注いでいるのはよくわかるんだが……ふつうの人が着てるような服を着るわけには、どうしてもいかないものかな？」

「わが人生を、わが任務を、そしてわが国民を否定せよというのか？　たとえ乞われたとしても、そんなことができるわけがない！」そう言うなり、私は椅子から立ち上がった。「この体から最後の一滴の血が流れ去るときまで、けっしてこの制服を脱ぎはしない！　私のあさましい裏切りによって、運動の犠牲者を一度ならず二度も背後から刺すようなまねができるものか？　それでは、カエサルを襲ったブルータスと同じではないか……」

「どうして、そういつも話が大きくなっちゃうのかね？」店主はいささかげんなりした声で言った。「あのさ、問題は制服がどう見えるって話だけじゃないんだ」

「というと？」

「それ、ガソリン臭いんだよね。なんでそんなふうになったのか、事情は知らないけどさ。もしかしたらそれ、ガソリンスタンドの制服の古着かなんかなの？」

「戦場の兵士は、軍服を着替えることなどできない。そして私は、前線の背後で安穏と過ごす退廃した輩《やから》に与《くみ》するつもりはない！」

「それはそれでかまわないけど……でも、考えてもごらんよ。あんた、自分のプログラムをやりたいんだろ？」

「は？」

「だから、自分のプログラムを、だれかに聞いてほしいわけだろ？　ちがう？」

「そうだが……それで？」

「考えてもみなよ。もしここに業界の人間が二、三人立ち寄って、おたくとめでたく話をしてくれることになったら、どうなる？　おたくの体からガソリンの臭いがぷんぷんしていたら、だれもそばで、おちおちタバコの火をつけたりできないと思うがね」

「でもあなたは、平気なわけだ」。私は反論したが、その言葉はいつもの鋭さを欠いていた。店主の論にしぶしぶでも同意しないわけにはいかなかったからだ。

「勇気だけはあるほうだからね」。店主は笑ってつづけた。「ものは相談だけどさ。あんた、ひとっ走りして家に戻って、着替えを何着か持ってくればいいよ」

またただ。いまいましい住まいの問題が、またもやぶりかえした。

「前にも話したと思うが、今のところ、それはなかなかむずかしい」

「ああ。でも、おたくのコレは今、ちょうど働いている時間じゃない？　でなければ買い物で留守にしているかもしれないし。どうしてそんな、困った顔をしてるんだい？」

「それは、その」。私はためらいながら言った。「非常に何と言おうか、問題山積で。その部屋が……」。説明できるわけがない。なぜこんな屈辱を？

「わかった、鍵がないわけだ。そう？」

店主のあまりに無邪気な言葉に、私も今度は笑わずにはいられなかった。総統地下壕に鍵！　そんなものがあるのかどうか、私ですら知らない。

「いや、何と言えばよいのか。連絡はなんとかして……だがそれが、途絶えてしまって……」

「連絡をとるのを、禁止されているとか？」

「うまく説明できない」。私は言った。「でも、まあそのようなものだ」

「へええ、そんなふうには見えないけどね？」男はすこし突き放した感じで言った。

「いったい何をしでかしたわけ？」

「わからない」。私は事実をそのまま言うことにした。「そのころの記憶を失ってしまったので」

「暴力的なタイプには見えないんだよね、おたくは」。店主はそう言って、何かを考えこんでいた。

「ああ」。私は頭に手をやりながら言った。「じつは軍隊に……」

「そうか。軍隊ねえ」。店主は言った。「もうひとつ提案があるんだ。おたくはいい人みたいだし、そういうふうに何かに一途な人を俺は信用しているから」「当然だ」。私は請け合った。「道理をわきまえた人間はみな、こうして何かを一途につきつめるものだ。人間はみな全力で、全身全霊をかけて、己の目標に邁進しなくてはならない。嘘にまみれた生ぬるい妥協は、諸悪の根源であり……」「わかったわかった」。店主は話をさえぎった。「だから、よく聞いてくれないかな。明日、俺の古着をいくつかここにもってくるよ。礼なんかいらないさ。最近すこし体が太っちまって、ボタンがかからなくなった服だから」。店主はそう言いながら、恨めしそうに腹回りを見おろした。「でもあんたには、ちょうどぴったりだと思うよ。その体型ならさいわい、〈太っちょ〉のゲーリングの役は来なさそうだ」「どうして、この私がゲーリングの役を?」私はいらいらした声でたずねた。「それじゃあ、その制服はすぐにクリーニングに出しておくから……」「制服を、人手にわたすつもりなどない!」私は負けずに主張した。「さようで」。店主は言った。そして、急に根負けしたようなようすでつづけた。「じゃあ、自分でクリーニング屋に出してくれるかな。わかるだろ? その服はどうしたって、洗濯しないわけにはいかない」

まるで幼な子のように扱われるのは、心外だった。だが、もうわかった。幼な子のように汚い恰好でいるかぎり、事態は進展しないのだ。私は、店主の言葉にうなずいた。

「問題は靴だね」。店主が言った。「サイズはいくつ?」

「二八センチ」。私は答えた。こうなったら、野となれ山となれだ。

「俺の靴じゃ、小さすぎるだろうな」。店主は言った。「でも、考えがあるんだ。まかせといてよ」

4章　ただひとり、私だけの力で

ここまで読んできた読者は、新しい状況への私のすばやい適応ぶりに、驚いたことだろう。無理もない。読者は私が不在の数年、いや数十年のあいだ、民主主義の玉杓子《たまじゃくし》からマルクス主義的なゆがんだ歴史観をたえず注ぎかけられていたようなものだ。(16)そして、そのスープの中をたゆたっていたせいで、皿の外に目をやることはほとんどできなかったのだ。むろん、誠実な労働者や朴訥《ぼくとつ》な農民に罪はない。一市民にはどうしようもなかったことだ。憶測まみれの専門家連中や出自も知れぬ学者や知識人どもは、空っぽな知の巨塔から下々に向けてこの六十余年のあいだ、「総統は死んだ」と宣言しつづけてきたのだ。生き残るための日々の戦いに疲れ、「それでは、亡くなった総統はいったいどこにいる？　遺体はどこだ？　見せてみろ！」と言うだけの気力がなかったからといって、その男をだれが責めることができようか。

男だけではない。女でも同じだ。

しかし、もし死んだはずの総統がいつもいた場所に——つまり帝都ベルリンに——突然姿をあらわしたら、大混乱が起きるだろう。そして、民衆は総統の再来に仰天し、何も考えられなくなってしまうだろう。それは十分理解できる。この私でさえ、理解不能なものごとに遭遇したら一挙に思考が麻痺し、呆然としたまま何日も何週間も過ごしてしまうかもしれない。だが運命は、私がそうすることをよしとしなかった。

運命が私に求めたこと。それは、理性的な考え方ができるようになることだ。それを育むために私は、厳しい、しかし有益な数年間の労苦と不自由を与えられた。私は自分の考えを理論の中で磨き上げ、苛酷な戦場で実践に移し、すばらしい武器になるまで鍛えあげた。この理性的な思考こそが、私のその後の人生と成功をつねに支配してきた。その思考を現代風に変えたり、軟化させたりする必要はない。その思考が確立されているからこそ逆に、古い視点も新しい視点もどちらもたやすく受け入れることができる。今の理不尽な状況に説明を求めるという無益な試みを私がしなかったのも、結局はこの総統としての思考ゆえだったのだ。

キオスクに泊まりはじめたある晩のこと、私はソファの上でいらいらと寝返りを打っていた。本を読んで疲れているのに眠りは訪れず、私は寝つけぬまま、運命の過酷さを嘆いていた。そのとき突然、ある考えが頭に浮かんだ。私は雷に打たれたように起き上がり、目を見開いた。目に映ったのは、とりどりの菓子をしまった大きなガラスケースだ。しかし私の心の眼には、はっきりと燦然《さんぜん》と見えていた。これは運命だ。

一連の出来事の入口に私を放り込んだ不可解な手は、運命の手だったのだ。私は手のひらで額をたたき、自分を叱咤した。こんなにわかりきったことに、なぜ今まで気づかなかったのか？　運命が私の人生の舵《かじ》を握り、強く引き寄せたのはこれが初めてではなかったのに。わが国がどん底の苦しみの中にあった一九一九年に、同じようなことがあったのを忘れたか？　あのころ、無名の一上等兵が塹壕の中から成功への道を歩んだことを？　とるに足らない生まれの男が、あの閉塞した困難な状況の中で、演説の才を花開かせたことを忘れたのか？　ウィーンでの失意の日々、この男が知識を蓄え経験を積み、持ちまえのあくなき好奇心も手伝って、政治と歴史にまつわるあらゆるものごとを貪欲に吸収していったことを忘れたのか？　この貴重な知識がその若者に授けられたのは、ただの偶然に見えるかもしれない。だが、ほんとうは、人智のすべてをひとかけらもこぼさず慎重に蓄積するために、彼は特別に選ばれた人間だったのだ。何百万人もの希望を背負ったこの無名の一上等兵はその後、ヴェルサイユ条約の束縛を打ち破り、国際連盟のくびきをも打ち壊した。ヨーロッパ各国軍との戦いを余儀なくされたときも、神に貸し与えられた力で軽々と勝利をおさめ、フランスを、イギリスを、ロシアを打ち負かした。凡庸と言われたこの若者は、専門家と呼ばれる連中が異口同音に口にする意見に逆らいつつ、父なる祖国を最高の栄誉にまで導いたのだ。

その上等兵とは、もちろん私のことだ。

過去に起きた出来事のひとつひとつが、私の耳の中で静かにとどろいている。だが、それらはもう、この二、三日で起きた事態に比べれば現実味を失っている。私の視線はナイフのような鋭さで、棒キャンディーの壺とフルーツキャンディーの壺のあいだの暗闇を切り裂いていく。澄んだ月の光が氷の松明《たいまつ》のように、私の心のひらめきを冷静に照らし出す。一兵卒の身でありながら国民全体をあやまちの泥沼から引き上げた、そんな類まれな才能の持ち主は、百年か二百年に一度くらいは世にあらわれるかもしれない。だが、もしこの貴重な切り札がすでに使われてしまっていたら、運命はいったいどんな手を使うだろう？　今ある人材の中に、必要な冷静沈着さを兼ね備えたすぐれた頭脳の持ち主がただのひとりも見つからなかったら、いったい何が起きるのだろう？

そうなったら、道はひとつ。過去の人材を現在に連れてきて、登用するしかない。これが一種の離れ業であるのは事実だ。だが、手近にある粗悪なブリキの山から新しい、よく切れる刀を作る苦労に比べれば、むしろたやすいくらいだ――。そう思いついたことで、混乱していた私の心は整理され、静まりはじめた。だが、今や完全に目覚めたこの胸には、もうひとつ新たな懸念が浮かんできた。運命が過去から私を呼び寄せたのが事実だとしたら、さらに大きな気がかりがある。運命がこんな、いうなれば奇術のような手に頼らざるをえなかったということは、この国の現状は一見平穏でもそのじつ、かつてよりさらに深刻だということではないか？

そして国民は、かつてよりもさらに大きな危険にさらされているのではないか？

この瞬間、私の頭の中には、まるでファンファーレのように高らかに輝かしく、ある考えが浮かんだ。今はもう、アカデミックな思索に時を費やしている場合ではない。「どうして」や「もしも」について、くよくよと考えている猶予もない。今このときにはるかに重要なのは、「だから」であり「ゆえに」なのだ。

いや、もうひとつ疑問が残る。なぜ、私だったのか？　ドイツの歴史上には、たくさんの偉大な人物がいる。その中から、国民をふたたび栄光の座に導く二度目のチャンスを与えられたのが、なぜこの私だったのだろう？

ビスマルクでもなく、フリードリヒ大王でもなく、

カール大帝でもなく、オットー大帝でもなく、

なぜこの私が？

この質問への答えは、すこし考えればすぐにわかった。思わず笑ってしまうほど、簡単なことだった。おそらくその任務があまりにも困難であるがゆえ、ドイツの歴史に残るいずれ劣らぬ勇者や偉人たちも、しゃしゃり出てくるのをやめたのだ。その任務に適しているのは、党機構や行政に頼らず、だれかに何かを任せたりもせず、ただひとり自分だけの力で民主主義の無秩序を一掃できた人物。過去にそれをたしかに実行した人物なのだ。

さらにもうひとつ疑問が残っている。私には、すべての犠牲をあらためてもう一度、

この身に引き受ける覚悟ができているのか？　あらゆる不自由を、あらゆる侮辱を耐え忍ぶ覚悟はあるのか？　売り物の粗末なソーセージを日がな一日あたためている鍋の、すぐそばにあるこの椅子で数夜を過ごす覚悟はあるのか？　そして、国民の一部がかつて、戦場で総統を見殺しにするようなまねをしたことはどう考える？　攻撃命令に従わなかったシュタイナー軍集団や、命令に反して勝手に降伏したパウルス元帥(17)。彼らのような見下げた連中のために、私は立ち上がるべきなのか？

　いや、今はそんな恨みは忘れ、盲目的な怒りと正しき怒りとを厳格に分けるべきだ。人民は総統を支えなければならないが、総統もまた、人民を支えなければならない。一兵卒が正しい指令の下、つねに最善を尽くしてきたのなら、たとえ彼が命令どおり敵中に攻め込めなかったとしても、責めることはできまい。彼らが栄誉ある死を遂げられなかったのは、そのチャンスを踏みつぶした臆病で怠惰な将軍どものせいなのだから。

「そうだ！」私は店の暗闇に向けて、大声で叫んだ。「そうだ、私にはその覚悟がある！　やってみせる！　今一度、かならず！」

　夜は黒い静寂で私に答えた。そのとき、どこかからだれかの怒鳴り声が聞こえてきた。

「そのとおりだ！　馬鹿野郎！」

　これは私への警告だったのかもしれない。だがもしもこのとき、道を突き進むことでどれだけの苦難と犠牲が生じるかを知っていたとしても——そして、不利な戦いがどれだけ過酷な試練をもたらすかを知っていたとしても、私は自分の誓いをさらに強く、二倍もの大きな声で叫んだにちがいない。

5章　ねえ、サインもらえない？

最初の一歩から、もう私の足どりは重かった。体に力が入らないとか、そんな問題ではない。借り物の服を着た自分が、まるで道化のように思えたからだ。ズボンとシャツ、それ自体はかまわない。店主が持ってきたのは、「ジーンズ」という青い木綿のズボンと、赤いチェック模様の木綿のシャツで、どちらもともかく清潔だった。だが私はてっきり、スーツと帽子を貸してもらえるとばかり思っていたのだ。そんな期待が見当ちがいだったことは、今にして思えば、店主を間近で観察すればすぐわかることだった。店主本人からして、店で働くときにスーツなど着ていない。そして私が見るかぎり、この店のお客も、そういうブルジョワ風の恰好はほとんどしていないのだ。身だしなみの仕上げに中折れ帽をかぶる習慣も、ここにはないらしい。私はこの「ジーンズ」なる青ズボンと赤シャツにせめて品位を与えようと、ささやかなりとも力を尽くす決意をした。だから、店主が言う「シャツの裾はズボンの外に出せ」という醜悪な提案を拒否し、ズボンの中にシャツの裾をしっかりと押し込んだ。ズボンは私にはやや大きすぎたが、上に引っ張り上げてベルトできつく締めれば、何とか見られるようにはなる。それから私は、右の肩越しにぐるりと革紐をとめつけた。全体的な印象はむろん、往時の軍の制服には遠くおよばない。だがすくなくとも、服の着こなし方を知っている人間には見えるはずだ。いっぽう靴は靴で、問題があった。

店主の話では、私と足のサイズが同じ知りあいはあいにく見つからず、彼はやむなく十代半ばの息子の靴を拝借してきた。白くて巨大で、靴底がものすごく厚い。まるでサーカスのピエロのようだ。私は、この愚かしい靴を思わず店主の顔めがけて投げつけてやりたくなったが、懸命にそれをこらえた。

「これは履かない」。私は強く言った。「これではまるで、道化だ」

店主はいささかむっとした表情で、私のシャツの着こなしもまずいのではないかと言った。だが私は意に介さず、ズボンの裾をふくらはぎのあたりできっちり押さえ、ブーツの中に押し込んだ。

「意地でもふつうっぽい恰好をしたくないわけだ？」店主が聞いてきた。

「もしも何ごとも、いわゆるふつうの人間と同じようにしていたら、今の私があると思うのか？」私は切り返した。「そして、今のドイツが存在するとでも？」

「ふうむ」。店主はなだめるように言うと、新しいタバコに火をつけた。「まあ、見てみようさ」

店主は私の制服を折りたたみ、興味深い袋の中に押し込んだ。私の目を引いたのは、まずその材質だ。紙よりも数倍丈夫で、かつ柔軟性にも富んでいるように見える。非常に薄いプラスチックの一種だろうか？　さらに興味深いのは、その袋に印刷された〈メディア・マルクト〉という文字だ。ということはこの袋はあきらかに、この前私がベンチの下で見つけた例の低能新聞を入れるのに使われているのだ。店主はくだらない新聞本体は捨てて、有益な袋のほうだけをとっておいたわけだ。この行動からも、この店主が本質的にはきわめて理知的な人間であることがわかる。店主は制服を入れた袋を私の手に押しつけると、クリーニング屋への道順を紙に書き、にこにこしながらこう言った。「いってらっしゃい！」

こうして私は歩き出したが、クリーニング屋にまっすぐ向かったわけではなかった。その前にまず、この前の空き地に戻ってみようと思ったのだ。私の肝はもう据わっていた。だが、ひょっとして過去の世界からだれかが一緒にこの現在に来ているのではないかという淡い期待を、まだどうしても捨てきれずにいたのだ。私は、あの日初めて腰を下ろしたなつかしいベンチを見つけ、慎重に通りを横断し、建物と建物のあいだの小道を抜け、あの空き地へと出た。午前の遅い時間だが、空き地はひっそりと静まり返っていた。この前のヒトラーユーゲントらが遊ぶ姿はない。今はおそらく、勉強の時間なのだろう。あたりには、人っ子ひとりいなかった。私は袋を手にしたまま、自分が目覚めた場所にそろそろと進んでいった。あのときの水たまりは、ほとんど消えかけていた。すべてが静かだった。大都市の片隅にしては、あまりにも静かだった。かすかな車の音が遠くから聞こえ、蜂の羽音が聞こえてくる。

「シーッ」。私は言った。「シーッ!」

何も起こらなかった。

「ボルマン!」私は小声で呼びかけた。「ボルマン! この近くにいるのか?」

一陣の風があたりを吹き抜け、空き缶と空き缶がぶつかってから音を立てた。ほかには何ひとつ、動くものはなかった。

「カイテル?」私はふたたび呼んだ。「ゲッベルス?」

だれも答えなかった。だが、かまうまい。かえってよかったくらいだ。強い人間は孤独なときにこそ、もっとも強くなれる。昔と同じく今このときにも、その事実は変わらない。いや、その重みは昔よりもさらに増している。そして今、私にははっきりわかっていた。私は自分ひとりで、国民を救わなくてはならない。ひとりきりでこの大地を、ひとりきりで人民を、救わなければならないのだ。そのための運命の道の第一歩は——クリーニング屋へ行くことなのだ。

袋を片手に決然とした面持ちで、私はかつての学び舎である街頭へと戻っていった。その昔、私が人生についての貴重な教えを学んだのは、街頭だった。私は注意深く道をたどりながら、立ち並ぶ家や道路を見比べ、検証し、大きさや物量を頭で計算した。

ざっと見るかぎり、状況はすこぶる良いように思われた。現在この国は——あるいは、すくなくともこの街は——がれきが撤去され、整備が進み、総合的に見て、戦前の申し分ない状態を取り戻したと太鼓判を押せる。新しいフォルクスワーゲン車は昔に比べてエンジン音が静かになり、昔よりも格段に性能が上がったようだ。ただそのデザインは、だれの趣味かと首をかしげたくなるような奇怪さだ。そのとき私の目をとらえたのは、そこらの壁やら塀やらに書かれたいらいらするほど汚い文字の連なりだった。たしかに、この手法には覚えがある。かつてワイマールの時代には、共産主義のシンパがボリシェビキを礼賛するたわ言を町のあちこちに汚らしく書きちらしていたものだ。そして私自身ももちろん、この手法にはおおいに学ばされた。だがあの当時、壁に書かれていたスローガンは、ボリシェビキのものであれ、わが党のものであれ、ともかく判読することはできた。いっぽうで、今、私の目の前にあるたくさんの壁文字は、ほとんど解読不能なものばかりだ。だが、善良な市民の家の塀をこれほど汚してまで書かれているということは、そこに込められたメッセージは非常に重要なものにちがいない。せめて、この無教養な壁文字を書きちらしたのは、左翼のならず者であってほしいものだ。

道をどこまでいっても、判読可能なメッセージはあらわれなかった。ということは、この中に「目覚めよドイツ！」「ジークハイル！」などの重要な言葉が隠れている可能性もあるのだ。だがそれらの文字はどれも素人くさく、見るに堪えないものばかりで、私の怒りはたちまち脳天に達した。指導力と組織力の不足がこんな事態を招いているのは、火を見るよりあきらかだ。なにより腹立たしいのは、これらの文字の多くが多色使いで、あきらかに手間と暇をかけて書かれている事実だ。あるいはひょっとして、私の不在のあいだに政治的なスローガン用の特殊な文字が開発されたのか？私は真相を突きとめようと決意し、子どもの手を引いて歩いていた女に近寄った。「ご婦人。邪魔をして申し訳ないが」。私は女に話しかけながら、近くの壁に書かれている文字を手で指し示した。「あれは、何と書いてある？」

「私にわかりっこないでしょう？」女は答えた。そして奇妙な目つきで私のことを見た。

「あの文字は、あなたから見ても、やはり奇妙なものなのか？」私はなおもたずねた。

「そりゃあ奇妙ではありますけど、それより」。女はためらいがちに言うと、子どもをぐいと引き寄せ、さらにつづけた。「だいじょうぶ？　あなた」

「心配は無用だ」。私は言った。「これから急いでクリーニング屋に行くところだ」

「それより床屋に行ったら？」。女は言い捨てた。

私は横を向いて体をかがめ、そこにあった現代的な自動車の窓ガラスに顔を映してみた。額のあたりを念入りに見てみる。髪の分け目は完ぺきではないが、まあきちんとしている。髭《ひげ》も、あと何日かは床屋に行かずにすみそうだ。全体的に見て、早急に床屋に行く必要はなさそうだ。このさい計算してみると、体ぜんたいを洗うのは明日の晩あたりが、戦略上どうやら最善だ。そこまで考えて私はふたたび、クリーニング屋をめざして歩き出した。塀にはあいかわらず、ところどころに解読不能なプロパガンダが書かれている。もし中国語で書かれたものが紛れ込んでいたとしても、おそらくだれも気づくまい。

そうこうするうち目にとまったのが、家々の外壁に取りつけられた驚くほどたくさんの普及型受信機だ。無数の窓に、深い皿のような形をしたレーダー受信機が取りつけられている。これはまちがいなく、ラジオ放送を聞くためのものだ。つまり、私がラジオに出演する膳立てが整いさえすれば、新しい真の同胞を獲得するのはたやすいことにちがいない。キオスクの店主のラジオをつけたとき内容がよく理解できなかったのは、目の前の壁に書かれているような意味不明なメッセージを、舌足らずのアナウンサーが読んだり、酔っぱらった音楽家が演奏したりしていたせいかもしれない。

ならば私がなすべきは、ラジオのマイクの前に座り、人々が理解できるドイツ語でメッセージを伝えること。それだけで十分だ。そして、そんなことなら朝飯前だ。むくむくと自信が湧きあがり、私は足取り軽くふたたび歩き出した。と、もうすぐそこに、クリーニング屋の看板が見えた。〈電撃クリーニングサービス　イルマッツ〉と書かれている。

クリーニングの、イルマッツ？

たしかに、トルコ語の新聞があれだけたくさんあるのだから、相当数のトルコ人が住んでいるのは当然なのだ。これほど多くのトルコ人がドイツに来た事情は、いまだによくわからないにしても。この店に来るまでに、すれちがった通行人の何人かは、先祖がアーリア人か否かが、おだやかに言って疑わしい人々だった。おそらく四、五世代前にアーリア化されたような輩《やから》もいたし、一世代どころかまだほとんどアーリア化されていない輩もいた。こうした人種的な異邦人が、わが国でどんな役目を果たしているかははっきりわからないが、おそらく指導者的な立場にはついていないはずだ。その理由からも、彼らが中規模の会社をまるごと引き受け、自分の名をその会社につけるというのはまったく私の想像を超えていた。

そして経済的なプロパガンダとしても、〈クリーニングサービス〉に〈イルマッツ〉の名をつけるのは、私の経験上どうも釈然としなかった。いったいいつから〈イルマッツ〉という名が、清潔なシャツのシンボルになったのか？　〈イルマッツ〉という名から本来連想されるのは、昔ながらの手押し車を使った牧歌的な仕事がせいぜいだったはずだ。ともあれ、別のクリーニング屋を選ぶ余地は今の私にはない。それに、敵を制圧するにはスピードが命であることは事実だ。そういう意味では、私にはたしかに〈電撃クリーニングサービス〉が必要なのだ。おおいに疑念を抱きつつ、私は店の中に入った。

ゆがんだようなチャイムの音が私を迎えた。店内は洗剤の匂いがしている。そして、暑い。木綿のシャツすら脱ぎ捨てたくなるほど、ものすごく暑い。こんなときにあの、アフリカ仕様に特別に作られたドイツアフリカ軍団の制服があれば、どんなにありがたいことか。[18] 店の中には、だれもいない。カウンターには、ホテルのフロントによくあるような呼び鈴が置かれている。

何も起こらなかった。

オリエント風の物悲しい音楽が聞こえてくる。もしかしたら、店の裏にある洗濯場でトルコ東部アナトリア地方の洗濯女が、遠く離れた故郷を偲んでいるのかもしれない。おかしなことを――。ドイツの帝都に暮らすという幸運な身でありながら、なぜ故郷をなつかしむ必要があるのだろうか？　私はカウンターの向こうにずらりと並んだ衣類を子細に眺めた。洋服はひとつひとつ、透明な何かにくるまれている。私が今手にしている袋と、たぶん似たような素材で作られているのだろう。この世界では、人々は何でもかんでもこの素材で包まずにはいられないようだ。そういえば以前、いくつかの研究所で似たような素材を目にしたことがある。だが、それから今までのあいだに化学工業会社ＩＧファルベンは、飛躍的な技術の進歩を遂げたのだろう。[19] それに私の情報によれば、こうした製品を作るには大量の石油が必要で、製造コストがばかにならなかったはずだ。だが、今この素材がこれだけ出回っているところを見ると、そして自動車がこれだけ走っているところを見ると、おそらく石油の確保はすでに問題ではなくなったのだ。もしかしたら、例のルーマニアの油田を帝国が手中に収めたのだろうか？　いや、その線はなさそうだ。ではゲーリングがついに、国内に新たな油田を発見したのか？　私の顔に、苦い笑みが浮かんだ。ゲーリング！　やつはドイツ国内に石油を見つけるより早く、自分の鼻の中に金を見つけていたのに。あの無能なモルヒネ中毒男！[20]　いったい今はどうしていることか――。いや、もしかして、石油以外の何かの資源が開発されたのか？　それとも――。

「お待たせしました？」

頬骨はアジア風だが、ぜんたいは南欧風の顔つきの男が、店の奥から売り場に姿をあらわした。

「お待たせしたとも！」私はむっとして答えた。

「どうしてこれを鳴らさなかったんです？」男はカウンターに置かれた呼び鈴を指さし、手のひらで軽くたたいた。チリンと音がした。

「鳴らしたのだ！　**こ・こ・で**！」私は、「ここで」の部分を強調しながら、入口のドアを開けた。先ほどと同じ、ゆがんだような奇妙なチャイムの音が響いた。

「**こ・こ・を**鳴らしてくれないと、駄目なんだよ」。男はぶっきらぼうに言うと、もう一度、カウンターの呼び鈴をたたいた。

「ドイツ人たるもの、呼び鈴は一度しか鳴らさぬものだ」。私はいらいらしながら言った。

「なら、**こ・こ・を**一度鳴らせばいい」。どこの血がどう混じったのか定かでない混血種のクリーニング屋はそう言うと、手のひらでもう一度、呼び鈴をたたいた。そのとたん、私は、突撃隊をさしまわしてこの男の鼓膜をその呼び鈴でずたずたに裂いてやりたいという、猛烈な衝動に襲われた。いや、もっといい考えがある。片耳だけでなく、左右両方の鼓膜を呼び鈴でぶち割ってやるのだ。そうしたらやつはこの先、店にお客が来るたび、「店に入ったら手を振って合図をしてほしい」と説明せざるをえなくなる。

私はため息をついた。救援隊のひとりも呼ばずにこの場をすませなければならないのは、なんとも腹立たしいかぎりだ。だが、この事態にかかずらっているよりも、今、この国には正さなければならないものがいくつもある。とはいえ私はすでに心の中で、有害国民のリストを作成しはじめていた。「クリーニング屋のイルマッツ」はそのリストの中でも、かなり上のほうにランク入りするはずだ。当座は、カウンターの呼び鈴をやつの手の届かないところに押しやる以外、怒りのやり場はなかったが——。

「聞くが」。私はつっけんどんに言った。「ここでは洗濯を引き受けているのか？　あんたの国では、音を鳴らすのが洗濯屋の仕事なのか？」

「お客さん、ご用件は？」

私は持ってきた袋をカウンターの上に置き、制服を取り出した。男は鼻をくんくんさせて、こう言った。「ああ、お客さん、ガソリンスタンドの人だね」。そして男は制服を無造作に自分のほうに引き寄せた。

投票権を持たない外国人が何をどう思おうが、どうでもいいと言えばいいことだ。

それにしても、こんなことを大目に見る気にはなれない。たしかにこの男はドイツの出身ではない。だからといって、こんなふうにまるきり私のことがわからないなど、ありうることだろうか。だが国民は私のことを、たいがいは報道写真を通してしか知らない。いちばん見場がよい、横向きの角度から撮らせたあの写真だ。その写真の本人がいきなり目の前にあらわれたら、写真とは驚くほどちがって見えることはよくあるのかもしれない。

「ちがう」。私はきっぱりと言った。「ガソリンスタンドの店員では、ない」

私は視線をクリーニング屋からすこしずらして、やや上に向けた。あの写真と同じ角度の顔をはっきり見せつけてやれば、この男だって目の前にいる人間がだれなのか、いい加減気づくはずだ。クリーニング屋はたいして興味もなさそうに、しかたなくといった風情で私のことを眺めていた。だが、何か思うところがあったのだろう。男はカウンター越しに身を乗り出し、ブーツにきっちりと押し込まれた私のズボンを見た。

「あー、もしかして……釣りの名人とか？」

「もうすこし考えてみれば、わかる」。かなり気落ちはしたが、私は断固として言った。天才という柄ではないあのキオスクの店長だって、この私についてそれなりの知識は持っていたと考えてよい。それなのに！　国民がだれひとり私のことを知らなくて、総統官邸に無事帰還できるわけがあろうか。

「ちょっと待って」。愚かな移民野郎は言った。「息子を呼んでくるよ。しょっちゅうテレビを見たり、インターネットとかなんかをやってるから、何でもよく知ってるんだ。メーメット！　メーメット！」

メーメットとやらは、ほどなくやってきた。ひょろりと背が高く、まあまあこぎれいな見かけのその青年は、友人だか兄弟だかわからないが、もうひとりのだれかと一緒に奥から姿をあらわした。そのメーメットと父親を見て、私はすぐこの一家の遺伝的形質を見抜いた。その鍵は二人が着ている巨大な、文字どおりだぼだぼな古着にある。ベッドのシーツのようにだらりと長いシャツに、考えられないくらい幅広なズボン。おそらくこの一家にはまだほかに、巨人なみの体格の息子がいるのだろう。「メーメット」。父親は息子に呼びかけ、私のことを指さした。「お前、この人、知ってっか？」

もはや子どもとはいいがたいその青年の目が、きらりと光った。

「あれだよ、おやじ、ほら！　あの、いつもナチがどうとか言ってる……」

よかろう、わずかだが前進だ。いささかくずれた形ではあるにせよ、それでもようやく当たらずとも遠からずというところまで来た。私はメーメットに向かい、「国家社会主義、というのだ」と好意的な口調で訂正してやった。「ナチズム、とも言われる」。今度は親父のイルマッツのほうを満足げに見ながら、私は念を押した。そのとき――、

「この人、シュトロムベルクじゃん！」メーメットがきっぱりと言った。

「すげえ！」友人が言った。「お笑いのシュトロムベルクが、うちのクリーニング屋に来るなんて！」

「ちがうちがう」。メーメットが訂正した。「もうひとりのシュトロムベルクだよ。ほら、〈スイッチ・パロディー〉に出てるほうの！」

「ああ、あの」。友人の口調がやや変化した。「もうひとりのシュトロムベルクでもさ、テレビに出てる人間がうちのクリーニング屋に来るなんて、すげえじゃん！」

何か言い返してやるべきだったのだろう。だが私は正直に言えば、非常な精神的打撃を受けていた。今度は私のことを、何だって？ 最初は、ガソリンスタンドの従業員。次は、釣り師。それで今度は、シュトロム……電気《シュトロム》工事の人間だと？

「ねえ、サインもらえない？」メーメットがにこにこしながら言った。

「あ、俺も。俺にもサインして。シュトロムベルクさん」。友人が言った。「それから、写真も！」そう言いながら、彼は小さな機械を、何かとびきりの餌を犬の前でちらつかせるように、ひらひらと振った。

絶望的だ。

私はクリーニングの引換証を受け取り、奇妙な若者らに請われるままもう一枚記念写真を撮らせ、差し出されたフェルトペンで二枚の包装紙にサインもしてから、〈電撃クリーニングサービス　イルマッツ〉をあとにした。サインを書くときに、ひと悶着があった。〈シュトロムベルク〉と署名しなかったせいで、文句が出たのだ。

「まあいいじゃん」。友人が、メーメットをなぐさめようとしているのか、私をなぐさめようとしているのか、判然としない口調で言った。「どっちにしてもさ、あのシュトロムベルクじゃないんだから！」

「たしかに」。メーメットが同調した。「たしかに、あっちのシュトロムベルクじゃなくて、別のほう、だもんね？」

私はたしかに、自分の使命を甘く見ていたのだろう。第一次世界大戦が終わった当時、私はすくなくとも名もなき市民のひとりだった。それが今の私は、シュトロムベルクだと――正確には、もうひとりのシュトロムベルクだと思われている。いつも、ナチがどうとか言っているシュトロムベルク。そして、サインを求められた包装紙にどんな名前を書こうとも、たいしたちがいはないと思われている、もうひとりのシュトロムベルク。

何かことを起こさなくてはいけない。

大急ぎで。

6章　そのメイキャップはご自分で？

ありがたいことに、私の留守のあいだ、もう何かが起こっていたらしい。私が思索にふけりつつキオスクの近くまで戻ってきたとき、サングラスをかけた二人の男に店主が何か熱心に話している姿が見えたのだ。二人の男はスーツを着ている。ネクタイは無し。年はそういっていない。三十代というところだろうか。背の低いほうはもしかしたらもっと若いかもしれないが、この距離からでははっきりわからない。年長のほうは見るからに仕立てのよいスーツを着ているが、残念なことに無精ひげを生やしている。店に近づくと、店主が興奮したようすで私に手招きをした。

「来て来て！　ほら早く！」

そう言うと、店主は男たちのほうに向きなおり、まくしたてた。「彼ですよ！　すばらしいんだ！　いやほんとに！　ほかのやつらなんか、タバコの煙みたいにかすんじまうくらい！」

急いでなどやるものか、と私は思った。真の総統たる者、主導権を奪おうという他者の試みを、ほんの小さなものでもぜったいに見逃さない。そして「早く、早く！」と急き立てられれば、言われるまま焦って行動して何かへまをしたりしないよう、ことさらに用心を前面に押し出して、ゆっくり行動するものだ。追い立てられれば、まるでニワトリか何かのように何も考えずばたばた走り出す、ふつうの人間とはちがうのだ。

もちろん、迅速な行動が必要なこともときにはある。たとえば、自分のいる家で火事が起きたとき。あるいは、膨大な数のイギリス部隊とフランス部隊を挟み撃ちにし、殲滅《せんめつ》させようとしているとき。けれどそんな状況は、人が思うほど頻繁に起こるものではない。そして日常生活でも圧倒的な場合において、重要なのは用心だ。ただしそれは、勇敢な決意と密に結びついていなくてはならない。

塹壕の中でも同じことがいえる。塹壕の恐怖を乗り越え生き延びていくのは、たいていが、タバコの煙をくゆらせながらゆうゆうと前線を渡る切れ者の男たちだ。洗濯女のように、めそめそしながらあちこちをばたばたしている男では断じてない。だが危機に瀕したとき、タバコが生き残る保証にならないのは当然だ。タバコを吸う男ももちろん、あの戦争で命を落とした。タバコを吸っていれば命が守れるなどと考えているのは、とんでもない大馬鹿者だ。タバコがなくてもパイプがなくても、生き残ることは十分可能だ。私がその、生き証人だ。

そんなことをつらつら考えていると、キオスクの店主がしびれを切らしたように私のところにやってきた。もう我慢ならないといったようすで店主は、ラバか何かを引きずるように私を、そこで行われている小さな会議の席に押し出した。私はわずかに抵抗した。制服に身を包んでいれば、こんなに心もとない気持ちになることもなく、もっと鷹揚《おうよう》にかまえていられたかもしれない。だが、こうなってはもうどうしようもない。

「この人ですよ！」店主が、異常なほど上ずった調子で繰り返した。

「それで、こちらが」。店主はそう言いながら、二人の男を手で指し示した。「この前、話した、例の人たち」

年長のほうの男は小さなテーブルのそばに立っていた。片方の手をズボンのポケットに突っ込み、紙コップでコーヒーを飲んでいる。ここ数日、この店で見かけた勤め人たちもそういえば同じようにしていた。若いほうの男は、手にしていた紙コップをテーブルの上に置き、サングラスを髪の生えぎわまでおしあげた。短い髪は、多すぎるほどの整髪クリームで整えられている。男は言った。「あなたが例の〈天才少年〉というわけですね。でもやっぱりあれですね、制服を着ていないと――」

私は若造にちらりと一瞥をくれると、店主のほうに向きなおってたずねた。「だれだ、これは？」

そのとたん、店主の顔がまだらに赤くなった。「テレビのプロダクションの人ですよ。マイTVだの、RTL《エルテーエル》だの、ザット1《アインス》だの、プロ7《ジーベン》だのの大手のテレビ局と仕事をしている。民放はぜんぶと言ってもいいのかな？　ねえ？」最後の質問を、店主は二人の男に向けて言った。

「まあね」。年長の男が尊大な口調で答えた。男はポケットに突っ込んでいた手を私のほうに差し出し、こう言った。「ヨアヒム・ゼンゼンブリンクです。こちらはフランク・ザヴァッキ。私と一緒に、フラッシュライト社で働いています」

「ほう」。私は言って、差し出された手を握った。「アドルフ・ヒトラーだ」

若いほうがにんまり笑った。いささか不遜な態度だ。若造は「われわれの共通の友人が、あなたのことを絶賛していたもので。ひとつ、披露していただければと」と言うと、にやりと笑いながら二本の指を上唇にあて、わざとくぐもらせた声でこう言った。

「本日未明、わが国の領土において、ポーランド正規軍が発砲。五時四十五分より、反撃を開始……」

あのときの、ラジオ演説――。私は若造のほうに向きなおり、じろりと相手を眺めた。それから、つかのま無言を保った。沈黙は金なりである。

「それでは」。私は口を開いた。「ポーランドについて、話したいというわけだな。ポーランド。よかろう。それではまず、君はポーランドの歴史について何を知っているのか？」

「首都はワルシャワ。一九三九年に攻撃を受け……ロシアによって分割され……」

「それは」。私は短く言葉をはさんだ。「それは、本にのっていた知識だろう。文字をただなぞるだけなら、本を食う小虫にでもできることだ。さあ、私の質問に答えたまえ！」

「いや、ですから……」

「質問に、答えよと言っている！　ドイツ語がわからないのか？　君は！　ポーランドの！　歴史について！　何を！　知っている！」

「僕は……」

「ポーランドの歴史について知っていることを言ってみたまえ！　ものごとのつながりを、いったい君はわかっているのか？　それから、ポーランドの民族構成については？　一九一九年以降のドイツのいわゆるポーランド政策については？　それから、先ほど君は『反撃』と口にしたのだから、何に反撃したのかも、むろん知っているのだろうな？」

私はここでしばし言葉を切り、相手に息を継ぐ間を与えた。政敵を打ち負かすには、正しい時を選ばなくてはならない。相手が何も言えずにいる時ではなく、相手が何かを言おうとした時こそが、その瞬間だ。

「僕は……」

「私の演説を聞いたことがあるのなら、先ほどの一節の続きももちろん知っているのだろうな？　ちがうか？」

「その……」

「声が小さい！」

「われわれは今、しかし……」

「しかたない、助けてやろう。『今この時より……』の続きはわかるか？」

「……」

「『今この時より、敵の砲火に対し、砲火で応戦する』だ。書き留めておけ。いつの日か、この歴史に残る名言について、だれかが君に質問することもあろう。いや、君はあるいは実戦のほうが得意なのかもしれない。それでは質問だ。今、一四〇万人の兵を自由に動かせるとしよう。それだけの兵を使って、ひとつの国を征服するのが君の任務だ。時間はきっかり三十日。それ以上は許されない。なぜなら西方でフランス軍とイギリス軍が性急に攻撃の準備を整えているからだ。さて、君ならどこから着手するか？　どれだけの兵団を組むか？　敵は何師団あるのか？　最大の抵抗が予測されるのはどこか？　そしてルーマニアの介入を防ぐため、君ならどんな手を打つか？」

「ルーマニア？」

「失礼した、将校殿。たしかに、そうだ。ルーマニアになど、だれが関心を払うものか。将校殿はワルシャワやクラクフに進軍するとき、右にも左にもろくに注意を払わないわけだ。たしかに、ポーランドは与《くみ》しやすい敵だ。天候は申し分なく、率いる軍隊は第一級。何も心配はない。ところが！　ふと見ればわが軍の兵士の肩に小さな穴がいくつもあき、そこからドイツの英雄の尊い血がだらだらと流れている。なぜだ？　それは、数十万人のドイツ兵の背後から青天の霹靂《へきれき》のごとく、数百万ものルーマニアの銃弾が降り注いだからだ。いったいどうしてそんなことが起きたのか？　それはまさか、ポーランドとルーマニアが同盟を結んでいることを、若き将校殿が忘れていたせいではないか？[21]　聞くが、君は軍隊に身を置いた経験があるのか？　君が軍服をまとっている姿を、私は想像力の限りを尽くしても思い浮かべることができない。君はたとえどんな軍を率いようと、ポーランドへの道を見つけることはできない。そして、自分の軍服を見つけることも！　だがこの私には自分の制服がある。それがどこにあるか、いつでも教えようではないか！」そう言いながら私は胸ポケットからクリーニング屋の引換証を引き出し、机の上にたたきつけた。

「それは今、クリーニング屋にある！」

　そのとたん、ゼンゼンブリンクと名乗った男のほうから奇妙な音がし、鼻の穴から噴水のようにコーヒーが噴き出した。二筋のコーヒーは、私と、店主と、コーヒーを噴いた本人の、シャツの上にこぼれた。男はげほげほと咳き込み、若造は当惑した顔でその横に座っていた。

「これは――」。ゼンゼンブリンクはテーブルの下で体を折り曲げ、苦しげに息をしながら言った。「これは、話とちがうよ」

ゼンゼンブリンクはポケットからハンカチを取り出し、盛大に鼻をかみ、何とか呼吸ができるようにした。「私が思っていたのは――」。彼は絞り出すように言った。

「〈シュミット教官〉みたいな軍隊キャラだ。それが〈クリーニング屋〉？」

「言ってないですよ、そんなこと。私は」。店主が甲高い声で言った。「言ったのは『彼はとにかくすごいんだ』ってだけ。それは事実だし！」

噴き出したコーヒーと数々の発言にどう片をつけるべきなのか、私にはよくわからなかった。この二人の業界人間は、どちらも正直いけすかないやつらだ。思えば、ワイマールの時代もそうだった。だが私には、この種の人間どもを受け入れるほか道はないのだ。それにこれまでのところ私は一言も、すくなくとも言おうと計画していたことや考えていたことは、何ひとつ口にしていない。でありながら、彼らが私に一目置いていることは、はっきり感じられた。

「その点には異論ないよ」。ゼンゼンブリンクがまだ苦しそうな声で言った。「じつにいいよ。土台をきちっとつくって、最後の決めゼリフでばしっと締める。いやまったく驚きだね。あれほど自然にやってのけるとは！　ですが、さっきのナンバーは、前もって準備してきたのでしょう？」

「ナンバーとは？」

「もちろん、さっきのポーランドのですよ。それともあんなのは朝飯前だと？」

どうやらこのゼンゼンブリンクという男は、若いほうよりは多少はものごとがわかっているようだ。電撃戦を何の準備もなしに、できるわけがない。おそらく彼は電撃戦の生みの親、グデーリアンの本を読んだのだろう。

「もちろん、ぶっつけ本番ではない」。私は同意した。「ポーランドのあれは、六月から練り上げてきたものだ」

「それで？」ゼンゼンブリンクは、残念そうにも愉快そうにも見える顔で自分のシャツを見つめ、さらに質問してきた。「あるんですか、ほかにもっと何か？」

「ほかにもっと？」

「いやだな、プログラムのことですよ」。ゼンゼンブリンクは言った。「それとも、何かホンを書いたとか？」

「もちろんだ。本を書いた。二冊も[22]！」

「信じられないな」。ゼンゼンブリンクは驚嘆したように言った。「これまで無名でいたなんて、ありえない。いったい、年はおいくつなんですか？」

「五十六歳だが」。私は事実をそのまま言った。

「そりゃそうだ」。ゼンゼンブリンクは笑った。「ところで、そのメイキャップはご自分で？　それともメイキャップ係がついているんですか？」

「ふだんはいない。映画を撮るときだけだ」

「映画を撮るときだけ？」またしても彼は笑った。「たいへん結構。まあ、見ていてください。折を見て、会社の人間を何人か紹介しますから。それで、どこにいけば、あなたをつかまえられるのかな？」

「ここで」。私は即答した。

そのとき、キオスクの店主がすばやく話に割り込んできた。「前にお話ししたと思いますが、彼の個人的な状況は今、すこしばかり……その、はっきりしないので……」

「ああ、そうだったね」。ゼンゼンブリンクは言った。「それでは彼は今、何というか……ホームレスだということ？」

「たしかに今、宿無しであるのは事実だ」。私は認めた。「しかし断じて、帰る場所を失ったわけではない！」

「そういうことですか」。ゼンゼンブリンクは答えると、さっと若造のほうに向きなおって言った。「だが、宿無しのままというわけにはいくまい。君、どこかホテルを見つくろってやってくれ。彼のほうでもいろいろ準備がいるだろうし。ベリーニ女史の前に出るときに、見かけがこのままでは、一発でアウトだ。あ、ホテルはもちろん、五つ星というわけにはいきませんが、そのへんはよろしいですかね？」

「雨露さえしのげれば、それで十分」。私は同意した。「総統地下壕だって、ヴェルサイユではなかったのだし」

「結構」。ゼンゼンブリンクは締めた。「それで、マネージャーはいないんですよね?」

「え?」

「いや、たいしたことではないので」。彼は受け流した。「まあ、頑張ってみましょう。できるだけ早く結果につなげたいと思いますので。今週いっぱいくらいで、何とか話がまとまるといいんですがね。ところで、そのころにはもう制服は戻ってきていますよね?」

「おそらく今晩にでも」。私は彼を安心させた。「何といっても、〈電撃クリーニングサービス〉だから」

ゼンゼンブリンクは噴き出し、ひくひくと笑いつづけていた。

7章　あきれたテレビ

あの空き地で目覚めて以来、心をかき乱される出来事の連続だった。しかしこの新しい宿で過ごす最初の朝は、わが人生でかつてないほど消耗するものになった。プロダクション会社の動きは進んでいなかったが、この世界についてまだまだ知識を得なければと謙虚に思っていた私には、かえって好都合なくらいだった。そして、この日のある偶然をきっかけに、この世界をさらに知るための新しい情報源に私は開眼した。その情報源とは、テレビだ。

一九三六年の誕生当時に比べてあまりに形が変わっていたため、私は最初、それがテレビなのだと気づかなかった。ホテルの部屋の片隅に置かれた薄べったくて黒っぽい、四角い板のようなその物体を私は最初、奇妙な芸術作品かと思ったほどだ。だがしばらくして、その形状から「これは夜のあいだ、しわにならないようにシャツをかけておく道具だろう」と見当をつけた。この現代という時代には、新しい知見ゆえか形の奇抜さを求める情熱ゆえかは知らないが、見慣れないものがいろいろ作られているようだった。

たとえば私がいなかった数十年のあいだに、ホテルの部屋から風呂場が消え、そのかわり、妙にカネのかかった一連の洗面具が据えつけられることになったようだ。浴槽が姿を消したかわりなのか、ガラス張りのシャワー室が申し訳のように設置されている。私は以後数週間、こうした特質はこの宿の慎み深さ――あるいは貧しさ――のあらわれなのだと思っていたが、その後、今日の建築界では、こうした作りはむしろ創造的で進歩的と考えられているのだと悟った。それはそうと、私がこの部屋にあるテレビに注目するには、ひとつの偶然を待たなくてはならなかった。

はじまりは、部屋のドアに札をかけるのを私が忘れたことだ。そのせいで、洗面台で口髭の手入れをしているときに、掃除の人間が部屋に入ってきてしまったのだ。驚いて振りむくと、掃除婦は「失礼しました、またあとで来ます」と言って、部屋を出ようとした。そのとき彼女の目は、私がシャツを広げておいた謎の機械の上にとまったのだ。

「テレビの調子が、どこか悪いんですか？」と掃除婦はたずね、私が答えるより早く、小さな箱を手にとった。謎の四角い機械に電源が入り、すぐに何かが画面に映った。掃除婦が小さな箱のボタンを何回か押すたび、画面の映像は切り替わった。

「だいじょうぶみたいですよ。思ったとおり」。彼女は満足したように言った。

掃除婦が部屋を出ると、あとには興味津々の私だけが残された。

私はかけておいたシャツを、用心ぶかくとりのけた。そして、さっきの小さな箱に手を伸ばした。

これがつまり、今日のテレビ映写機なのだ。色は黒く、スイッチもボタンも何もない。これがテレビ――。私は小さな箱を手にし、適当に「1」のボタンを押した。とたんに機械にスイッチが入った。だが、そこに映し出されたものは私をおおいに落胆させた。

画面に登場したのは、野菜を刻んでいるコックだった。一瞬、私は目を疑った。これほどすばらしい技術が、ろくでもないコックの顔を映すために開発され、活用されているとは、なんということだろう。よろしい。たしかにオリンピックの大会は毎年行われるものではないし、どんな時間にも放映されているわけではない。それにしてもドイツのどこかで、あるいは世界のどこかで、こんなコックの顔よりも報道する意義のあることは起きているはずではないか？　画面をなおも見ていると、コックの横にひとりの女があらわれ、コックが切り刻んだ野菜についていかにも感心したようにぺらぺらまくしたてはじめた。私は開いた口がふさがらなかった。わがドイツ民族は、プロパガンダの手段としてこれほどすぐれた道具をまさしく神意によって授けられたのだ。それなのに、その偉大な道具がネギの料理を映すという愚にもつかない目的に使われているのは、いったいどういうことか？　怒りのあまり、この機械をそのまま窓の外に放り出してやろうかと思った瞬間、私はこの小さな箱にやけにたくさんボタンがついているのに気がついた。電源を入れたり切ったりするためだけなら、こんなにたくさんのボタンはいらない。私は「2」のボタンを押してみた。たちまち画面が変わり、さっきとは別のコックがあらわれた。二種類のカブのちがいについて何やら力説している。こちらのコックの横にも、さっきのコックのそばにいたのと似たり寄ったりの女が立ち、カブ料理のすばらしさをほめたたえている。私はいらいらしながら「3」のボタンを押した。現代という世界がこのようなものだとは、まるで想像もしていなかった。

カブのコックは消え、太った女が画面にあらわれた。彼女もまた、かまどのそばに立っている。だが今回は、料理の手順よりも重要なテーマがあるらしい。女は今日これから何を作るかではなく、自分はカネに困っているのだと話しはじめた。これは政治家である私には、ともあれ有益な情報だった。この社会問題は、私が不在だった六十六年のあいだも解決されなかったわけだ。しかたない。民主主義のおしゃべり政治家どもに、何かを期待するほうがまちがいなのだ。

とにもかくにも、テレビがこんなことを大げさに扱っているのにはがっかりした。一〇〇メートル走の決勝レースに比べたら、このみじめなデブ女の重要度は天と地ほども差がある。唯一安堵するのは、この番組ではだれも、当のデブ女すらも、料理そのものにさして注意を払っていないことだ。女の関心はそれよりも、画面の中で女に近づいてきた若い女に向けられていた。不良のようななりをしたその女は、太った女に近づきながら意味不明な言葉をもごもごと口にした。番組の司会は、この若い女を「メンディ」と紹介した。彼女は太った女の娘で、職業訓練を受けていた会社からクビになったばかりらしい。私には、この娘をいったいどこのだれが訓練生として雇ったのか、そのことがまず疑問だったが、なおも見るうちこのメンディは、母親が鍋に用意した料理をゴミだのクソだのと罵倒しはじめた。なるほど娘はろくでもない人間にちがいなさそうだが、その料理を食べたがらないのは無理もない。母親の〈料理〉は箱の中身を鍋にぶちまけただけのものだったのだ。箱そのものを一緒に放り込まなかったのが不思議なほど、ひどく無造作なやり方で、母親は〈料理〉を作った。私は頭を振りながら、小さな箱についているボタンをさらに押した。三人目のコックが画面にあらわれ、肉を細かく刻みながら、自分が包丁をなぜどんなふうにかまえているかを得々と話していた。このコックのそばにも若いブロンドの女がくっついて、コックの言葉にいかにも感じ入ったようにうなずいていた。私はうんざりしてスイッチを切り、こんなものを金輪際見るものかと決意した。やはりもう一度ラジオに賭けてみなくては——。だが部屋中をくまなく探しても、ラジオはどこにもなかった。

ラジオすら置かれていないこの簡素な宿に、テレビが置かれているという事実。それはつまり、テレビがそれだけ重要なメディアになったということだ。

私は呆然として、ベッドに座り込んだ。

認めよう、私はかつて誇りにしてきたのだ。長きにわたる独自の学問の中で、メディアに潜むユダヤ的にねじくれた嘘の数々を、稲妻のような明晰さで徹底して暴いてきたことを。それが今、私のそうした手腕はどこにも役立てようがない。ラジオはわけがわからず、テレビで放送されているのは料理番組ばかり。これらのどこに暴くべき真実が隠されているというのか？

カブ料理の真実を暴くのか？

それとも、ネギ料理の真実を？

しかし、今現在のメディアがそういうものであるのなら――いや、そうであることは疑いの余地がないが――それならば、私に選択の余地はない。私はこのテレビの内容を理解すべく努めなければならない。それがどんなに浅はかでくだらないものだろうと、デブ女が鍋にぶちまけた箱料理のように嫌悪をもよおすものであろうと、私はそれを理解し、自分のものにしなければならないのだ。そう決心しながら私は水差しに水を満たし、グラスに注いでごくりと一口飲んだ。そうして今度は腹をくってテレビの前に座った。

私はあらためて、テレビのスイッチを入れた。

ネギを刻んでいたコックは調理を終えたらしく、今度はひとりの庭師が画面にあらわれ、何かをしゃべっていた。庭師が話すたび、そばにいる女がさも感心したように笑顔でうなずき返す。だがその話の内容とは、カタツムリの最適な駆除方法だった。

たしかに作物を荒らすカタツムリを駆除することは国民の食糧にかかわる問題だから、非常に重要ではある。だがしかし、わざわざテレビで放送するほど重要だろうか？　そんなものは不必要な気が私にはした。というのもほんの数秒後にチャンネルを変えると、別の庭師がまったく同じ話——つまりはカタツムリの駆除法——を同じように論じていたからだ。さっきカブ料理をしていたチャンネルだ。私の中に、好奇心がむくむくと湧き起こってきた。ひょっとしたら、こうしてほかのチャンネルを見ているうちに例のデブ女は庭に移動し、娘ではなくカタツムリとの対決を始めているのではないか？　だが、それはさすがになかったようだ。

テレビの機械は、私が別の番組を見ていたことをどうやら知っていたらしい。司会の人間は私のために、ここまでのあらましをもう一度まとめてくれた。メンディというこの娘は職業訓練の場を解雇され、母親の料理を食べたがらない。母親は悲しんでいる。これを説明するために、私が十五分ほど前に見た画像がご丁寧にもう一度映し出された。

「わかった、わかった」。私は、テレビの機械に聞き取ってもらえるよう、声をはりあげた。「そんなに詳しい説明はいらない。年寄り扱いしてくれるな！」

私はまたチャンネルを変えた。この局ではしばらく見ぬ間に新しい動きがあったようだ。肉を刻んでいたコックは姿を消していたが、庭師がカタツムリの駆除方法を教えたりもしていなかった。そこで展開していたのは、弁護士を主人公にした冒険ものの連続ドラマのようだった。弁護士は、西部劇に出てくる男のような口髭を生やしている。そして役者らはみな、まるで無声映画の時代がつい最近終わったばかりのように、ぎごちなくセリフをしゃべり、演技をしている。総合的に見てこのドラマはばかばかしいほどの駄作だったが、それを見ながら私は何度か大きな声で笑った。あとから考えると、なぜそんなに笑ったのか、わがことながらよくわからなかった。おそらく、だれも料理のことやサラダ菜を害虫から守る方法を話していないので、つい安心して気持ちが緩んでしまったのだろう。

私はさらにチャンネルを変えた。もう操作はお手のものだった。そうしてあれこれボタンを押すうち、まだまだたくさんの芝居が放映されていることがわかった。それらはどれも古いものらしく、画質はかなり不安定だった。農場での生活を描いたものも、医者が出てくるものも、刑事ものもあったが、どの作品も役者のレベルは、さっきの髭の弁護士のドラマよりもさらにひどかった。これらの目的はおそらく、昼日なかから人々にささやかな娯楽を提供することにあるのだろう。私は驚いた。もちろん、戦況がいちばん厳しかった一九四四年でさえ、〈熱燗ワイン〉のような軽い映画に大衆が夢中になったり気晴らしをしたりするのを、私は微笑ましく見ていた。それでも、当時ですら人々がそういう軽い映画に興じるのは多くの場合、夕方から夜にかけてだけだった。ということは、まだ昼にもならないうちから人々がヘリウム並みに軽い芸風の番組をこれだけ見ずにはいられない現在の状況は、いったいどれほどひどいものなのだろう。私は呆れつつ、なおもあちこちチャンネルを変えつづけたが、あるチャンネルで思わず手がとまった。

画面に映っていたのはひとりの男で、彼は何かの原稿を読み上げていた。内容はどうやらニュースの類らしいが、確実にそうだと言いきることはできない。なぜなら、男が席で原稿を読み上げているあいだ、画面の下にある帯のような部分を、たえまなく文字や数字が流れていくからだ。文字を追いながらニュースを聞いていると、男が読み上げているニュースの重要性が薄らいで感じられてくる。逆もまたしかり。聞こえてくるニュースも流れていく文字もどちらも真剣に追いかけようとしたら、頭の血管が切れてしまいそうだ。私は目を血走らせながらチャンネルを次に変えたが、そこでもまたさっきと同じようなことが行われていた。ちがうのは、しゃべっている人間と画面を流れる帯の色だけだ。私は数分のあいだ全神経を集中させ、読み上げられている出来事を理解しようとした。ドイツの現首相が何かを発布したとか言ったとか、決断したとかいう話で、それが重大な出来事らしいことはわかる。でも、内容をきちんと理解することはどうしてもできなかった。私はテレビの前にしゃがみ込み、アナウンサーの話に意識を集中するため、画面を流れゆく言葉の群れを手で必死に隠してみた。だが帯の部分を隠しても、画面上のあちこちに、時刻や、株価や、為替相場や、遠い異国の気温など、無意味な情報がつぎつぎに浮かび上がってくる。そのいっぽうでアナウンサーの口からは、世界のあちこちで起きている出来事が冷然と読み上げられていく。まるで、精神病院のど真ん中から情報が発信されているかのようだ。

愚かしさに拍車をかけるかのように番組はたびたび唐突に断ち切られ、どこの店で申し込めばいちばんお得な保養旅行ができるだのの広告宣伝が始まる。たくさんの似たような店がどれもまったく同じやり方で、お客に売り込もうとする愚かしさ。しかもそれらの店の名前は、健常な頭の持ち主でもまず記憶できないしろものだ。どの店の名前も「www」という三文字で始まっているのは、すべての店が「www」という親会社に属しているからなのだろうか。私はひょっとしたらこれらは、ナチス政権下で国民に多様な余暇活動を提供した歓喜力行団《かんきりっこうだん》KdFの偽名なのではないかと期待したが、KdFを率いるロベルト・ライのような頭の良い男がこんな舌を嚙みそうな意味不明の名称を考えるなど、とうてい想像できなかった。

こんな状況下で何かを考える力がはたして自分に残っているのか、私にはもうよくわからなかった。だがその瞬間、ある考えがひらめいた。これら一連の組織化された狂気はもしかしたら、非常に手の込んだプロパガンダのトリックなのではないか？つまりこれは、恐ろしい知らせを聞かされても国民が勇気を失わないようにするための巧妙な手段なのだ。画面の下を流れる言葉の帯は「アナウンサーがいま口にしているニュースはそれほど重要でない」、「画面下のスポーツニュースに意識を集中してよい」というサインを送り、人々の心をしずめてくれる。なるほど、すばらしいやり方だ。この手法が昔あったなら、国民にさまざまな情報を付随的な形で、さりげなく伝えることもできただろう。スターリングラードの件はもちろん、シチリア島への連合軍上陸の報を国民に伝えるときにも、この方法を使えたとしたら？　逆に、わが軍の勝利を伝えるときには流れつづける文字情報を突然断ち切り、静寂の中、おもむろにアナウンサーに報道させればいい。「本日、ドイツ軍の英雄的行為により、ファシスト党の党首ムッソリーニが自由を奪還！」というように(23)。

ほんとうに、そんな効果があったなら！

私は気分を取り直そうと、もっと心なごむ番組を求めて、チャンネルのボタンをさっきとは逆に押していった。しかし、さっきのデブ女のチャンネルまで来たとき、好奇心からしばし指の動きをとめた。よその番組を見ているあいだに、女はできそこないの娘をどこかの施設に放り込みでもしたのだろうか？　そもそもこんな女を妻にしたのは、いったいどんな男なのか？　おおかたナチスの下部組織ＮＳＫＫ（国家社会主義自動車軍団）によく紛れ込んでいるような、覇気のないろくでなし男にちがいない。

私が戻ってきたことに番組はすぐ気づいたのだろう。これまでのあらましが、ふたたび大急ぎで要約された。司会が大げさな抑揚をつけて、十六歳のメンディの現状を説明する。職業訓練の場を失ったメンディは、帰宅しても母親の手料理に口をつけなくなった。母親は悲しみ、ある隣人に助けを求めている。

「ほとんど話が進展していないではないか！」私は司会をののしり、またあとで話の進展を見るためかならず戻ると約束すると、さらにチャンネルを変え、ニュース番組に帰ろうとした。だが、その前に例の髭の弁護士を主人公にした無声映画へのオマージュをちらりと見ておこうと思いついた。ここでもまた番組の司会が私のために、この〈弁護士〉が前回まで何をしてきたかを紹介してくれた。十六歳のシンディなる娘が職業訓練を受けていた会社で、不道徳行為が起きる。犯人はそこの所長。想像を絶する馬鹿話をたえまなく織りまぜながら、弁護士は犯人を糾弾していく。私はあまりの馬鹿ばかしさに、またもや声を立てて笑った。それにしても、これほど壮大なデタラメをすくなくとも半分くらいは真実らしく見せることができるからには、やはりこの裏にユダヤの影があるのではないか？　だが、どうして今なおユダヤ人がこの国に存在しているのか？　ゲシュタポと強制収容所[24]の統轄者ヒムラーは、すくなくともこの分野ではたしかな仕事をしていたはずなのに。

　私はさっきの混沌としたニュース番組にまで戻り、さらにその先のチャンネルに進んだ。今度は、ビリヤードをしている男たちが画面に映し出された。ビリヤードはいつのまにかスポーツの一種になっていたらしい。まもなく気づいたことだが、それぞれのチャンネルの名前は、テレビ画面の上の隅を見ればわかるようになっていたのだ。スポーツ番組を専門にするまた別のチャンネルではなぜか、カードに興じる人々が映し出された。こんなものが現代ではスポーツとしてまかり通っているとしたら、この国の防衛能力に一抹の不安が生じるのはしかたのないことだろう。私は一瞬、考えた。

ベルリン・オリンピックの記録映画を撮ったレニ・リーフェンシュタールのような人間がもしここにいれば、目の前で気だるげにカードゲームをしている面々でさえ、魔法でもうすこしまともに見せてくれただろう。だが、歴史に残る偉大な才能の持ち主にも、もちろんできることとできないことがある。

それはそうと、映像を制作する手法にはどうやら大きな変化があったようだ。私はあちこちチャンネルを変えるうち、ちょっと見にはかつてのトリック映画と似た映像を流すいくつかのチャンネルにぶつかった。昔のトリック映画、つまりはアニメーションの中で私がいちばんよく覚えているものといえば、やはりミッキーマウスの陽気な冒険物語だ。だが今ここで放映されているのは、見る者の視力をすみやかに奪い取るにはうってつけの映像だった。たえまなくはさみ込まれる激しい爆発シーンのせいで、登場人物らの混乱した会話の断片はさらに意味不明のものになっていた。

さらにもっと奇妙なチャンネルもあった。アニメーションの映像もなしで、ただうるさい音だけが聞こえてくるのだ。私は最初、これは一種の音楽なのかと疑ったが、しばらくしてようやくわかった。つまりここでの目的は、〈着信音〉という愚かしい製品を売ることにあるのだ。何のためのこんな信号音のような音が必要とされるのか、私はまるでわからなかった。これでは人々はみな、トーキー映画の効果音係として働いているようではないか？

それはそうと、テレビでものを売るのは、今日ではごく一般的なことになっているようだ。二、三のチャンネルでは、祭の市《いち》にかならずいた昔の行商人のような人物が、とぎれなく商品の説明をしゃべりつづけていた。ここでもまた、画面の四隅を文字の情報が覆っているのが、何とも間抜けな感じだった。加えて出演者らは、「テレビに出る以上は真面目にふるまうべきだ」という掟をたえず踏み外し、そればかりか、人に信頼されるような服装をするという努力すらいっさい放棄しているようだった。いい年をしてなぜ彼らは、一昔前のロマがしていたような巨大な耳飾りをつけたりするのだろう？　そして登場人物の役どころは、昔ながらの詐欺の手口そのままだ。二人組の片方が嘘八百をひっきりなしに並べ立て、その横にいる相方が驚きのあまり開いた口が塞がらないといった風情で「ほう」だの「いやいや」だの「信じられない」だのの相槌を打ちまくるのだ。まったく三文芝居もいいところだ。見ているうち私の中には、嘘つきどもをひとまとめにして高射砲で吹き飛ばしたいという巨大な欲望がいくども湧きあがってきた。撃たれた山師どもの腹からはきっと、嘘八百がほとばしり出てくるにちがいない。

しかし考えてみれば、私の怒りのいちばんおおもとにあるのは、狂気の数々を目の当たりにするうち、自分も徐々に正気を失っていくのではないかという恐怖だった。デブ女の番組にまたしても戻ろうとしたのは、おそらく一種の逃避だったのだろう。途中で私は、髭の弁護士のチャンネルをのぞき、彼が跳梁跋扈《ちょうりょうばっこ》するさまを見物しようと思った。だが、物語はすでに別の法廷ドラマに変わっていた。その女主人公を私は一瞬、さっきニュースで見たドイツの現首相かと思ったが、よく見ればただ風貌が似ているだけだった。主人公である女裁判官が審理するのは、ゼンディという娘の告発事件だ。ゼンディは職業訓練生として雇われた会社で、いくつもの横領を働いたかどで起訴されていた。

十六歳の娘、ゼンディは、エンディという男に入れあげたせいで悪事に手を染める。エンディはしかし、ゼンディのほかに三人の実習生とも関係がある。そのうちのひとりは、将来女優になりたいだか、もうなっただかの女だ。ともかくゼンディは、本業を放り出してきなくさい副業に入れあげ、最後は賭け店の共同経営者になる。こんな具合の途方もなく馬鹿げた事件が裁判所につぎつぎ持ち込まれ、首相に似た女裁判官がもっともらしい顔でうなずきながら裁決を下していく。まるで、こうした異様な出来事が世界ではごくふつうに、日常的に起きているとでもいうかのように――。とうてい理解不能だ。

いったいだれが、こんなものを好きこのんで見るのだろう？　それはもちろん、読むことも書くこともおぼつかない劣等人種たちだ。ではほかには？　私はほとんど何も考えられないまま、例のデブ女の番組をめざしてチャンネルをかちかちと変えた。彼女の波瀾万丈の人生はしかし、コマーシャルで中断されていたらしい。コマーシャルが終わると、またしても司会の人間が私のためにあらすじを語りなおしはじめた。だが、状況は半時間前に見たときからろくに進展していなかった。だれの種とも知れぬ不良娘は母親の言うことをまったく聞かなくなり、困り果てた母親ができそこない娘を家から放り出すことについて、タバコ吸いの隣人にくどくど相談しているだけだった。

「結局のところ」。私はテレビに向かって大声で言い渡した。「こんな罰当たりの連中はまとめて強制収容所行きだ！」家屋は改装するか、家ごと取り壊し、あとでパレードができるようにきれいに整地してしまえばなおよい。そうすれば、ここで不幸な営みが行われていた記憶は、健全な民衆の心からきれいさっぱり消し去られる——。私はほとほとうんざりして、リモコンと呼ばれる小さな箱を屑かごめがけて放り投げた。

私の前にはなんと巨大な仕事があるのか？

怒りをわずかでもしずめるため、私はすこしばかり外の空気を吸ってこようと決めた。もちろん長いあいだ留守にはできない。電話を待っている以上、あまり遠くには行けないからだ。だが、制服を回収するためにクリーニング屋には行ってこなくてはならない。私はため息をつきながらクリーニング屋に入り、〈シュトロムベルク〉としてあいさつされ、意外にも申し分なくきれいに洗いあがった制服を引き取り、すみやかに帰途に就いた。このなじみの制服に身を包んでふたたび世界と向き合う日が、待ちきれない気持ちだった。ホテルに帰り着くと、受付の女が私を見るなり、だれかから電話が来たことを教えてくれた。

「ははあ」。私は言った。「やはり来たか。ちょうど今とは。それで、だれからだ？」

「さあ、わかりません」。受付嬢はそう答えると、自分のテレビ画面にぼんやりと視線を戻した。

「では君は、相手の名前を控えなかったのか？」私はこらえきれず怒鳴り声をあげた。

「またかけなおすと言っていましたから」。女は自分の失敗を正当化しようとした。

「重要な電話でした？」

「そうだとも」。私は怒り心頭に発した。「ドイツの未来にかかわる電話だったのだ！」

「まあ」。受付嬢はそう言うと、ふたたびスクリーンをのぞきこみ、こう言った。「でも、ハンディ〔携帯〕はどうしました？」

「知るものか？　ヘンディのことなど！」私は怒りのあまりこう叫ぶと、いらいらしながら自室に戻った。早く戻って、テレビの研究をさらにもっと進めなくてはいけない。「そのヘンディとやらも職業訓練の場を解雇されて、裁判沙汰を起こしているにちがいないぞ！」

8章　プロダクション会社に採用

驚きだ。なじみの制服に身を包んだとたん、人々が私を見る目は文字どおり一変したのだ。迎えの車に乗り込むなり、運転手はいささかおどけた――しかし、親しみを込めた口調で私にこうあいさつしたのだ。

「やあ、旦那！　戻ってきたのかね！」

「そういうことだ」。私はうなずいて、行き先の住所を示した。

「了解！」

私は椅子の背に寄りかかった。迎えの車の車種について何も希望を伝えなかったから、これはおそらく平均的なモデルなのだろう。それにしてはすばらしい座り心地だ。

「これは、何という車かね？」私はさりげなくたずねた。

「メルセデスですよ、お客さん！」

郷愁が突然、波のように私を襲い、何とも言いようのない不思議な安心感が胸に満ちた。ニュルンベルクのことを思い出す。あの輝かしい党大会の日。美しい旧市街を通り抜けていく車。帽子のひさしのあたりを狼のように吹きすぎた、夏の終わりと秋の訪れを感じさせる一陣の風。

「私も以前、車を持っていた」。私はもの思いにふけりながら言った。「カブリオレを」

「へえ」。運転手は言った。「いい車だった？」

「運転免許は持っていない」。私はあっさりと言った。「だが、運転手のケンプカは文句ひとつ言わなかった」

「免許《フューラーシャイン》なき総統《フューラー》ってわけですね！」運転手はくっと笑った。「こりゃいいギャグだね、ねえ、お客さん？」

「だが、もう古い」

短い沈黙が訪れた。運転手はふたたび会話の口火をきった。

「そんで、その車は、今も持ってるの？　それとも、売っちゃったとか？」

「じつを言うと、車がどうなったのかはよくわからない」。私は言った。

「そりゃ残念だね」。運転手は言った。「そんでお客さん、ベルリンで何するの？　ヴィンターガルテン劇場とか？　それとも、ヴュールマウス？」

「マウス？」

「そう、劇場のヴュールマウス。どの劇に出るの？」

「ラジオで、演説するつもりでいるのだ。そのうちに」

「やっぱり、そうきたね」。運転手はそう言うと、にやっと笑った。わが意を得たりという表情に見えるのは、気のせいだろうか。「またでっかい計画があるわけだ、ちがう？」

「計画は、運命が作りあげるものだ」。私はきっぱり言った。「私はそれを実行するだけだ。この国の現在のため、そしてこの国の未来のために、やらなければならないことをする」

「いや、お客さん、すごいね！」

「わかっている」

「ねえ、ちょいと寄り道して、昔を偲んでみる気はないかい？」

「それはまたあとで。時間には正確でいたいのだ」

そう、そのためにこそ、こうして車を回してもらったのだ。私は当初、厳しい財政事情のため、徒歩で、あるいはトラムで会社に赴くと申し出ていた。それをあのゼンブリンクが、それでは心もとないとか交通渋滞があるかもしれないとか理由をつけて、なかば強引に車を手配した。

私は車の窓から外を眺め、かつての帝都の姿をそこに見出そうとした。だがそれは容易ではなかった。運転手が渋滞を嫌って、大通りを避けて通ったからだ。あたりには、古い建物はほとんど見あたらない。私は満足しつつ、何度もうなずいた。これならば、敵軍が来たとき、おそらくこの町にはほとんど何も残されていなかったにちがいない。だがその場所に、七十年たらずでどうやってこれだけの大都市が再建されたのか、その謎は探ってみる必要がありそうだ。かつてローマ軍はカルタゴを征服したとき、カルタゴの大地に塩をまいたのではなかったか？　この私だってできるものなら、モスクワかスターリングラードのすべての鉄道車両を塩まみれにしてやりたかった。だが今のベルリンは野菜畑などではなく、歴とした都市だ。もちろん塩漬けの大地の上にコロッセウムを建てるのも、創造的な頭の持ち主なら不可能ではないだろう。ではあるが、今目の前にある建築物の技術や工学的な面から純粋に判断するかぎり、仮に敵が塩をまいていったとしてもその量はたかが知れているようだ。

そして敵はどうやら、廃墟となったベルリンに魅せられ、そのまま居ついてしまったらしい。その昔、戦いに敗れてがれきとなったアテネの町に、敵のアヴァール人が居ついたのと同じだ。だからこそベルリンはその後、文化を再建するため必死の努力をしたものの、第二級か第三級の人種にできる程度の成果しかあげることができなかったのだろう。この町で戦後、見る者が見ればひと目でわかる粗悪な建築物が山のように作られたのがその証拠だ。さらに恐ろしくも愚かしいのが、町中どこへ行っても同じ店ばかりが立っていることだ。窓の外を見ていた私は最初、運転手が同じ場所をぐるぐる回っているのではないかと思ったが、しばらくするうち気がついた。同じ場所を回っているように見えたのは、〈スターバック〉という人物が経営するコーヒー屋が町のそこかしこに何十軒もあるせいなのだ。パン屋もしかり。肉屋もしかり。そして〈電撃クリーニングサービス　イルマッツ〉でさえ、いくつか存在することに私は気づいてしまった。想像力のかけらもない形状は、店舗だけでなくほかの家々も同じだった。

プロダクションの建物も例外ではなかった。今から五百年か千年後に、この丸太か切り株のような想像力のかけらもない建物の前で人々が感嘆の息をのむなど、私にはとうてい想像できなかった。はっきりいって落胆した。その建物はまるで、ひと昔前の製作所のようだった。もしかしたら、このすべてを統括する〈プロダクション会社〉は評判ほどのものではないのかもしれない。

受付で、やや化粧の濃い若いブロンドの女が私を出迎え、会議室まで案内した。この場所がどんなふうか記述するだけでぞっとする。壁は打ちっぱなしのコンクリート。そしてむき出しの壁が、ぞんざいに積みあげられたレンガでところどころ区切られている。ドアは見あたらない。あちこちに巨大な部屋があり、中では大勢の人間が蛍光灯の下で、テレビの画面に向かって何か作業をしている。その光景を見ていると、同じ部屋にわずか五分前には軍需工場の女工たちがいたような、妙な心持ちがした。部屋ではひっきりなしに電話の音がしている。その瞬間、なぜ人々が例の〈着信音〉のためにわざわざカネを費やさなければならないのかという謎が、突然解けた。それは、この強制労働所の中でも、すくなくとも自分の電話の音には気づけるようにするためだ。

「こうしたすべてはロシアのため、なのだろうな」。私は言った。

「そう思われますか？」若い女が微笑みながら言った。「でもご承知とは思いますが、ロシアは残念ながら、まだちょっと。こちらは今、アメリカやドバイのバッタ〔ハゲタカファンドの意〕が頼りですので」

私はため息をついた。まったくひどい話だ。生存圏がない。パンの小麦を作る地面もない。だから、窮余の策としてバッタを食用にするなどという話が出てきたのだろう。私は胸を痛めつつ、かたわらを歩くそのうら若い女を見た。まっすぐ伸びた背筋に不屈の意志が感じられる。私は咳払いをし、「気概があるな、君は」と言葉をかけた。だが、心の動揺を相手に気づかれてしまったかもしれない。女はこう言った。

「もちろんです。いつまでもアシスタントでいる気はありませんから！」

それはもちろんだろう。アシスタント。つまり、ロシア人を助ける助手になど――。それにしても、なぜそんなことがこの現代で起きているのか事情はどうもよくわからぬが、そういうわけのわからなさがまさにソ連のボリシェビキそのものだ。この女はボリシェビキのくびきの下で〈助手〉として、いったいどんな仕事をしているのだろうか。私はぴたりと立ち止まり、女の肩をがっしとつかんだ。

「見ていてくれたまえ！」私が言うと、女は驚いた顔でこちらを向いた。私は彼女の目をしっかりと見つめながら、おごそかに告げた。

「この場で約束しよう。君がその生まれにふさわしき未来をかならず手に入れられるよう、私は力の限りを尽くす。そして、君やその他すべてのドイツ人女性が劣等人種に仕えずにすむようにしよう！　私の言葉を信じてほしい。お嬢さん、その……お名前は」

「……エズレム、と申します」。女は言った。

この瞬間の何ともいえないばつの悪さは、今でもよく覚えている。一秒の何分の一かのあいだ、私はこの状況に説明をつけようとめまぐるしく頭を働かせた。いったいなぜ、まっとうなドイツの娘に「エズレム」などというトルコ風の名が？　もちろん、説明などつくわけがない。つまり、この女はドイツ人ではないのだ。私は女の肩から手を外し、くるりと向きを変え、先を急いだ。だまされた、欺かれたという気持ちが胸に渦巻いていた。私に勘ちがいをさせたこの女を、その場に置き去りにしていきたかったほどだ。だが、残念ながら会議室への道がわからない。私は不承不承、女の後ろを無言で歩いた。だが、内心では「この新しい世界の中では、より以上の注意をすべし」と固く決意していた。今やトルコ人は、クリーニング業界のみならず、文字どおりいたるところに進出しているらしい。

会議室に入ると、ゼンゼンブリンクが立ち上がり、私のほうにやってきて部屋の奥へといざなった。小さな机をいくつも継ぎ合わせて長くしたものを、人々が囲んで座っている。その中には、ホテルを手配してくれたあのザヴァツキという若造もいた。

彼のほかには、比較的年の若い男が五、六人。みなスーツに身を包んでいる。それから女がひとり。これが、話に聞くベリーニ女史にちがいない。年は四十歳くらいだろうか。髪の色は黒。おそらくは南チロルあたりの出身だ。そして、この部屋にいる腑抜け男らが束になってもかなわないほどの男気が、このベリーニという女にはある。私は部屋に入るなり、すぐそれに気がついた。

ゼンゼンブリンクは私の腕をとって、テーブルの反対側に案内しようとした。彼の示した場所には、即席の舞台か踏み台のようなものが用意されているのがすぐに見てとれた。私は体を軽くひねってゼンゼンブリンクの手を払い、たしかな足どりでベリーニ女史のところに向かい、帽子を脱いで小脇にはさんだ。

「こちらが……ベリーニ女史です」。ゼンゼンブリンクがしゃしゃり出てきた。「当社フラッシュライトの執行役員副社長です。ベリーニ女史、こちらが、われらが期待の新星の、その……」

「ヒトラーです」。ゼンゼンブリンクのもごもごした、情けない口調をさえぎるようにして、私は言った。

「アドルフ・ヒトラー。大ドイツ帝国の元首相です」。ベリーニ女史が私に手を差し出した。私はその手をとり、軽く体をかがめて、形だけ口づけをした。それから私は、あらためて気をひきしめた。

「親愛なるご婦人よ。お知りあいになれたことを光栄に思う。これからともに、祖国を変革していこうではないか」

ベリーニ女史は、微笑んだ。すこし心もとなげな笑顔に見えるのは、気のせいだろうか？　しかし私は、自分が女性にもたらす絶大な効力を昔から知っている。世界に名だたるドイツ軍の最高指導者が目の前にあらわれたら、たいていの女は魂が抜けたように何も知覚できなくなってしまうのだ。ベリーニ女史をいたずらに困惑させないよう、私は彼女から視線をそらし、「諸君！」と呼びかけながら、テーブルを囲む男たちに向きなおった。そしてゼンゼンブリンクにふたたび視線をとめると、私は言った。

「さて、ゼンゼンブリンクさん。私はどこの席に座ればよろしいか？」

ゼンゼンブリンクが指さしたのは、テーブルのいちばん向こうにある椅子だった。末席――。いや、覚悟はしていたのだ。以前にもこんな仕打ちを受けたことはある。いわゆる産業界の男たちは、私が将来ドイツ総統としてもつ重みをその当時、正しく評価しなかった。だが今日はここで、総統としての重みを、目の前の連中にしっかり見せつけてやろうではないか。その重みを彼らが理解できるかどうかは、はなはだ疑問ではあるが。

机の上にはコーヒーとカップ、瓶入りのジュースと水、そして透明な水をたたえたガラスの水差しが置かれている。私は水差しからグラスに水を注いだ。そのまま一分間ほど、沈黙が流れた。

「さて」。ゼンゼンブリンクが口を開いた。「今日は、何をお持ちいただいたのでしょうか？」

「私を」。私は答えた。

「いや、そういう意味ではなくて。今日は何を披露していただけるか、ということです」

「今日は僕、ポーランドのことはもう何も言いませんから！」ザヴァッキがにやにやしながら口をはさんだ。

「結構。それはたしかに前進だ」。私は言った。「問題はあきらかだ。私はドイツを救いたい。その私をみなさんは、どのように助けてくださるつもりか？」

「それではあなたは、どのようにドイツを救おうと思っているのかしら？」ベリーニ女史はそう質問しながら私に、そして男たちに向かって奇妙な目配せをした。

「私は思う。ここにいる人々もみな、心の中ではきっと、この国が何を必要としているかわかっているはずだ。私はこの会議室に来るまでに、労働者が押し込まれている部屋をいくつも見てきた。あなたがたとその同胞が、苦役を強いられているあの部屋だ。かつてあのシュペーアも、外国人労働力の効率的使用に際しては、さして心を砕いていなかった。しかし、あのように狭い……」

「それは、あの大部屋のことですか？」ひとりの男が言った。「どこにでもありますよ、あんなもの」

だ。

「君、何かを主張したいのなら、それは君自身の考えなのだろうな?」私は突っ込んだ。

「いや、こんなところで『自身の考え』と言われても」。男はそう言って、笑いながらまわりを見渡した。「あれは、ここにいるみなで決めたことですし……」

「見たまえ」。私は立ち上がり、ベリーニ女史の顔を正面から見つめた。「これが私のテーマだ。つまり、責任もしくは決断というものについてだ。たとえば、あの巨大な籠のような部屋を作ったのはだれか? そこにいる彼なのか?」私はそう言いながら、〈それは私自身の考えじゃない〉と言った男を指さした。「それとも、そちらの彼なのか?」今度はゼンゼンブリンクのとなりにいる男を私は目でとらえて言った。「あるいは、そこにいるザヴァツキ氏なのか? 私が強く懸念するのはここだ。だれのしわざか、私にはわからない。それよりも問題は本人たち、つまりあなた方自身がそれをわかっていないことだ。労働者が自分の言葉すら聞き取れないような環境で、いったい何ができると思うのか? みなが自分の電話の音を他人の音と区別しようと、〈着信音〉を大きくすることばかりに熱を入れたら、いったいどうなる? こうした事態を引き起こした責任は、だれにあるのか? 労働者の窮状を救ってくれるのは、だれなのか? だれに窮状を訴えればよいのか? 上司が助けてくれる? いや、それはない。上司に訴えても、別のだれかのところに行けと言われるだけだ! そしてこれは、ここだけに限った話なのか? いやちがう。この病はひたひたと全ドイツをむしばんでいる！　あなたが今日、コーヒーを一杯買ったとしよう。そのコーヒーについて責任を持つのはだれか、あなたにはわかるのか？　だれがそのコーヒーを淹《い》れたのか？　そこの君！」私は、さっき〈それは私自身の考えじゃない〉とほざいた男をあらためて指さした。「この男性はもちろんこう考えているはずだ。そのコーヒーの責任者はスターバック氏だと！　しかし、ベリーニ女史。あなたも私もともに知っている。スターバックなる人物がすべてのコーヒーをひとりで同時に淹れることはできない。では、だれがやっているのか？　われわれにはわからない。わかっているのはただ、スターバック氏がしているのではない、ということだけだ。ことはコーヒーだけにとどまらない。たとえばクリーニングもそうだ。クリーニング屋に服をもっていくとき、それをだれが洗濯するのか、あなたにわかるのか？〈クリーニングのイルマッツ〉と看板にあったら、イルマッツ本人が洗濯をしているのか？　否。わかるだろうか、これこそが今、ドイツが変革を必要とする根拠だ。変革が、革命が、必要なのだ。責任をとることのできる強い人物こそが、今のドイツには必要なのだ。決断を下し、国民の生命と生活とその他もろもろについて責任をとることのできる、指導力ある人間が必要なのだ。なぜならば、もしロシアを攻撃せんとすれば、さっきのだれかのように『ああ、それはみんなで、どうにかして決めたことです』などとは言っていられないからだ。『これからモスクワを包囲するかどうか、みんなで決めたいと思います。賛成の人は手をあげて！』というのは、たしかにすばらしく気持ちのいいやり方だ。しかし、それで失敗したときには？ そうなったら、みんなで共同責任をとるのか？ いや、より正しく言うならこうだ。責任があるのは国民自身だ。なぜなら、国民がわれわれを選んだのだから。ドイツ国民はあらためて知らねばならない。ロシアの件を決断したのは、陸軍総司令官のブラウヒッチュ元帥[25]でも電撃作戦の生みの親グデーリアン大将でもゲーリングでもない。それは、私だ。それから高速道路。あれを決断したのは、どこかの道化役者ではない、この私、総統なのだ！ 今、われわれはドイツ全土において、決断と責任を明確にしなくてはならない！ 朝食にパンを食べるとき、どこのパン屋がそれを焼いたのか、知る人は知る。そしてチェコへの進軍を明日にひかえた兵士らは知る。これは総統が決断したことなのだと！」

　私は言葉を切り、ふたたび椅子に座った。

　静寂が、部屋を満たす。

「これはその……おもしろくはない」。ゼンゼンブリンクのとなりの男が口を開いた。

「でも、インパクトはすごい」。〈それは私自身の考えじゃない〉男が言った。

「言っていただろう、彼はすごいって」。ゼンゼンブリンクが鼻高々に言った。

「頭がすこし……」。ホテルを手配したザヴァツキが途中で口をつぐんだ。何を言おうとしていたかは、よくわからない。

「ありえない」。ゼンゼンブリンクのとなりの男が、断固とした口調で言った。

ベリーニ女史が立ち上がった。一同は即座に彼女のほうを見た。

「重要なのは」。ベリーニ女史が言った。「ここにいるあなたがたがみな、これまでの笑いの型に慣れきっていることよ」

鋭い指摘に一同はしんとした。彼女はさらにつづけた。

「すぐれた笑いの指標のひとつは、舞台の上の人間が下にいる観客よりもよく笑っていることよ。私たちがつくっているコメディ番組を見ればわかるでしょうけど、たいていの芸人は、自分がいきなりタガが外れたように笑いだすことで〈ここが笑いどころなのだ〉と観客がわかるようにしている。そういうことをあまりせずに淡々と話しつづけるタイプには、要所要所で笑い声を背景に入れてやるの」

「それが成功への定式ですよね」。これまで口を閉じていた男が言った。

「そうとも言えるけれど」とベリーニ女史が言った。この女はなかなか手ごわいと、私は感じはじめていた。「だけど、この先のことを考えてみて。思うにコメディの業界はもう、あるポイントに到達している。もう観客がそういうことを当たり前だと思うような、そんな地点まで来ているのよ。これから長期的に見て競争に勝ち残っていけるのは、決定的に新しい笑いのツボを自分で開拓した人かもしれないわ。そうじゃありません、ええと、ヒトラー……さん？」

「決定力を持つのは、プロパガンダだ」。私は言った。「必要なのは、他の党とはちがうメッセージを発信していくことだろう」

「ちょっと、いいかしら」。ベリーニ女史が言った。「あなたはこれ、前もって準備してきたわけではないのよね？」

「何の話か？」私は言った。「私のイデオロギーの基盤は、はるか昔に築かれたものだ。この揺るがぬ土台があればこそ、私はもろもろの出来事に英知をもって対決し、そこから正しき結論を引き出してきた。あなたは、総統になるすべを大学で学べるとでも思っているのか？」

ベリーニ女史は、テーブルの上で手をたたいた。

「どうやら、即興のようね」。彼女は言った。「これだけできれば、たいしたものよ！それに、ただの一度も顔をゆがめたりしなかったし。どういうことか、わかるかしら？　つまり彼は、番組を二本やったくらいでもうネタ切れになるような器ではないのよ。もちろん、ネタに詰まるようなら、だれかに台本を書かせるという手もあるけれど。どうお考えかしら、ヒトラーさん？」

「いわゆる作家に、私の作品をいじり回されるのはごめんだ」。私は言った。「『わが闘争』を書いていたときにも、ツェルニーという者が始終[26]……」

「君が言わんとしていることが、だんだんわかってきたよ。カルメン」。〈それは私自身の考えじゃない〉男が口をはさみ、笑い出した。

「……それでは、彼をどこかの相方に起用するということで」。ベリーニ女史が言った。「問題は、どこが最適かね。アリ・ジョークマンの番組にレギュラー出演させるのはどうかしら？」

「大抜擢ですね」。ザヴァッキが言った。

「視聴率に注目しておくことよ」。ベリーニ女史が言った。「今現在の数値。二年前の数値。それから、この先の数値を」

「ほかの局は、さぞ肝を冷やすでしょうな」。ゼンゼンブリンクが言った。

「ひとつだけ、はっきりさせておきましょう」。ベリーニ女史はそう言うと、突然まじめな顔で私を見た。

「いったい何を?」

「〈ユダヤ人〉をけっしてネタにしないこと。これは、ここにいるみんなの総意よ」

「それはまったく、正しい判断だ」。私は同意した。むしろほっとしたくらいだ。自分が何について話しているか理解している人間が、ようやくあらわれた。

9章　ほんとうの名前

活動を始めたばかりでとんとん拍子に成功をおさめてしまうほど、危険なことはない。最初の一歩を踏み出したとたんにもう信奉者を獲得し、彼らを相手に演説をぶちかまし、そのままオーストリアやズデーテンの併合まで上りつめてしまったら、おそらく人生のなかばにしてもう、最終勝利にたやすく手が届くと思いこんでいたかもしれない。往時の私は、短いあいだにつづけざまにすさまじい出来事に見舞われたが、あとにして思えばそれは、運命が私のために采配したことだったのだ。一九一九年と一九二〇年は、私にとって戦いの日々だった。メディアによる嵐のような攻撃。ブルジョワ政党の悪意。私はそれらと悪戦苦闘し、ユダヤ的な嘘八百がもたらす状況を苦労してたたきつぶしていった。だが、いくらやってもその先で、害虫らが吐き出すもっとべたべたした虚言妄言にくるみこまれるだけだった。私が小さな嘘を必死に殲滅《せんめつ》しているあいだ、こちらの何百倍も何千倍もの力をもつ敵は、さらに新しくて強烈な毒をせっせとまき散らしてくれたからだ。それが今、私はもう、この新しい世界にやってきてわずか数日で、放送の世界の入口までたどりついてしまった。しかも、政敵が同じプロパガンダの手段に訴えてくる気配はかけらもない。あまりに順調すぎて現実とは思えないほどだ。過去六十余年のあいだに私の敵は、民衆とのコミュニケーションについて、まったく何も学んでこなかったというわけだ。

もしかしたら、活動のために映画を作ることになるかもしれない。そうだとすれば、異国の海をゆく〈喜びの力〉という船上で繰り広げられるロマンスものはどうだろう。南の海を、あるいは危険なフィヨルド沿いをゆくこの船には勇敢な若き兵士が乗り込み、切り立った断崖の近くを果敢に航行するが、船は絶壁のふもとに衝突し、兵士は恋人の腕の中で息絶えてしまう。ドイツ女子同盟の一員であるその恋人はしかし、傷心を乗り越え、ナチスの女性政策のために人生を捧げようと決意する。[27] 娘は、死んだ兵士の子種をすでに腹に宿している。彼らの悲恋の前には、二人が未婚である事実など問題にならない。純血を尊ぶ声の賛同があれば、ヒムラーのようなやつだって口をつぐまざるをえない。娘は恋人の最後の言葉を胸に、たそがれの谷間を歩く。幾頭かの乳牛を彼女は感慨深く眺める。空が鉤十字の旗とゆっくりオーバーラップしていく。こんな映画を作ったら、全国の女性同盟の窓口という窓口で申込書が飛ぶようになくなること請け合いだ。

主人公の名前は、北欧風に〈ヘッダ〉に決まりだ。

それはともかく、今日のメディアは政治的には十分活用されていないようだ。現政権が国民のために行った政策のうち、テレビが報道するのは「ハルツⅣ《フィア》」と呼ばれる失業者の救済策への批判ばかりに見える。人々はみなこの「ハルツⅣ」を忌み嫌い、いつも不愉快そうな口調でその名を口にする。こうした連中が社会のごく一部であることを私は切に願った。こんな覇気のない輩が何万も集まって、ニュルンベルクのツェッペリン広場で旗を振りまわす光景など、どれだけ想像の翼を広げても思い浮かべることができない。

それはそうと、ベリーニ女史との交渉も成功のひとつに数えてよかろう。私は彼女に、金銭だけでなく党機構と党の事務所もぜひ必要であることを第一に伝えた。当然のことだ。ベリーニ女史は最初、すこし驚いたようだったが、すぐに惜しみない援助をすると約束してくれた。事務所と、書記の人間も用意してくれるという。衣類と、プロパガンダのための旅行、そして私が現在の知識水準に追いつき、追い越すための研究費をあわせると、かなりの金額が必要になる。資金源はどうやら問題ないらしい。それより問題なのは、党を率いる者として不可欠ないくつかの支出について、女史の理解を得ることだった。〈オリジナルに忠実な〉スーツを何着か、最高級の仕立て屋に注文するのは問題なかった。オーバーザルツベルクにいたときや山々を歩くときに好んでかぶっていた帽子も、あわせて作らせることにした。だが、運転手つきのメルセデスのオープンカーがほしいという要望は、あっさりと断られた。ちゃらちゃらした印象を与えるからというのがその理由だ。私は体面を保つために、心ならずもそれを受け入れた。それでもここまでにもう、望んでいた以上にすばらしい成果をあげることができた。振りかえって見れば、この瞬間こそが私の新しい人生の中でおそらくいちばん危険なときだった。私以外のだれかならば、ここまで来ながら肘掛椅子に逆戻りし、行く手を絶たれていただろう。私のみが、おそらくは年の功もあって、事態の展開をつねに冷徹かつ無慈悲に分析し、前に進むことができたのだ。

そうはいっても今のところ、私の支持者の数はかつてないほど微々たるものだ。もちろん過去をさかのぼれば、支持者の数が少ない時代もあった。たとえば一九一九年に初めてドイツ労働者党を訪れたとき、同志はわずか七人程度だった。しかし今現在、私本人を除き、同志と呼べる者は皆無だ。ベリーニ女史やキオスクの店主はおそらく同志になる境界線上にはいる。だが、党員の申し込みをするつもりがあるかどうかはわからない。彼らが党員として寄付金を支払ったり、集会のときにボディガードの役目をしてくれるかどうかは、まだわからない。それにキオスクの店主は正真正銘のドイツ人魂の持ち主のようだが、根本的にはリベラルで左翼的な人間に見える。しかたない。今は、自分で自分に課した日々の計画を鉄の意志で規律正しくこなしていくしかない。毎朝ほぼ十一時に起床し、ホテルの人間にケーキを一切れか二切れ部屋に運ばせ、そして夜中まで黙々と研究にふける。これをたゆまず繰り返していくことだ。

というわけで午前十一時に目覚めるのが日課の私は、午前九時近くに電話が鳴ったとき、まだ朝のまどろみの中にいた。電話に出たのは、スラブ風の表記不可能な名を名乗る女だった。まさかあの最高司令部作戦部長のヨードル大将が、こんな女に電話をさせて、連合軍の上陸を私に知らせるつもりだろうか？[28] いや、もうあれは過去になったはずだ……。私は半分寝ぼけたまま、受話器を握った。

「もしもし……？」

「おはようございます！ クラウフツェックと申します」。女が、無慈悲な喜びに満ちた声で嬉しそうにまくしたてた。「フラッシュライトの者です！」

なにより腹立たしいのは、こうして朝っぱらから電話をかけてくる人間が、まるで自分はもう三時間も前に起きて、ひとっ走りフランスまで行ってきたとでも言わぬばかりに、途方もなく上機嫌であることだ。なおのこと腹立たしいのは、早起き人間のおおかたが、すさまじいほど朝早く起きるにもかかわらず、何もすばらしい行いをしないことだ。ここベルリンでもこれまでに、世も明けきらぬうちに飛び起き、すこしでも早く会社から帰るためにすこしでも早く会社に行くのだと公言してはばからない輩に何人出会ったかしれない。こうした八時間労働主義者に何度か、夜の十時に仕事を始めて朝の六時に終われば、みんなが起き出す前に家に帰り着けるではないかと提案したことがある。まともに受け止めてくれる人もいないではなかった。ともかく私自身は「朝早くから働かなければならないのはパン屋だけだ」という考えを変えるつもりはない。

いや、パン屋だけではない。いうまでもないことだが、ゲシュタポもそうだ。ボリシェビキどもをねらうには、朝まだ寝ている時間がいちばんだ。むろん、ボリシェビキがパン屋をやっている場合は、話は別だ。その場合はパン屋が目覚めるよりもさらに早く、ゲシュタポが目覚めていなくてはならない、等々、等々。

「何の用事だ?」私はたずねた。

「契約部門からお電話をしています」。女が嬉しそうに話した。「今ちょうど、必要書類をそろえているところですが、その件で二、三、おうかがいしたい点がありまして。すみませんが、このままお電話で質問させていただけます?　もしくは、もしよろしければ当社にお越しいただけるようでしたら……」

「どんな質問だ?」

「いえその、まったく一般的な質問です。社会保険ですとか銀行関連ですとか、その手のことを。まず最初にうかがいますが、書類にはどのお名前を記入すればよろしいですか?」

「どの、お名前?」

「それはあの、つまり、あなたのお名前を、私は存じあげないものですから」

「ヒトラー」。私はうめくように言った。「アドルフ」

「そうでしたわね」。女はまた、早起き人間独特の不気味なほど陽気な声で笑いながら言った。「でも、そうではなくて、ほんとうのお名前をうかがいたいんです」

「ヒトラー！　アドルフ！」私は、今度はすこしばかりむっとして答えた。

短い沈黙が流れた。

「冗談ではなくて？」

「当たり前だ！」

「ええと、それは……つまり、その、偶然そうだという……」

「何がどう偶然なのだ？」

「ですから、お名前は、その、ほんとうに……」

「いいかげんにしたまえ！　君の名前が何だか知らないが、それをきいた相手が、目を丸くして『まあ、すごい偶然ですね！』と言ったらどう思う？」

「ええ――ですが、あなたはほんとうに、そういうふうに見えるので。あ、いえ、つまりその、お名前のとおりに見える、ということですが……」

「だから、何だというのだ。君の風貌は、君の名前が示すのとはまるでちがうというのか？」

「いえ、そういうことでは……」

「では、そういうことで！　そのろくでもない書類は、ちゃんと仕上げておいてくれ」。私はそう言うと、受話器を電話にたたきつけた。

七分後に、ふたたび電話が鳴った。

「まだ、何か？」

「はい、あの先ほどの……と申しますが」。女は、例の東欧風の風変わりな名前を口にした。まるで、軍事報告書を握りつぶすときのくしゃくしゃという音のような名前だ。「じつは……その、それでは通らないので……」

「何が通らないのだ？」

「あの、私はべつに意地悪をするつもりは、まったくないんです。ですが……あのままでは、書類が法務部をぜったいに通りません。契約書類を作ることはできます。ですが、法務の人間がそれを見て、書面にアドルフ・ヒトラーと書かれていたら……」

「それ以外に、何と書けと言うのか？」

「ええ、でも。何度もおうかがいしてまことに申し訳ないんですが、あの、ほんとうにそれが本名でいらっしゃるのですか？」

「いや」。私はうんざりして言った。「もちろん、本名ではない。ほんとうの名前は、シュムール・ローゼンツヴァイクだ」。私はわざと、ユダヤの典型的な姓名を口にした。

「そうでしたの」。女はあきらかにほっとした声で言った。「失礼ですが、〈シュムール〉のつづりを教えていただけます？　あいだに〈h〉が入るほうの〈シュムール〉でしょうか？」

「冗談にきまってる！」私は受話器に向けて怒鳴った。

「えっ……そんな。それは残念です」

受話器の向こうで、女が何かに線を引いて消しているのが聞き取れた。それから女は私に言った。「あの、たいへん恐縮ですが、もしもこちらにいらしていただければ、そのほうがいろいろうまくいくと思うんです。パスポートか何かと、銀行通帳もお持ちいただきたいのですが」

「そんなことは、ボルマンに聞いてくれ」。だしぬけにボルマンの名前が口をついて出た。私は受話器を置くと、その場に座り込んだ。怒りが、そしてやりきれなさが胸にこみあげてくる。つらい、ほとんど悲しいといってよい気持ちで、私は腹心のボルマンのことを思い出した。ボルマン。戦争の指揮で毎日気の休むひまもない私が、仕事のあとはすこしでも心を安らげられるよう、毎晩私のために娯楽番組を注文しておいてくれたボルマン[29]。オーバーザルツベルクの住民との交渉をてきぱきとまとめてくれたボルマン[30]。本の売上印税を手際よく管理してくれたボルマン。私のこのうえない腹心であるボルマン。彼に任せればたいていのことは大丈夫だと、私は安心していた。ボルマン。すべてに確実な彼がもしもここにいたら、こんな契約はすらすらと運んでいたにちがいない。

「ミス・カシャクシャ。これは最後の警告だ。契約の必要書類をすみやかに準備したまえ。さもなければ、あなたもあなたの家族もダッハウ送りですぞ。どれだけの人間がダッハウから戻ってこられたか、あなたもご存じのはずだ」。あまり評価されていなかったが、ボルマンは他人の感情に移入する能力にすぐれ、どんな相手ともうまくつきあうことができた。もし彼がここにいたら、私のためにただちに住まいを用意し、非の打ちどころのない必要書類をそろえ、銀行口座でも何でも準備してくれただろう。いやそれより、あのボルマンならきっと、こんな官僚的な馬鹿げた質問をだれも金輪際私にしてこないよう策を講じてくれたはずだ。だが、しかたない。今の私はボルマンなしでやっていくしかないのだ。ともかく例の役所の書類の件は、何とかうまくかたをつけなければ。三〇年代にどうしていたかはともかく、今この現在に生きている以上は、現在の習慣に否が応でも従わなければならない。だが、どうやって？

おそらく、まずやらなければならないのは住民票の登録だ。しかし私には現住所も、出身を証明する書類もない。このホテルにこうして住んでいる以上、そしてプロダクション会社が雇ってくれている以上、私が存在することはたしかだ。だが、役所の書類に書きこめるような情報は何ひとつない。私は怒りに拳を握りしめ、天井に向けてそれを突きあげた。書類、書類、書類。小市民的な役人どもが重箱の隅をつつくようなせせこましい規則で、今また私の、そしてドイツ国民の邪魔立てをしようとしているのだ。こんな状況に、いったいどんな手の打ちようがあるのか――。そう思った瞬間、ふたたび電話が鳴った。今、目的を達するために必要なのは、前線に立つ兵士と同じ鉄の意志と冷静沈着さ、そして決断する喜びだ。私は受話器をとった。どうすればよいのかはまだわからない。だが、ともかく解決策を探さなくては。

「たびたびすみません。フラッシュライトの……です」

そうだ、こう言えばいいのだ。

「すまないが」。私は言った。「この電話を、ゼンゼンブリンクにつないでもらえないか？」

10章　骨の髄まで芸人

広く信じられている誤解がある。それは、総統になるような人間はすべてを知っていなくてはならないという誤解だ。総統は、すべてを知っている必要はない。大部分を知っている必要もない。極端にいえば、ほとんど何も知らなくてもかまわない。総統は、だれよりもものを知らなくてよい。敵軍の激しい空襲を受けたあとなら、目も見えず、口もきけぬようになってしまってもかまわない。義足でもかまわない。両手両足を奪われ、旗を振ることも、ドイツ式敬礼をすることもできなくてもかまわない。ドイツ国歌を歌うとき、見えない目から苦い涙がこぼれるだけでもかまわない。もっといえば、記憶さえなくてもかまわない。完全な記憶喪失になっていてもかまわない。なぜならば、総統になるべき者に必要なのは、乾いた情報の積み上げではなく、迅速な決断力と、それにともなう責任を引き受ける力だからだ。見すごされがちだが、昔の戯言《ざれごと》にもあるように、そして引越し屋の宣伝文句にもよく言われるように、〈運んでいるのは荷物ではなく責任〉なのだ。

だが、理想的な状況では、総統はすべての人間がしかるべき場所でしかるべき成果をあげられるように采配するものだ。ボルマンはどう転んでも総統の器ではないが、思考と記憶の芸術的な達人だった。彼に知らないことはなかった。ボルマンのことを陰で〈総統の書類棚〉と呼ぶ者もいた。だが、私が自身の政策を確認するのに彼ほど役に立つ人間はおらず、私はいつもおおいに感心させられたものだ。〈総統の係留気球〉と呼ばれていたゲーリングだったら、同じことを聞いても返ってくるのは壮大なおべっかだけだ。

ともかく、例のプロダクション会社が私に提示した新しい可能性をいかすには、たとえボルマンがいなくても、ボルマンのような知識をもって、有益なものと無益なものを分ける能力がなくてはいけない。そして、役所の書類がどうのという問題を私が自分で解決しようとするのは、あきらかに無益だ。よって私はこの〈必要書類〉に関する難題を、私のまわりでは、役所筋におそらくいちばん融通をきかせられそうな人物――すなわち、ゼンゼンブリンクに託すことにした。ゼンゼンブリンクは開口一番にこう言った。

「もちろんそんなことはご心配なく。そちらは番組に集中していただければ、あとのことはみんな私どもで引き受けますから。それで、何が必要なんですか?」

「それについては、私に電話をしてきたクシャだかカシャだかの名前の女に聞いてくれ。要は身分証明書を出せということだ。それからほかにも何か」

「パスポートか何か、身分を証明するものはないんですか？　よくそれで、これまでやってこられましたね」

「そういうものは、これまで一度も必要にならなかったのだ」

「外国に行ったことは、一度もないんですか？」

「もちろんあるとも。ポーランドに、フランスに、ハンガリーに……」

「ああ、ユーロ圏内ならパスポートはいらないですからね」

「それから、ソ連にも行ったことがある」

「パスポートなしで、ソ連に？」

　私はしばし考えた。

「パスポートを見せろと言われた記憶がないのだ」。私は事実を率直に話した。

「奇妙な話ですな……。では、アメリカは？　たしか五十六歳とうかがいましたが、これまでアメリカにやっぱり一度も？」

「アメリカには行くつもりだったのだが」。つい口調に怒りがこもった。「だが、残念ながら邪魔が入ってしまった」

「そうですか。まあともかく、必要な書類さえいただければ、あとはこちらで役所だの保険だののことはちゃんとやりますから」

「だから、それが問題なのだ。必要な書類がまったくそろわないことが」

「まったくそろわないって、ほんとうに、まったく？　家には？　例の恋人のところには？」

「最後に住んでいた住居は」。私は悲しげに言った。「猛火の餌食《えじき》となってしまった」

「ああそう——ええと——それは、ご冗談ではなく？」

「総統官邸の、最後の姿を見なかったのか？」

「そんなにひどいことに？」ゼンゼンブリンクは笑った。

「なぜそこで笑うことになるのか、理解できない」。私は言った。「恐ろしいことだった、あれは」

「まあまあ」。ゼンゼンブリンクが言った。「私は専門家じゃありませんからね。でも、何にせよ書類は書類で必要ですから。これまでに、申請はどちらでしていました？　あるいは健康保険とかは？」

「官僚的なものには、つねづね反感を抱いてきたのだ」。私は言った。「法を自分で作るほうが、私は好みだ」

「ううん」。ゼンゼンブリンクがうめいた。「とにかく、こんなケースには出会ったことがないもので。ま、見ていてください。何とかうまくやりましょう。それはさておき、ご本名だけはもちろんうかがっておかなくてはいけませんが」

「ヒトラー」。私は言った。「アドルフ」

「……あのですね、わかりますよ。そういう、観客がいないところでも芸風を絶対くずさない芸人さんは、いますからね。コメディアンのアッツェ・シュレーダーなんかもそうですよ。あなたの場合も要は、どんなときも素の自分を見せたくないと、そういうことでしょう？　あなたの扱うテーマのきわどさを考えれば、アーティストとして用心しなきゃいけないのは当然です。ですが、役所相手にそれが通用しますかね？」

「そういう細かいことは、あまり興味が……」

「そうでしょうな」。ゼンゼンブリンクは、笑いながらそう言った。その笑いに、いささか慇懃《いんぎん》無礼《ぶれい》な感じがするのは気のせいだろうか。「私の見るところ、あなたは骨の髄まで芸人なんですな。でもね、ほんと、簡単なことなんですよ。いいですか、税金のことはまったく問題じゃない。税務署というのは、必要ならば不法移民にだって課税をして知らん顔の、唯一のやくざな役所だ。だから税務署に関しては、支払い額を調整してあなたの所得管理の手伝いをすることもできます……。あ、もちろん、そちらが希望すればの話ですが。というわけで、銀行口座がどうというのも、たいして重要な問題ではないんです。でも、住民登録と社会保険については、私どもでうまくやれるかどうか、正直よくわからないんですよ」

そういうことか。今この男が必要としているのは、士気を高めてくれるような励ましの言葉なのだ。兵隊に過度な要求をしてはいけない。考えてみれば、これは毎日のように起こるふつうの出来事ではまったくないのだ。何しろ、長らく死んだと思われていた帝国首相が、元気いっぱいであたりを闊歩《かっぽ》しているのだから。

「君にしても、これはたいへんなことなのだろうな」。私は思いやりを込めて言った。

「何がですか?」

「だから。私のような人間に会うのは、そうあることではなかろうし」

ゼンゼンブリンクは、たいしたことでもなさそうに笑った。

「まあたしかに。でも、それが結局、私たちの仕事ですから」

ゼンゼンブリンクの驚くほどの落ち着きぶりに、私はかえって引っかかりを感じた。

「それはつまり、私のような人間がほかにもいるということか?」

「ええまあ。あなたもご自身、いちばんよくおわかりかと思いますが、この業界にはまあかなりの人間がおりますからね……」。ゼンゼンブリンクは言った。

「それで、そういう人間を君たちはみんなテレビに出すわけか?」

「いやまさか。多すぎてとてもとても。契約を結ぶのは、われわれが信じた人だけです」

「それは結構」。私は言った。「人間、何かのために戦うには、狂気に近いほどの強い信念を持っていなければいけない。それなら、アントネスクとかドゥーチェなどもそうだが、彼らも君のところで?」

「だれですって?」

「ドゥーチェ。知っているだろう? ムッソリーニのことだ」

「だめです」。ゼンゼンブリンクは、きっぱりと言った。あまりにも決然とした語調に、受話器の向こうでゼンゼンブリンクが首を振るさままで見える気がした。

「アント……ニーニだか何だかで、うまくいくとでもお思いですか？　そんな、だれも知らないようなキャラクターで」

「それでは、チャーチルは？　アイゼンハウアーは？　チェンバレンはどうだ？」

「ああ、やっとわかりました。何をお考えなのか」。ゼンゼンブリンクが言った。「だめですよ。チャーチルやアイゼンハウアーでは洒落《しゃれ》にならない。ぜんぜん商売になりゃしません。だめだめ。あなたが今なさっているのが、まさしく正解なんです。ほかの人物もなんて、とんでもない。私どもはただひとりの人物、つまり、われらがヒトラーだけでやっていきます」

「たいへん結構」。私はゼンゼンブリンクをほめたたえ、さらに突っ込んで聞いてみた。

「でももし、スターリンが明日にでもあらわれたら？」

「スターリンのことは忘れてください」。ゼンゼンブリンクは、私に忠誠を誓う気のようだ。「私たちは歴史の専門チャンネルではないんですから」

ゼンゼンブリンクよ、よくぞ言った！　その狂信を、この私の手で呼び起こされたゼンゼンブリンクよ。その狂信がいかに重要か、今この場で私はどれだけ強調しても足りない。

先の戦争の経過はたしかに順調とはいいがたいものだった。それでもある種の狂信がどれだけ重要かは、はっきり示されている。むろん、この件で次のように言う人がいることは承知だ。「第一次世界大戦につづき、第二次世界大戦までが不首尾に終わった原因は、狂信的な意志が欠けていたからだけなのか？　ほかには何も原因はなかったのか？　たとえば人的資源の補充が不十分だったことは、関係がないのか？」そうしたことが敗戦の原因だったというのはたしかに考えうるし、もしかしたら正しいかもしれない。だがそこには同時に、ドイツ古来の悪しき思考形式もあらわれている。それは、小さな失敗ばかりにこだわり、ものごとを大局的に見ようとしないことだ。たしかに先の戦争で、わが軍の勢力は敵に比べて劣っていた。それは否定すべくもない。だが、手も足も出ないほど決定的に劣っていたわけではない。それに、仮に敵軍の数がわが軍をさらにもっと上回っていたとしても、それでもわれわれにまったく勝ち目がなかったとはいえないはずだ。じっさい私は一九四〇年代のはじめには、いささか不遜なことだが、敵の数が少ないことを残念に思ったことさえ幾度かあったのだ。[31] 私の頭にあるのはプロイセンのフリードリヒ大王だ。当時のプロイセン軍は、歩兵隊一人につき十二人もの敵を抱えていた。ひるがえってわれわれがロシアで戦ったとき、わが軍の兵士一人に対し、敵は三人か四人にすぎなかった。

　たしかにスターリングラードの戦いの後、敵軍の優勢は、栄誉がどうのというレベルではなくなった。連合軍がノルマンディーに上陸したとき、彼らは二千六百余の爆弾と六五〇の戦闘機をたずさえていたが、対するわが空軍には――私の計算が正しければ――わずか二機の戦闘機(32)。これだけの劣勢をはね返せたら、それこそほんものの栄誉というものだ。そして、まったく勝ち目はないわけではなかった。このとき私は、帝国大臣ゲッベルスの言葉に強く賛同した。ゲッベルスによれば、仮にこうした劣勢に置かれてもドイツのような国民は、数で劣るという問題自体を解消できなくとも、ほかの面を強めることで敵と同等になれる。つまり数が劣ることを、より性能の高い武器や、より頭脳明晰な将軍の存在によって補う。あるいはさっきのゼンゼンブリンクのように、〈士気の高さ〉で補うのだ。機関銃を一発撃つごとに三つもの爆弾が降ってくるような状況は、一介の戦闘機乗りにとっては絶望的に見えるかもしれない。だが敵に勝る士気があれば、そして不屈の狂信的な精神があれば、不可能なことなど何もない！

不屈の狂信的な精神はすべてを打開する。これは今も昔も変わらぬ真理だ。私はちょうどこの数日で、それを示すひとつの例に出くわした。それはまさしく、不屈の狂信そのものだった。それは、おそらくホテルの従業員と思われるある男の行動だった。彼がなにやら見たことのない興味深い業務を行っているのを、私はたびたび目撃してきた。ただ、その行為がまったく新しいものだと断言はできなかった。記憶をさかのぼれば、似たような作業を別の道具――つまりは箒や熊手《ほうき》――で行う人々は、以前も存在していたからだ。ただ、この男性は箒や熊手ではなく、風力を使った新式の小型機械を手にしている。その力は相当強烈だ。あれだけ馬力のある機械が必要になったということは、つまり私の不在中の自然界の進化によって、いちだんと抵抗力の強い新種の雑草が誕生したということだろう。

この話を突きつめると結局、種と種の戦いには終わりがないということに行きつく。それは自然の中に、より強烈な形であらわれる。現代のブルジョワ的かつリベラルな出版物も、このことは否定しない。そうした例は、書物の中に数多く紹介されている。たとえば、この国で長らく人々に親しまれてきた薄茶色のリスが、アメリカからきた黒いリスに席巻されつつあること。本来アフリカに生息していたアリの一種がスペインを経由して、ここドイツにまでやってきたこと。あるいはインドから渡ってきた植物であるホウセンカが、そこら中に大きな顔で生えまくっていること。

最後に挙げたホウセンカの例にとくに顕著にあらわれているのは、「本来帰属する場所で生きる権利を、純アーリア産植物のために確保してやらねばならない」ことだ。私はまだこうした競争力の強い外来の植物を、一度も自分の目で見てはいない。ホテルの庭の植生は、いたってふつうに見える。しかしあの強力な機械は当然ながら、外来種だけでなく伝統的な草も同じほど強烈に攻撃しているはずだ。たとえばティーガー〔タイガー〕[33]型戦車で戦うとき、敵軍の新しいT34型戦車ばかりを狙うことなどできるだろうか。おそらくは、古いBT7型の戦車も攻撃してしまうはずだ。

その男を最初に見たとき、私はかなり気分を害した。あれは朝の九時ごろだったろうか、まどろみの中にいた私は地獄のような大音響でたたき起こされた。枕のすぐそばでだれかが多発式ロケット砲を発射したのではないかと思うほど、それはすさまじい音だった。私は怒りに燃えて体を起こし、窓辺に急いだ。そして外を見ると、例の機械を手にした男の姿があった。

それを見た瞬間、私の中ではさらに怒りの炎が激しく燃えあがった。なぜなら、あたりの枯れかけた木々を見れば、今日は非常に風が強いことは一目瞭然だったからだ。こんな天気の日に、動力除草機で草をあちらからこちらに狙いをつけて吹き飛ばそうとして、うまくいくはずがあるだろうか。否。そんなことは、だれにだってわかる理屈だ。私はそのときよほど外に飛び出していって男に詰め寄り、説教を垂れてやろうかと思った——が、思い直した。男を責めるのは誤りだと、気づいたからだ。

あの男は命令に従っていただけなのだ。「草を吹き払え」。彼はそれを実行しただけだ。狂信的なほどの意志。私のあの腰抜け将軍どもに、この狂信がもしもあったなら！　あの機械をもった男は命令に従っている。非常に単純に——。男はそれについて文句を言っているか？　こんな風の強い日にこんな仕事をするのは無意味だと、大声で叫んでいるか？　否。彼は気丈に、ストイックに、このやかましい義務を遂行している。ちょうど親衛隊に属していた男たちと同じように。何千人もの親衛隊の隊員らは自身の苦労を顧みず、一心に任務を果たしていた。たとえだれかがこんな愚痴をこぼしても、耳を貸す者などなかったはずだ。「こんなにたくさんのユダヤ人を捕まえて、いったいどうするのか？　ガス室に送るのも追いつかないほど次々に連行したって、そんなことは無意味ではないか？」

男の狂信に心を動かされた私は、急いで服を着て、外に飛び出した。私は男に近づくと、その肩に手を置いて言った。「親愛なる君。私は深く感謝する。君のような人々のために、これからも私は戦いつづけよう。私にはわかる。このエンジン式除草機から、いやこの国中のすべてのエンジン式除草機から、国家社会主義の燃える息吹があふれていることを！」

そうだ、この狂信的意志をこそ、今この国は必要としている。ゼンブリンクの中にそうした意志が目覚めたことを、私は願う。

11章　ドイツ式敬礼、知ってます

朝、社内で専用に与えられた部屋に足を踏み入れた瞬間、自分がまだ道を踏み出したばかりであることを、そしてめざす目標はまだはるかに遠いことを、あらためて痛感した。その部屋は、縦横ほぼ五メートルと七メートル。天井までの高さはせいぜい二・五メートル。私は忸怩《じくじ》たる思いで往時の総統官邸を思い起こした。総統官邸の内部は、中に足を踏み入れた人間が一瞬、自分が小人になったのではと錯覚するような空間だった。その強大さと文化水準の高さに、訪問者はみな身ぶるいをしたものだ。だがよく気をつけて見れば、その壮麗さは身ぶるいをするほどのものではない。すくなくとも私は身ぶるいなどしたことがないし、官邸のつくりに一種の傲岸《ごうがん》さすら感じていた。もちろん官邸に足を踏み入れた客がドイツ帝国の国力に圧倒されているのは、体の動きを見るだけで一目瞭然だった。これは建築家アルベルト・シュペーアの功績だ。巨大な接見の間《ま》からして、客を威圧するには十分だった。接見の間の天井には、ひとつで重さ一トンを超えそうな巨大なシャンデリアがかけられており、万一それが落ちてきたら下にいる人間は文字どおりぺしゃんこに押しつぶされるにちがいなかった。巨大なシャンデリアの下で骨も肉も血も、すべて粥《かゆ》のように押しつぶされ、血の海の中に頭髪の名残が見えている――。そんな恐ろしい光景をほかならぬ私自身が、あのシャンデリアの下にいるとき頭に思い浮かべていたのだ。もちろんそんな恐怖心を抱いていることを表に出したことは一度もない。私はいつも何ごともないような顔をして、あのシャンデリアの下を歩いていた。そういうことは結局、慣れの問題なのだ。

官邸とは、まさにそうあらねばならぬ！

巨額のカネをつぎこんで建てた以上、訪れた客がひとりでも、「なんだ、総統官邸はもっと広いのかと思っていた」などと考えるようではいけない。何かを考える、ということ自体、あってはならないのだ。官邸に足を踏み入れた人間が、その瞬間、体で感じるようでなくてはならない。自分は無に等しく、ドイツ国民はすべてであることを。そしてドイツ国民が優生民族であることを！　だからそこには、教皇が発するような圧倒的なオーラがあふれていなくてはならない。みずからが神そのものであるかのように、わずかな異論をも炎と剣で攻撃する、あのオーラが総統官邸にも必要なのだ。そのためには、巨大な開き戸から帝国総統が姿をあらわしたとき、並み居る外国客たちがみな、一眼の巨人ポリュペモスの前に立ったオデュッセウスのような気持ちにならなければならない。むろん総統官邸のポリュペモスは、ひとつではなく二つの眼の持ち主だ。その二つの眼の前では、どんなごまかしもききはしない！

当然だが、官邸のポリュペモスは岩石を破ってあらわれたりはしない。きちんと扉を開けてその姿をあらわす。

そしてエスカレーター。官邸には、まるでケルンの有名なカウホフ百貨店にいるような気分になるエスカレーターがあった。カウホフ百貨店で初めてそれを見たのは、いわゆるアーリア化――ユダヤ系の企業をアーリア人に売却させる政策――が始まった直後だ。百貨店にエスカレーターをとりつけるくらいなら、ユダヤ人でもできることだ。あのティーツの一族がやりたいというなら、やらせておけばいい。だが、総統官邸のエスカレーターは百貨店のものと大きなちがいがある。百貨店のエスカレーターに乗っているとき、客はまるで自分が王になったかのように感じるものだ。いっぽう総統官邸のエスカレーターに乗った人間は、自分が巨大な何かの前で――物理的にはともかく精神的には――ひれふしているような、そんな気持ちになるはずだ。訪問客が床の上をうろついている図は、あまり嬉しくない。とくにこの床の場合は。

私にあてがわれた部屋の床は沈んだ灰色で、何かの生地を折り合わせたような素材でおおわれている。絨毯《じゅうたん》ではない。みすぼらしい素材で作られたフェルト状の布が床の上に張られている。その粗末な布は、ドイツ軍の一兵卒の冬服にさえ使えそうにない劣悪な品だ。同じような床はこの数日間で幾度も目にしており、これがどうやら特別なことではないのには気づいていた。だから、会社が私を低く見てこんな部屋をあてがったのでないことは、すくなくとも理解できた。しかしこれはまさしく、時代の貧しさのあらわれではないか？　私は胸の中で誓った。将来かならずドイツの労働者が、そしてドイツの家庭が、まともな床の上で暮らせるようにしなくてはならない、と。

それから、壁もだ。

この部屋の壁は、まるで紙で作られたようにぺらぺらしている。おそらく物資の不足のせいだろう。私に与えられた机も、一目で中古とわかる品だった。部屋にはもうひとつ机が置かれているが、これはおそらく社が約束してくれた秘書のためのものだ。ということはつまり、この狭い部屋を秘書と分けて使わなければならないのだ。私は深いため息をついて窓から外を見た。窓は駐車場に面しており、色ちがいのゴミ収集箱がいくつも並んでいるのが見える。だが、なぜあんなに細かくゴミを分けなければならないのだろう？　そうだ、これもおそらく物資の不足のせいだ。あまり深くは考えたくないことだが、あのゴミ箱のどれかの中身を原料に、このみすぼらしいまがいものの絨毯が作られているのだろう。私は運命の皮肉を思い、薄く笑った。ドイツ国民がかつて、しかるべきときにもう少しの努力をしていれば、今ごろは東からの原材料が手に入ったはずだ。そして、こんなふうにゴミ集めに精を出す必要もなかったはずだ。あんなに何種類もゴミを選別せず、せいぜい二つ、またはたったひとつのゴミ箱にすべてのごみを無造作に放り込むこともできていただろうに。私は頭を振った。いったいなぜ、こんなことになってしまったのか？

建物に囲まれた中庭には、ネズミのような動物がちらちら見える。タバコを吸う人間たちがあらわれるとネズミは姿を消し、タバコを吸い終わった人間が姿を消すとまたネズミが姿をあらわす。タバコ、ネズミ、タバコ、ネズミ……その繰り返しだ。私は部屋の中に視線を戻し、私の簡素な――いや、みすぼらしい机を眺め、白っぽい、いかにも安っぽい壁を眺めた。この壁に何か好きなものを掛けることはできるかもしれない。だが、青銅で鷲《わし》をかたどったドイツ帝国の紋章を飾ったとしても、壁が壁だけに、どうにもぱっとしないだろう。しかたない。この薄い壁が上階の重みで崩れ落ちないだけでも、ありがたいと思わなければいけない。かつて四〇〇平米の書斎に座っていたドイツ帝国総統たる私が、今はまるで靴箱のような狭い部屋に押し込められている。いったいこの世界はどうなっているのだ？

そして、私の秘書はどうなっているのだ？

私は時計を見た。十二時半を少し過ぎている。

ドアを開けて、あたりを見回した。だれもいない。だがしばらくして、スーツに身を包んだ中年の女がやってきた。彼女は私に気づくと、にっこり微笑んだ。

「あら、いらっしゃったんですね！　もうすでにリハーサルを？　みんな、とても楽しみにしていますよ！」

「私の秘書はどこにいる？」

女はしばし歩みを止めて、何かを考えていた。それからこう言った。「それは、パートさんのことかしら？　それならたぶん、午後になってから来ますよ。二時くらいに」

「そうなのか」。私は唖然として言った。「それまで何をしていればよいのか？」

「何でもどうぞ」。女は笑みを浮かべたまま、ふたたび先を急ぎつつ言った。「小さな電撃戦でもいかが？」

「考えておこう」。私は冷ややかに答えた。

「ほんとうに？」女は立ち止まり、ふたたびあたりを小さく見回した。「すばらしいわ。番組のお役に立つなら、何よりです。私たちはみな、同じ社の一員なんですし！」

私は部屋に戻り、ドアを閉めた。二つの机の上にはそれぞれ、タイプライターが一台ずつ置かれている。だが、タイプライターについているはずのローラーが、どちらにもない。そしてこのおかしなタイプライターの後ろに、何のまちがいか、テレビのようなものが置かれている。それならばテレビ放送の研究のつづきでもしようと決めたのに、例の小さな操作用の小箱が見つからなかった。腹立たしいことだ。私は怒りに駆られて受話器をつかんだが、ふたたびそれを置いた。交換台の人間に、いったいだれに電話をつないでくれと言えばいいのか、わからなかったからだ。とにかく今の状況でいえるのは、現代的なインフラは私にとって何の役にも立たないということだ。私は深く息をした。心臓の鼓動に一瞬、落胆がにじみ出ているように感じられた。だが、それはほんの一瞬だった。私は弱気な心をきっぱり押しのけた。手中にあるものを最大限に使うのが政治家というものだ。しかしこの場合の問題は、手中に何もないことだ。しかたない。今の私にできるのは、部屋の外に出て、新しいドイツ国民を観察することぐらいだ。

玄関口に立って、あたりを見回してみた。向かいには小さな公園があり、もうすでに秋の草が茂っている。右手にも左手にも、建物がぎっしり並んでいる。私は視線をさまよわせるうち、ある女の奇行に思わず目を疑った。緑地帯の外れで犬の綱を引いていたこの女は、自分の犬が落としたものを拾いあげはじめたのだ。私がとっさに考えたのは、「こんな生き物はもう断種済みになっていたはずではないか」という疑問だった。[34] だが私はすぐに、この女のような変質者がドイツの代表的国民であるわけがないと結論した。そして女のいない方角を選び、左に向かって歩き出した。

建物の壁にタバコの販売機が掛かっている。タバコを買っているのはおそらく、さっき駐車場をネズミらしき動物と分けあっていた男たちだろう。私はタバコの販売機を通りすぎ、何人かの通行人とすれちがった。だが、私の制服姿にあからさまに目を見張る者はいなかった。それはなぜかと考えると、どうやらここではこうした恰好が特別なものではないからのようだ。私が出会っただけで、あきらかにまがいものの軍服を着ている男が二人、看護婦の恰好をしている女が一人、医者の恰好をしている男が二人いた。何かの扮装をしている人間がこれだけ多いのは、私にとっては願ってもないことだった。人々の注目を浴びることは、ずっと昔はともかく、ミュンヘン一揆後に勾留され釈放されてからは、もうありがたくなくなっていた。あの事件以後、私に心酔した人々からしつこいくらい追い回されてきた。彼らを小手先の策略でうまく出し抜かないかぎり、ほんの短い時間でも、写真を撮られずに休憩をとることはできなかったほどだ。だがこの特殊な環境下では、いうなれば私自身のまま、匿名でどこにでも行くことができる。人々を存分に研究するには、理想的な状況だ。なぜなら、たいていの人は総統本人が目の前にいたら、とても自然にふるまうことなどできなくなってしまうからだ。私はいつも人々に「どうか私にはかまわずにいてくれ」と言っていた。しかし凡人は、私に「かまわずに」はいられないようだった。ミュンヘン時代には、大衆がまるで狂ったように私にまとわりついた。そういうものは、今はごめんこうむりたい。私は今、ありのままの、嘘偽りないドイツ人を、そしてふだんどおりのベルリンの市民の姿を観察したいのだから。

数分後、工事現場を通りかかった。ヘルメット姿の男たちが何かぺちゃくちゃと会話をしている。その昔、ウィーンでの不遇の時代、私は日々の糧を得るために工事現場で働いていたが、男たちのようすはその当時と本質的には変わっていないようだ。私は興味をそそられて、工事が行われている現場を塀越しに見た。家がむくむくと大きくなるようすでも見られるかと期待していたが、建設の技術には目を見はるほどの進歩はなかったようだ。上の階では、職頭らしい人間が一人の若造を叱り飛ばしている。若者はおそらくアルバイトの学生か何かだろう。まだ年若く、希望にあふれた建築家の卵。まるで、かつての私のようだ。そして、かつての私と同じようにこの若者も、職場の人間のひどい暴力に苦しめられているにちがいない。工事現場の世界の無慈悲は、今も昔も同じだ。この若者が言語学や自然科学の知識をどれだけもっていたとしても、このセメントと鋼鉄の宇宙ではそんなものはまるで重きを置かれないのだ。この光景は私にとって、もうひとつ別の意味をもっていた。この世界にはいまだ、啓蒙が必要な粗野で素朴な大衆が存在しているということだ。そして見るかぎり、ドイツ人の血の純粋性はそれほど損なわれてはいないようだった。

私はあたりをぶらつきながら、すれちがう人々の顔を眺めてみた。総じて、人々の顔に昔と今でそれほど大きな変化は見受けられない。私の政権下の政策は現在までは引き継がれなかったものの、それでも一定の成果を残したようだ。とりわけ、人種間の交配のあとはほとんど認められない。人々の顔立ちにはスラブ的な要素が色濃く、ぜんたいに東方的な影響が強いのは事実だが、それは今にかぎった話ではなく昔のベルリンでも同じだった。いっぽう新しい点は、トルコ風の風貌の人間が前よりも非常に多くなったことだ。頭を布で隠したトルコ人女。ジャケットにハンチング帽をかぶった年配のトルコ人男。だが、いくらトルコ人が多くても、ドイツ人との血の交配というところまで事態は進んでいないようだ。私が見るかぎり、トルコ人はまるきりトルコ人のままだ。アーリア人の血を混ぜて種を向上させることにトルコ人はおそらく多大な興味を抱いたはずだが、それが実現された証拠はどうやら認められない。それにしても不思議なのは、これほどたくさんのトルコ人が街頭に、しかも昼日中のこの時間にあふれていることだ。彼らはどうやら、召使として輸入されてきたわけではなさそうだ。もしそうだったら、こんな時間にこんなふうにのんびり町を歩いているわけがない。そのようすからは、彼らの生活に余裕があることがうかがえた。

思索にふけっていた私は、突然のチャイムの音で現実に引き戻された。昔も学校では、授業の終わりを知らせるためにこんな音がふつうに使われていた。目を上げると、そう遠くない場所に学校の校舎があるのが見えた。私は歩みを速め、校舎のちょうど向かいにある、空いていたベンチに腰を下ろした。おそらく今は、学校の休み時間か何かなのだろう。まとまった数の子どもたちをとっくり観察するには絶好の機会だ。そして期待にたがわず、校舎からは大勢の子どもたちがいっせいにあふれ出してきた——が、これがいったいどんな種類の学校なのか、私にはまるで理解することができなかった。

生徒の中に何人か少年がいるのはわかる。けれども、それと同じ年ごろの少女たちが見あたらないのだ。校舎から出てくる女子は、極端に幼いか、子を産めるくらい極端に大人びているかのどちらかだ。いったいどういうことだろう？　科学の進歩の結果、ややこしい思春期を抜きにして、女児が一足飛びに出産可能な年齢になるような手法でも編み出されたのだろうか？　この考え方は非常に理にかなっている。なぜなら、長い青年期を鍛錬によって意義あるものにできるのは、男子のみだからだ。古代ギリシャ時代のスパルタ人も、同じ考えを持っていた。言葉を換えればこういうことだ。若い女とは所詮、体の線を強調した衣類を身にまとい、つがいになる相手を探しているというメッセージをあからさまにふりまくだけの生き物なのだ。

それにしても解せないのは、ドイツ人の生徒のすくなさだ。これではまるで、トルコ人のための学校だ。だが、そのトルコ人の生徒らの会話に耳をそばだてるうち、驚きの、しかし喜ばしい事実が徐々にあきらかになった。

私は彼らの会話から、自分の往時の主張が正しいものとして認められ、実行されていたことをうかがい知った。この幼いトルコ人たちが正しいドイツ語を教えられていないのはあきらかだ。彼らの会話の中に、文法的に正しい文章はほとんど聞こえてこない。その会話は、第一次世界大戦最大の会戦であるソンムの戦いもかくやという混乱ぶりだ。いわば、精神的な有刺鉄線や精神的な手榴弾《しゅりゅうだん》が、たがいの意思疎通をはばんでいるようなものだ。その状態では、必要最低限の情報を理解することはできても、組織的な抵抗運動が生まれたりはしないだろう。十分な語彙《ごい》に欠ける彼らの発言は、おおかたが大げさな身振りで補われ、まるで手話のようだ。私がかつてウクライナの占領民のために考えたこのアイデアは、他の民族集団にももちろん適用可能だったというわけだ。

さらにもうひとつ、私には予想もできなかった新技術を用いた戦略が、知らぬまに進んでいたらしい。それは、トルコ人の生徒がみな小さな栓のようなものをかならず耳に押し込んでいることだ。おそらく、不必要な情報や余計な知識を与えないための措置だろう。原理は単純で、うまく機能しているように見える。だが、あまりにうまく機能しすぎたせいか、子どもらの何人かは、知性のかけらもない目つきをしている。こんな子どもらがいつの日か、社会のために有益な役目を果たせるようになるとはとても思えない。たとえば今歩いている歩道をざっと見るかぎり、子どもたちであれほかのだれかであれ、ゴミを掃き清めようとする者はひとりもいない。

けれども私のことを目にとめると、ドイツ人の生徒もトルコ人の生徒も、何かを再認識したような嬉しげな表情を浮かべた。ドイツ人の子どもは学校で歴史の授業を受けている以上、私を知っているのは当然だろう。だがトルコ人の子どもは、授業よりもテレビを通じて私のことを知っていたらしい。だから当然、私はこの前クリーニング屋に行ったときのように、「〈スイッチ・パロディー〉に出ているほうのシュトロムベルク」と人ちがいをされ、何人かにサインを求められ、何人もの生徒と一緒に写真を撮る羽目になった。これは狂乱とまではいかないが、それなりの騒ぎだった。そのせいで私は一瞬、頭が混乱したのだろう。ドイツ人の子どもの会話までもがトルコ人と同様の、切り刻まれた言葉の寄せ集めのように聞こえてきてしまった。混乱した私の視界の端で、さっきとは別の気のふれた女が、飼い犬の排泄物をまたもや入念に拾い集めはじめた。もう限界だと私は思った。もう、自分の部屋の静寂に戻る潮時だ。

部屋に戻った私は椅子に座り、窓の外の広場でまたもやタバコ吸いからネズミへと衛兵交代が繰り広げられるのを、見るともなく見ていた。十分ほどしたころだろうか、ドアが開いてだれかが部屋に入ってきた。つい先ほど小学校の前で見た、年齢不詳の女子生徒を少しばかり大きくしたような女だ。全身黒ずくめの服装なのが、まず目につく。真黒な服に、真黒な長い髪を無造作に横分けにしている。黒は、私もこのうえなく愛する色だ。私はいつも、黒い制服の親衛隊を非常に颯爽《さっそう》としたものだと感じてきた。だが同じ黒でも目の前にいるこの女は、わが親衛隊とはまるで対照的に、見ていて心配になるほど青ざめた顔色をしている。それが嫌でも目につくのは、奇抜な、ほとんど青といってよいほど暗い口紅の色のせいだろう。

「わっ！」私は思わず跳びあがりそうになった。「君、だいじょうぶか？　寒気はしないか？　急いでそこに座りたまえ！」

女はガムをくちゃくちゃと嚙みながら、まるで頓着しないようすで私を見返すと、両耳から耳栓を引き抜いてこう言った。

「は？」

先ほどのトルコ人と耳栓の理論に疑問が生じはじめた。この若い女の風貌に、アジア的な要素はかけらもない。ということは、この耳栓についてはふたたび真相を探求する必要がありそうだ。ともかくこの女は、寒気がしているわけではないらしい。彼女は黒いリュックサックを肩からおろし、黒い秋物のマントを脱いだ。その下に着ていたのは、形はふつうだが色はやはり真黒な服。

「それじゃ」。私の先ほどの質問にはおかまいなしに、彼女は言った。「あなたが、ヒトラーさん!」　そう言うと、彼女は私に手を差し出した。

握手を交わしてから私はふたたび腰を下ろし、簡潔にたずねた。「それで、君は?」

「ヴェラ・クレマイヤー」。彼女は言った。「やだほんと、ウソみたい。あの、すこし聞いていいです?　やっぱりそれって、あの〈メソッド演技法〉、なんですか?」

「失礼?」

「ほら、デ・ニーロとかパチーノみたいな。メソッド演技、ですよね?　役に百パーなりきるやつ」

「すまないが、クレマイヤーさん」。私はきっぱり言って、立ち上がった。「君が何のことを言っているのか、私にはよくわからない。いやもっと大事なのは、私が話していることを、君が理解しているかどうかなのだが……」

「もちろん」。クレマイヤー嬢はそう言うと、二本の指で口からガムをつまみだした。「この部屋、ゴミ箱、あります?　置き忘れてること、よくあるんだけど」。彼女はあたりを見回したが、屑かごは見つからなかったようだ。「ちょっと」と言って、いったんとりだしたガムをもう一度口に押し込むと、どこかに姿を消した。私はしばし部屋の真ん中で呆然と立ちつくしていたが、ふたたび椅子に腰を下ろした。それからほどなく、クレマイヤー嬢は空の屑かごを手に部屋に戻ってきた。彼女は屑かごを床におろすとあらためてガムを口からつまみだし、満足したようすでそれを屑かごの中に落とした。

「さて」。彼女は言った。「これでよしと」。それから、ふたたび私のほうに向きなおり、クレマイヤー嬢はこう言った。「それでー、なんの話でしたっけ？　ボス」

　私はため息をついた。この女もか。しかたない、最初の一歩から始めるしかない。

「まず第一に」。私は言った。「君は今〈ボス〉と言ったが、私は〈総統〉だ。だから〈わが総統〉と呼んでもらいたい。それからもうひとつお願いしたいのだが、この部屋に入るときには、きちんとあいさつをしてほしい」

「あいさつ？」

「むろん、ドイツ式敬礼のことだ。右手を高く上げて！」

　クレマイヤー嬢の顔がぱっと明るくなった。彼女はすっくと立ってこう言った。

「知ってます、それ！　ほら、あれでしょ？　ちょっと今、やってみせます？」

　私はうなずいた。クレマイヤー嬢は急ぎ足で部屋を出ると、ドアを閉め、閉めたドアをノックした。私が「入りたまえ」と言うとドアが開き、クレマイヤー嬢が入ってきた。彼女は腕を真上に伸ばし、大声で言った。「**おはようございまーす！　わがソートトー！**」そして、こうつけ加えた。「こういうふうに叫ぶんですよね？　映画かなんかで見たことあるし」。そこで彼女は突然言葉を切り、怒鳴るような声で言い直した。「じゃなくて、ぜんぶ、これくらい大声で言うんでしたっけ？ ヒトラーさんのって、何でもみんな、こんなふうに叫んでた気がするんですけど？」彼女は私の顔をじっと見つめ、今度はふつうの大きさの声で、やや心配そうに言った。「何かやっぱり、ヘンですか？ すみません！ もう私、クビですか？」

「いや」。私は心をしずめながら言った。「だいじょうぶだ。私は同胞諸君に完ぺきさは求めていない。おのおのがそれぞれの場所で、それぞれの最善を尽くしてくれればいいのだ。君は君で、たいへんすばらしい。だが願わくば、大声で叫ぶのはもうやめていただきたい」

「了解しました！ わがソートー！」彼女はそう言って、「これで、いいです？」とつけ加えた。

「たいへん結構」。私は彼女をほめた。「それから手は、もうすこし前のほうに。田舎の学校の授業で挙手をしているのではない」

「了解です、わがソートー！ それで、これから何を？」

「まずは」。私は言った。「このテレビをどのように使うのか、教えてほしいのだ。それから君の机にあるテレビは、タイプライターから離しておきたまえ。給料をもらう以上、ここでテレビを見るべきではないだろう。それから君用にきちんとしたタイプライターが一台必要だ。どんな機種でもいいわけではない。書体はアンティーカ。四ミリメートル。私の口述筆記をするときは、いつも行間をかならず一センチあけてくれたまえ。そうしないと、私が読み返すときに眼鏡が必要になってしまう[35]」

「タイプライターって、知りませんけど?」彼女は言った。「パソコンならできますけど。でも、それをもっていかれたら仕事ができませんし。それから、パソコンでは文字の大きさは好きなようにできますので。それよりまずは、ソートーご自身のパソコンを接続しないと」

　それから彼女は私に、人類史上の驚くべき偉業を見せてくれた。それはコンピュータだった。

12章　アドレス設定狂想曲

いつもながら驚かされるのは、アーリア人の創造的資質のたくましさだ。そのことを昔から知っていた私ですら、彼らがつぎつぎに逆境に襲われてもなお豊かな創造性を発揮することに、驚きを禁じえない。

もちろん創造性を発揮するには、気候が適切であることが大前提だ。その昔私は、ゲルマン人が原野で暮らしていた大昔にまでさかのぼる、いささか壮大すぎる議論を進めなければならなかった。気温が低いとゲルマン人は何もしなくなる。それは否定できない。何かを創造するより、暖をとるほうが重要になるからだ。スウェーデンやノルウェーなどの北国を見てみるがいい。聞いたところでは昨今、スウェーデンは家具の分野で大きな成功をおさめているそうだが、彼の地の気候を考えれば、それはさして驚くことではない。スウェーデン人はあのしょぼくれた国の中で年がら年中、暖をとるための薪あつめに明け暮れてきた。そこから机だの椅子だのを作る技術が発達するのは、別に不思議な話ではない。だがそうした環境は木工技術だけでなく、何百万もの人間がただの一銭も払わずに、丸太でできたわが家でぬくぬくと過ごせるような社会システムさえ発達させ、限りなく人々を甘やかし、怠惰の連鎖を生んできた。いや、スウェーデン人はスイス人を除いては、ゲルマン人の中で最低最悪な民族だが、そこにも気候という単純な要因がからんでいることは、見逃すべきでないだろう。いっぽうでゲルマン人が南に行けば、彼らの中には創造する能力や意志がかならずや芽生える。アテネのアクロポリス。スペインのアルハンブラ宮殿。エジプトのピラミッド。ゲルマン人に作れないものはない(36)。それはだれにでもたやすくわかる、あまりにも自明のことだ。だからかえってアーリア人の建築の才は見すごされやすいのだ。

アメリカについてもむろん、同様のことがいえる。ドイツからアメリカに移住した人間がいなければ、現在のアメリカはなかっただろう。当時のドイツですべての国民にそれぞれの土地が与えられなかったことを、私はどれだけ悔しく思ったかしれない。そのせいで二十世紀の初頭、何十万人ものドイツ人がアメリカに流出してしまったのだ。ひとつ奇妙に感じるのは、そうした人々の中で農民になった者が意外なほど少ないことだ。それならば彼らはここドイツにとどまっていてもよかったのだ！　私の推測では、彼らはおそらくこう考えたのだ。このアメリカという国はとてつもなく広い。だからしばらく待てばきっと、自分たちに農園が割り当てられるはずだ。だがそれまでは日々の糧のために、何か仕事をしておこう。アメリカに渡ったドイツ人はこうして仕事を探し、小規模な手工業に従事するようになった。たとえば靴屋。あるいは家具職人。あるいは原子物理学者。すすめられれば、彼らは何でもやった。こうした人々のひとりが、かのダグラス・エンゲルバートの父親だ。ダグラスの父はドイツよりも南に位置するアメリカのワシントン州に移住したが、息子のダグラスはそこからさらに南下し、カリフォルニアまで移動した。そしてカリフォルニアの温暖な気候の中で、ダグラスのゲルマンの血は沸き立ち、その結果、〈マウス〉なる機械がすみやかに発明されることになったわけだ。

すばらしいの一言だ。

断っておかねばならないが、私はこうしたコンピュータ機器の知識を、あまりもちあわせてはいなかった。あの当時、かのコンラート・ツーゼがネジでつなぎ合わせたコンピュータの原点ともいえる〈ツーゼ〉のことは、知ってはいた(37)。あの機械はしかしどこかの省が熱心に助成してはいたが、所詮は眼鏡をかけた学者先生のためのもので、前線で使うには適していなかった。兵士があのタンスのように巨大な電子頭脳をもつ〈ツーゼ〉をかついでプリピャチ川を渡るなど、ありえない。クレタ島に降りるパラシュート隊があんなに重いものを背負っていたら、岩石のように落下することまちがいなしだ(38)。そうならないためには、〈ツーゼ〉を輸送用のグライダーで運ばなければならない。だが、そこまでしてこの機械がいったい何の役に立つのか？　煎じつめればこれは、性能のいい計算機だ。〈ツーゼ〉がやることくらい、人間でもできる。七十二時間も敵の攻撃にさらされ、ろくに眠っていない経済相のシャハトですら、そんな計算くらい、軍隊パンにバターを塗りながらこなせたはずだ[39]——。そんなわけで、クレマイヤー嬢が私のほうに例のテレビの画面のようなものを近づけたとき、最初私は素直に従おうとしなかった。

「使い方を教わる必要はない」。私は言った。「秘書は、ほかでもない君なのだから」

「わからないなら、なおのことですよ。さ、ここに座ってください、わがソートー！」クレマイヤー嬢はそう返答した。そして彼女が次に口にした言葉を、私は今もまるで昨日のことのように覚えている。「でないと、年がら年中『ここがわからないから見てくれないか』とか『あそこがわからないから手を貸してくれ』とか言われて、私が自分の仕事をできなくなって、困るんです」

こんなふうに言われて、正直嬉しいわけがなかった。がさつすれすれのその口調は、私に何かを思い出させた。昔、だれかに同じような口をきかれたことがある……。あれは、〈民族の観察者〉紙の印刷を任せていたアドルフ・ミュラーだ[40]。運転手つきの車に乗っていて、脱輪が起きたすぐあとのことだ。ミュラーはあのとき自分の車に私を乗せ、運転とはいかに行うべきものかを示してみせた。さっきのクレマイヤー嬢と同じような、いささかきつい口調で。むろんやつが心配したのは、私が事故で大けがをしたら国政が危うくなることではなく、〈民族の観察者〉紙での自分の仕事がなくなることだった。ミュラーは所詮、運転の教師ではなく、商売人にすぎなかったのだ。とはいえ、今こんなことを言うのは不当かもしれない。聞いたところでは、ミュラーは戦争が終わった直後、ピストル自殺をしたという。もちろん自ら命を絶ったからといって得るものは何もないのだが――。

それはともかく、あのときミュラーが自分の車に私を乗せたおかげで、私は正しい運転とはいかなるものかを見ることができた。いや、私の場合は、運転手のどこに気をつけなければならないかを学んだというほうが正しいだろう。ミュラーの車での一時間は、このうえなく有意義なものだった。私はあの一時間でミュラーから、どこかの大学教授のもとで一年かけても学べないようなことを教わった。だがぜひ強調したいのは、私は他人に何かを言われたせいで気を悪くするような人間ではないことだ。すくなくとも私に意見した相手が、キャリアだけは長い、低能の参謀幕僚でなければ――。車の運転くらいならたしかに、私よりうまくできる者もたくさんいるだろう。だが、前線に軍をどう配置するかを、あるいは敵中で孤立した軍をどれだけ持ちこたえさせるかを決断できるのは、この私だ！　敵に囲まれて怖気《おじけ》づくような、腰抜けのパウルスが決断することではない！

ああ、あのことを思い出すだけでもう！

だがもう、過ぎたことだ。またあとで考えればいい。

ともかく私は、過去のさまざまな回想をもとに、ここはクレマイヤー嬢の教えるとおりやってみようと決めた。そして告白すれば、その甲斐はきちんとあった。その昔、私はタイプライターなるものを正直毛嫌いしていた。簿記係になるのも、つまらぬ官僚になるのも、ごめんだった。これまで書いた本も、すべて口述筆記させた。どこかの地方紙の低能記者のように、タイプライターで自分で何かを書くなど、ありえないことだ。だが、今私の目の前にあるのは、ドイツの発明精神が生み出した奇跡の装置と、奇跡のマウスなのだ！

こんなに天才的なものはそうそう発明されるものではない。

このマウスという装置は、机の上のいたるところを好きなように動かすことができる。そしてマウスを机の上でぐるぐる動かすと、画面の上で小さな手のマークが一緒にぐるぐる動くようになっている。画面のどこかにふれたいときは、マウスについている装置を押せば、その場所を小さな手のマークがふれてくれる。子どもでもできるほど簡単なこのしくみに、私はすっかり夢中になった。むろん、もしもこの機械が何かの事務仕事を簡略化するためにしか役に立たないなら、他愛のない遊びの域を出ることはなかっただろう。だがしかし、この機械には驚くべきたくさんの機能がつめこまれていることがわかったのだ。

たとえば、この機械で文章を書くこともできるし、ネットワークにつながることもできる。そしてさらに、ネットワークにつながろうと決めた個人や組織と、たがいにつながりあうことができる。すばらしいのは、電話とはちがって、ネットワークに参加する人間がずっとコンピュータの前に座っている必要がないことだ。何かをネット上に置いておくだけで、本人がコンピュータの前にいないあいだも必要な人が必要なものを見ることができ、ありとあらゆる行商人がその長所を利用している。私がとりわけ嬉しかったのはなんといっても、新聞や雑誌やその他あらゆる形の知識を過去の分までさかのぼって見られることだ。いわば、閉館時間のない巨大な図書館だ。ああ、あの当時にこんなものがあったなら！　あのころ、重大な軍事的決断に追われてすっかり疲れ切り、午前二時にようやく部屋に帰り着き、それでもあと少し本を読みたいと思ったことがたびたびあったものだ。善良なボルマンは私のためにできるかぎりのことはしてくれたが、一介の官房長官にすぎない彼が調達できる本の数はかぎられていた。そのうえ、当時大本営だった〈狼の巣〉ことヴォルフスシャンツェには、そんなに大量の本を置ける場所はなかった。ひるがえってこの〈インターネッツ〉と呼ばれるすばらしい技術を使えば、あらゆる情報を昼夜を問わずいつでも手にすることができる。必要なのは、コンピュータを開いて〈グーグル〉という名を探し、それを例のすばらしいマウスでふれるだけだ。あとはほどなくして、いつも同じある〈アドレス〉にたどりつく。それは一種の事典で、〈ウィキペディア〉というゲルマン風の名がついている。少し考えれば、これが〈エンサイクロペディア（百科事典）〉と、探検を好む古代ゲルマン人の一族〈ヴァイキング〉をかけあわせた造語であることは、一目瞭然[41]だ。

この〈ウィキペディア〉というプロジェクトを初めて目にしたとき、私は感激の涙をあやうくこぼしかけた。

ここでは、万人が利他の精神で動いている。真実の追究への使命感と献身の精神により、無数の人々がそれぞれの知識を、ドイツ国家の幸福のために差し出す。そして、それに対して一銭たりとも報酬を求める者はいない。これはおそらく、ナチスが貧者のために行っていた慈善募金活動である〈冬季援助活動〉の知識版といえる[42]。こうして人々はナチスが不在の今も、相互の支援活動に本能的にいそしんでいるわけだ。もっとも、こうした無私の同胞による知識の寄せ集めにどれだけ専門性があるかは、ある程度割り引いて考えなくてはならない。

一例をあげよう。愉快な知識の足しになるはずだ。私の政権下で副首相をつとめていたフランツ・フォン・パーペンという男がいる。彼が一九三二年に行った発言について、インターネッツにはどのように書かれているか？　ある情報によれば、彼は私を「政権掌握から二か月以内に窮地に陥れ」、「キーキー悲鳴をあげさせてやる」と発言したという。だが、別の情報によればパーペンは二か月ではなく三か月以内に、あるいは六週間以内に計画を実行するつもりでいたらしい。パーペンが私を陥れようとしていたのも、「窮地」だの「袋小路」だの「罠」だの、さまざまだ。パーペンは私を窮地に「陥れよう」としていたのではなく「追い込もう」としていたという情報もある。その目的についても、「キーキー悲鳴をあげさせる」とする情報もあれば、「ギャーギャー悲鳴をあげさせる」という情報もある。だから結局、不慣れな読者はこうした情報を全部つなぎあわせ、「パーペンは六週間から十二週間のうちにヒトラーを窮地だか袋小路だか罠だかに陥れようと計画し、キャーだかギャーだかの悲鳴をあげさせようと考えていた」と理解するしかない。これは、自称戦略家のパーペンが真に意図していたことに、当たらずとも遠からずという程度だろう。


「アドレスは、もうおもちですか?」クレマイヤー嬢が私にたずねた。

「私はホテル住まいだが」。私は答えた。

「eメールのアドレスですよ! 電子上のポストのこと」

「何か送りたいなら、ホテル宛に送ってくれ!」

「わかりました。アドレスはない、と」。クレマイヤー嬢はそう言って、コンピュータに何かをカタカタと打ち込んだ。「じゃあ、どのお名前で登録をします?」

私は額にしわを寄せて彼女を見た。

「どのお名前にしますか? わがソートー」

「私の名前に決まっているだろう!」私は言った。

「それは、たぶん、むずかしいです」。クレマイヤー嬢は言って、また何かをカタカタとやった。

「いったい、そのどこがむずかしいのだ?」私はたずねた。「では聞くが、君はいったい、どの名前でポストを登録しているのか？」

「Vulcania17@web .de」と彼女は答えた。「ほらやっぱり。あなたの名前は禁止されていますよ」

「なんだと？」

「ほかのプロバイダもいくつか試してはみますけど。たぶん、状況はあんまり変わらないんじゃないかと。それにもし禁止されてなかったとしたら、ぜったいもう、どこかのイカレたひとがそのアドレスを確保しちゃってますよ」

「確保してしまう、とは何ごとだ？」私はいらいらしながらたずねた。「アドルフ・ヒトラーという名の人間は、もちろん私ひとりではないだろう。それから、ハンス・ミュラーという名の人間も、もちろんひとりではないはずだ。郵便局は、ハンス・ミュラーと名乗ってよいのはただひとりだなどと言っていないはずだ。名前を確保する、などという馬鹿げたことが、できるわけがない！」

クレマイヤー嬢はわずかにいらだたしげに私のことを見た。それは、その昔、老いたヒンデンブルク首相の顔にたびたび浮かんだ表情と似ていなくもなかった。

「複数の・人が・同じ・アドレスを・もつことは・できません」。彼女はゆっくりと、だがきっぱりと言った。まるで、そうやって話さないと、私が彼女の言っていることを理解できないと案じているかのようだ。それから彼女はまた、コンピュータをカタカタやった。

「ほら、見てください。アドルフとヒトラーのあいだにコンマを入れたAdolf,Hitlerは、もう使われちゃっていますよ」。彼女は言った。「コンマを抜いてヒトラーのHを小文字にしたAdolfhitlerもだめだし、アドルフ・アンダーバー・ヒトラーももう使われてます」

「アンダーバー？　いったい何だ、それは？」私は必死に理解しようとした。「私がだれかの〈下に《アンダー》〉あるわけがない！」だが、クレマイヤー嬢は知らぬ顔でカタカタと操作をつづけた。

「AHitlerも、A.Hitlerも同じですね」。言いながら彼女は、なおもカタカタやった。「ただのHitlerも、ただのAdolfもだめです」

「ならば、それを取り戻せばよい」。私は食い下がった。

「取り戻すなんてー、そんなこと、できるわけがありません」。クレマイヤー嬢の声にいらだちがにじんできた。

「ボルマンならできたはずだ！　そうでなければ、オーバーザルツベルクの家をぜんぶ手に入れるなど、ぜったいにできなかったはずだ。あの家が、われわれが来るまで無人だったとでも君は思っているのか？　そんなわけがない。あそこにはもちろん人が住んでいたのだ。だが、ボルマンは彼流のやり方で……」

「それじゃ、このeメールのアドレスの件は、そのボルマンさんにお願いしますぅ？」クレマイヤー嬢が不安げな、しかしいささかうんざりしたような口調で私にたずねた。

「残念ながらボルマンは今、どこにいるのかわからない」。私は認めたが、兵を落胆させないために、こうつけ加えた。「君は君のベストを尽くしてくれ。私は君を信じている」

「それじゃ、ソートーがよろしければ、もすこし探してみますね」。彼女は言った。

「お誕生日はいつです？」

「一八八九年四月二十日」

「えっと、Hitler89 はもうだめと。Hitler204 は……やっぱりだめです。お名前に何かをくっつけたのは、ぜんぶもう使われちゃってるみたいですねぇ」

「何と厚かましい！」私は言った。

「それじゃ、何か別の名前はいかがです？　私だってもちろん、ほんとの名前がVulcania17 のわけじゃないですし」

「別の名前をつくるなど、言語道断だ！　そのへんの道化役者ではあるまいし！」

「だからー、それはインターネットの中だけのことですよ。ここでは、好きな名前を先にとっちゃったヒトが勝ちなんです。でなければ、なにかシンボルみたいなものを名前にする手もありますけど」

「それは、偽名ということか？」

「まあ、そうですね」

「それでは……狼の意味の〈ヴォルフ〉で頼む」(43)。私は不承不承言った。ヴォルフは、昔使っていた偽名なのだ。

「ただの〈ヴォルフ〉ですかー？　それはきっともう、だれかが使ってます。それじゃ単純すぎですよ」

「それでは、ただのヴォルフではなく……〈ヴォルフスシャンツェ（狼の巣）〉はどうだ？」

クレマイヤー嬢はカタカタとキーをたたいた。

「Wolfschanze……は、もう使われてますね。Wolfschanze6ならばだいじょうぶですが」

「私は、Wolfschanze6ではない！」

「ちょっと待ってください。ほら、ほかにもなんかありましたよね。ええと、あれは……オーバーザルツバッハ、でしたっけ？」

「バッハではなく、ベルクだ！　オーバーザルツベルク！」

クレマイヤー嬢がまた何かカタカタとやった。「うーん。Obersalzberg6は、やっぱりお嫌なんですよね？」そして、私の答えも聞かずに彼女はさらに言葉をつづけた。

「そうだ、〈総統官邸〉のReichskanzleiでやってみましょう！　ソートーにぴったりの名前ですし。どうかな……うーん、Reichskanzlei1なら空いてるようですが」

「Reichskanzleiはだめなのか」。私は言った。「ならば、〈新総統官邸〉のNeue

Reichskanzlei で試してみてくれ。これならまあ、許せる」

　クレマイヤー嬢はまたキーをカタカタやって、こう言った。「やったあ。うまくいきましたよ」。そして彼女は私のほうを見た。

　私の顔には落胆が浮かんでいたのかもしれない。クレマイヤー嬢は、私をともかく元気づけなくてはと感じたようだ。彼女は陽気な、まるで母親のような口調で言った。「そんな顔をしちゃだめですよ。これで〈新総統官邸〉NeueReichskanzlei のアドレスにちゃんとソートー宛てのメールが届きますから。ね、いい感じじゃないですか?」彼女はそこで言葉を切ると、首を振って、さらにつけ加えた。「なんか……奇跡的に説得力あるし。まるで、ほんとにそこにソートーが住んでるみたい、じゃないですか?」

　一瞬、私もクレマイヤー嬢も無言になった。そのあいだも彼女は、コンピュータで何か作業をつづけていた。

「この一部始終を監視している者は、だれもいないのか?」私は彼女にたずねた。

「帝国のプロパガンダ委員会はもう存在していないようだが」

「そんなの、いるわけないでしょう?」彼女は言ったが、念を押すようにこうつけ足した。「ねえ、ほんとはわかってるんですよね? わざとそう言っているだけで? あの、私、こうやって何から何までぜーんぶ、ソートーに説明しなくちゃいけないんですか? ずーっと冷凍されてて、昨日目が覚めたばかりのヒトに教えてあげるみたいに?」

「私は君に、申し開きをする立場にはない」。私は彼女に、思いがけず厳しい口調で言った。「私の質問に答えたまえ!」

「いませんよ、そんなの」。クレマイヤー嬢はそう言って、ため息をついた。「そんな規制、ありっこないじゃないですか。ここは中国じゃないんだし。あの国じゃ、検閲がありますけど」

「いいことを聞いた」と私は言った。

13章　愚劣な政治家ども

あの戦争のあと、戦勝国がわが帝国をどう分割したのか、知らずにいたのはある意味で幸運だった。もしもこの目で見ていたら、胸が張り裂けそうなつらい思いをしたにちがいない。だが、いっぽうでこう言うこともできる。たとえ状況を私がこの目で見ていたとしても、おそらく何の足しにもならなかった。足しにならないといえば、「キャベツだけでは腹の足しにならない」とドイツ語ではよく言うが、そのキャベツですら当時は極端に品薄になっていたらしい。もっともこれは資料で得た知識であって、その資料自体がプロパガンダで色づけされているのは疑うべくもないが――。ともかく一九四六年の冬は総じて、国民にとって楽しからざるものだったはずだ。だがよく見ればそれも、けっして悪いことではなかった。古代スパルタの教育理念によれば、強靭な子どもと強靭な国民は、無慈悲な困難の中からこそ生まれる。そして、ドイツ全国民の記憶に無慈悲な焼き印を押したこの飢餓の冬は、それだけにいっそう人々にこう痛感させたにちがいない。次の世界戦争が起きたときには、降伏する前によくよく考えなければならない、と。

ドイツの歴史についての民主主義的な書物が信じるに値するなら、一九四五年の四月末に私が政治の表舞台から消えたあと、一週間ほどみじめな戦いがつづいたそうだ。話にもならないほどみじめな戦いが――。〈人狼部隊〉の名を持つゲリラ部隊の抵抗活動は、デーニッツ元帥によって解除され、ボルマンが膨大な資金を投じて作った防空壕もまったく適切に利用されなかった。(44) もちろん、われわれがたとえどれだけの命を犠牲にしようと、ロシア軍がベルリンに押し寄せるのをとどめることはできなかったかもしれない。それは認めよう。だが、私は資料をひもとく前にひそかに期待していたのだ。思い上がったアメリカ軍はわが国にやってきたとき、さぞ肝を冷やしたにちがいないと。だが、私は深い失望とともに認めなければならなかった。アメリカ人は、ほんのかけらも肝を冷やしたりしなかったのだ。

これこそが、悲劇だ。

戦争が終わったとき、私が一九二四年から唱えていたある説の正しさが、あらためて証明された。いちばん価値ある人材は戦争のとき、勇敢に前線で戦って多くは落命し、平均的な人材や劣等のいわばクズばかりが死なずに残るというのがその説だ。残された人材にはもちろん、地下から出てきてアメリカ兵を血の海に沈めるようなまねはできなかった。自分のことを善人だと、あるいは――矛盾するようだが――繊細だと思い込んでいる彼らに、そんなことができるわけはなかったのだ。

この点について、かつて私は心に書きとめていた。興味深いことに、ものごとをある程度距離を置いて見ると、まったく新しい視点が生まれてくるものだ。「最高の人材ほど早く死ぬ」と以前に言った私は、そのあとで驚くべきことに、今回の戦争では基本的にこの逆の作戦をすべきだったかもしれないと考え直していたのだ。私はまず「次の戦争では、クズを最前線に！」と考えたあと、クズに先頭で攻撃を行わせてはろくな結果が得られないと案じ、「中程度を最前線に」と訂正し、さらにそれを「最高の人材を最前線に。ただしその後、状況を見て中程度の、場合によってはクズの人材と入れ替えること」と訂正した。けれどもそのあとさらに、「非常に優秀な人材と、まあまあ優秀な人材を混合せよ」と修正を行った。だが結局私は、それらをすべて、「優良、中程度、クズをうまく使い分けよ！」と再修正し、この問題の解決は先延ばしにした。総統たるもの正しい答えをいつでもすぐに導き出せるというのは、大衆の浅はかな思い込みだ。ほんとうに必要なのは、しかるべき瞬間に正しい答えを出すことだ。今回の場合でいえば、次の大戦が勃発するときが、まさにそのしかるべき瞬間になる。

無能なデーニッツ元帥のもと、帝国が嘆かわしくも降伏したあとの顚末は、けっして予想外のことばかりではなかった。連合国が戦利品をめぐって争いを起こしたのは、予想どおりだった。いさかいのあまり領土の分割そのものを忘れてくれれば何よりだったが、残念ながらそうはいかなかった。ロシアは、自分の手中にある元ポーランド領を手放さないかわり、帝国からもぎとったシュレージエン地方をポーランドに気前よくくれてやった。帝国の一部だったオーストリアは、数人の社会民主主義者の指導のもと、以後は中道路線を歩むことになった。残されたドイツの領土には、連合諸国の傀儡《かいらい》政権が置かれた。見せかけだけ民主主義的手続きをふむことで何とかカムフラージュされたこの政権を率いたのは、前科者のアデナウアーとホーネッカー、デブの経済占い師のエアハルト。そして、予想していないわけではなかったが、あのキージンガーもそこに名を連ねていた。一九三三年に駆け込み入党をした何十万もの甘ちょろい党員のひとりだったキージンガー！　このご都合主義の旗振り野郎にとって、すべりこみ入党が結局は命取りになったと知って、私は正直、胸のすくような思いがした。

もちろん戦勝国側はわが国に対し、昔からの計画を実行に移した。それは、過剰なほど徹底した連邦主義を植えつけ、国の内部であとあとまで対立や争いがつづくように仕組むことだ。かくしてドイツ国内には、連邦国家を構成するたくさんの〈州〉がつくられ、それぞれの州は当然ながら他州のやり方に、最初からことごとく口をはさみ、無能な連邦議会がひねりだした決定を骨抜きにするようになった。この政策は、よりによって私が愛するバイエルンの地でもっとも愚かしく、もっとも大きな影響をもたらした。かつて私の活動のいしずえとなったバイエルン。だがこの地でもっとも尊敬されるのは、脳みそまで筋肉でできたような低能男たちだ。自身の偽善を隠すため、あるいはカネに弱い腐った性根を隠ぺいするために、彼らは大きなビールジョッキをつぎつぎ空にする。しかも、ときどき外で女を買うのは男の甲斐性とまで開き直る始末だ。

そうこうするうち国の北部では、社会民主主義が幅を利かせるようになっていた。彼らは北部全体を巨大な〈社会民主主義クラブ〉に仕立てるというロマンに燃え、そのために国民の富をさんざんに浪費してくれた。国を率いるその他の輩は、私にとってどれも述べるにすら値しない。国会に籍を置く政治家連中が口にするのは月並みな議論ばかり。そして第一次世界大戦直後と同じように、首相の座を射とめるのは、腐った政治家の中でもいちばん腐ったやつばかりというありさまだ。この精神的微生物の群れから、よりによっていちばん不恰好でいちばんおぞましい存在が首相の座についたのは、まさに運命のいたずらというべきだろう。よりによってこの男のでっぷりした膝の上に、ドイツ再統一という特大の棚ボタを放ってやることもなかっただろうに――。

この自称〈再統一〉が、戦後ドイツにおけるプロパガンダ上の最大級の嘘であることはまちがいない。真の意味でドイツを再統一するには、かつて帝国の一部だったいくつかの重要な地域がまだ欠けているからだ。たとえば、ポーランドに贈られてしまったシュレージエン地方。あるいはエルザス＝ロートリンゲン地方。それから、オーストリア。これを見るだけでも、当時政治を執っていた人間の無能さが計り知れよう。彼らは弱体化の一途をたどるロシアから、まったく使えない土地をほんの数平方キロ手放させたものの、宿敵フランスの手中に入った、もっと栄えている地方は取り返すことができなかった。そしてフランスはその地方を、この先もずっと手放しはしないだろう。

けれども、嘘が壮大なものであればあるほど、人は喜んでそれを信じようとする。英雄的な〈ドイツ再統一〉の功績によって、当時首相の座にいた男は十六年もの長きにわたってこの国を統治することになった。十六年といえば、私の在任期間より四年も長いではないか！　まったく信じがたい話だ。十六年も国の長をつとめたこの男は、バルビタールを百キロも飲んだゲーリングもかくやという体型をしていた。でっぷりと太ったその姿をちらりと見ただけで、体から力が抜けてしまいそうな気がする。そして、この国の政務がラフなカーディガン姿で務まるものになったらしいことは、ひとつの力強い政党の視覚面を磨くために十五年の月日をかけた私には、衝撃の事実だった。あのゲッベルスがこれを知らずにいたのは、まだしも幸いだった。あの哀れな男がもしこのことを知ったら、墓の中で白炎を上げて転げまわり、ドイツの母なる大地の上に煙をあげたことだろう。

宿敵フランスは私の知らぬ間に、ドイツにとって最大の盟友に成り上がっていた。それぞれの国の指導者――いや、指導者の立場にいるあやつり人形と言うべきだろう

——は機会あるごとにたがいに抱擁しあい、「二度とたがいに争わない」と裏心のない人間のように誓いを繰り返す。この固い意志をさらに強固なものにしているのが、現代のEU欧州連合の存在だ。が、この連合はそのじつ、小学生が作る〈ギャング団〉と同じほど幼稚な集団にすぎない。〈ギャング団〉を作った子どもたちは、だれがリーダーになるかとか、だれがいちばんたくさん菓子をもってくるべきかなどで争い、そのために膨大な時間を費やすものだが、これはそのまま現在の欧州連合にもあてはまるのだ。

　いっぽう東欧諸国のあいだでも同じころ、西側に負けず劣らずの愚行が繰り広げられてきた。唯一西側とちがう点は、争いごとが徹底的に抑圧されたことだ。理由はただひとつ。もめごとが起これば、ボリシェビキのソ連がよだれを垂らしてのりこんでくるのが目に見えていたからだ。それらの出来事について読み進むうち、私はだんだんひどい気分になってきた。吐くのではないかと幾度か思ったほどだ。だが、吐いてしまうわけにはもちろんいかなかった。

　西側諸国があきれるほど幼稚な争いに没頭できた一因はおそらく、この地をがっちり支配したアメリカ的——いや、ユダヤ的——な拝金主義が、カネもうけに役立つ重要事案にばかりかまけていた点にある。そんなアメリカによってドイツから引き抜かれたのが、戦後も生き残った腰抜け親衛隊少佐のひとり、ヴェルナー・フォン・ブラウンだ[45]。予想はしていたことだが、この怪しげな日和見主義者はドイツのV2ロケット開発で得た知識を、アメリカに渡ってすぐ最高入札者に高い値段で売りつけた。ブラウンのロケット技術によってアメリカは破壊兵器を確実にどこにでも落とせるようになり、それを後ろだてに世界に君臨するようになった。それから四十五年後、アメリカのユダヤ的拝金主義が東側のユダヤ系ボリシェビキの支配体制を破たんさせるという、ややこしい事態が生じた。最初このことを知ったとき、私は正直、激しく混乱した。

どんな仕掛けが隠れていたというのか？

いったいいつから、ユダヤがユダヤを破壊するようになったのか？

この謎に対する答えは、またあとで考えよう。今のところはっきりわかっているのは、ボリシェビキの支配体制が崩れたあと、ドイツの傀儡政権は平和条約と独立権を与えられたことだ。だが、自前のミサイルやロケット弾のひとつもなしに、いったい何が国家の独立だろうか？　いっぽう、新しい政権が取り組んだのは再軍備ではなく、多少の小競りあいはあるにせよ、欧州各国と深いつながりを築くことだった。結果的に、外交はきわめて簡単なものになった。何十もの注意事項はきちんと書き出されている。ただそれを守っていくだけなら、五歳の子どもにでもできることだ。

彼らの〈連合〉は欧州中にとめどなく拡大したが、そこに認められる唯一のイデオロギーとは、いまだ発展途上にある周辺地域の入植者も含め、ほとんどすべての人間を受け入れるということだ。けれども同じひとつの連合にたくさん加盟者が集まれば、その一員である価値は薄れてしまう。だから、連合の一員である特典をあくまで得ようとする人間は、その連合の中にさらに新しい排他的な連合を作る。そうした試みは、この欧州連合の中でもちろん行われている。強国はすでに連合の中に、限られた国しか参加できない排他的なクラブを結成したり、弱小メンバーを締め出したりすることを考えはじめているようだ。こうした事態は、そもそもこの連合がまがいものであったことを証明しているようなものだ。

それにしても衝撃的なのは、ドイツの政治の現状だ。何しろ国の頂点に立つのが、女。それも、陰気くさいオーラを自信満々に放っている不恰好な女だ。東独育ちのこの女は、つまりは三十六年もボリシェビキの亡霊とともにあったというのに、女のとりまきはそのことにかけらも不安を感じないらしい。この女が手を組んだのはバイエルンの酒飲みどもが結成している、私の目には国家社会主義の亜流のように見える政党だ。だがこの党は、一見社会主義的でありながらその実、非常に半端なところがあり、彼らはそれを国家主義的信念ではなく、時代遅れのヴァチカン至上主義で飾りたてている。彼らはそのほかの政策的欠陥を、田舎村の防災組合や教会の音楽隊でカムフラージュしようとしているが、そんなもので人の目はごまかされない。嘘つきどもの隊列を、この手でなぐり倒してやればどんなに気持ちがいいだろうか。

党が役立たずだからか、この東女は、ものを知らない役立たずの若造どもで別のグループをつくった。無能なお飾りの外相もそのひとりだ。身じろぎするたび毛穴から心もとなさと経験の浅さが噴き出しているような若造たち。いったいどこのだれがこんな覇気のない連中に、わざわざ危ない仕事を任せようと思うだろう？　ほかの人材がいれば、任せるはずはない。だが悲しいかな、そんな人材はひとりもいない。

　ひるがえって現在の社会民主党を目にしたとき、私の目からはあやうく涙がこぼれそうになった。往時の社会民主党党首のオットー・ヴェルスや、汎ヨーロッパ運動を指導して何度も刑務所送りになったパウル・レーベらのことが、ふと頭に浮かんだからだ。やつらが愛国心のない最低のルンペンだったのは事実だが、彼らはそれなりに押し出しのよいルンペンだった。ところが現在のドイツ社会民主党を率いているのは、太った体をプディングのように揺らす金切り声の男と、肥育用の牝鶏のような女の二人なのだ。それでは、もっとさらに左寄りの政党には希望を見出せるのか？　残念ながらその期待は大きく裏切られるだろう。社会民主党よりもさらに左派の中に、政敵をビールジョッキで殴りつけるような肝の据わった人間はいない。左派の豚小屋をとりしきる人物は、党員たちの苦境よりも自分のスポーツカーのメッキが剝げるほうが心配という、ろくでもない人間なのだ。

　民主主義全体がこの体たらくの中、唯一の希望の光は、〈緑の党〉という政党の存在だ。もちろん、この政党の中にも世間知らずの大馬鹿者はいる。だが、往時のわが党にも大馬鹿者はいた。たとえば一九三四年、突撃隊との対立からある不愉快な事件が起こるべくして起きたとき、突撃隊長の座にあったエルンスト・レーム[46]がそうだ。

この事件でわが党の名声に汚点を残し、そのために粛清されたレーム――。いや、今話しているのは〈緑の党〉のことだ。なぜこの党に私は、全面的ではないにせよ親近感を抱いたのか？　それは、この党の基本的な理念ゆえだ。

戦後に誕生したこの党の理念を往時のナチスが知るわけはないが、私はこの党が重視するいくつかの点は、そう悪いものではないと感じた。終戦後、わが国は大規模な工業化と機械化の波にさらされ、大気と大地に、そして人間を含む国全体に甚大な被害が出た。このドイツの環境を破壊から守ることに〈緑の党〉の党員は身をささげている。そして彼らが守ろうとしているものの中には、私が愛するバイエルンの山々も含まれている。バイエルンの野山でも自然破壊はずいぶん進んでいるようなのだ。だが、せっかく高い能力を持つ原子力発電をこの党が伝統的に否定してきたのは、まったく馬鹿げたことだ。さらに二重の意味で残念なのは、日本での原発事故を理由に〈緑の党〉だけでなくほぼすべての党が原発の放棄に同意してしまったこと、そしてそのおかげで核兵器をつくる道も断たれてしまったことだ。ともかく、軍事的な方面ではこの国は今、怠慢そのものに見える。

役立たずの政治家どもは、世界第一級の軍隊をこの数十年でだめにしてしまった。彼らをこそ、壁の前に列に並べて撃ち殺してやりたいほどだ。私自身、何度も自分に言い聞かせてきたように、東の問題を完全に解決するのはどうやっても不可能だ。あの地にいつもある程度の紛争が起きるのはしかたのないことだ。東方の血を刷新して民族の健全性を保つためには、四半世紀に一度くらいは戦争が必要なのだ。(47) とはいえ今アフガニスタンで起きているのは、軍を鍛えるような戦いではまるでない。それはくだらない茶番劇も同然だ。この地での戦死者数が模範的なほど少ないのは、私が最初に考えたように軍隊の力が敵より圧倒的に優っていたからではなく、そもそもほんのわずかな兵力しか送っていないからなのだ。一見しただけで、アフガニスタン戦争が軍事的にはきわめて疑わしいものであることはあきらかだ。派兵される隊の数は、何らかの到達すべき目標にあわせて割り当てられるのではなく、非常に議会政治的な手法によって、国民からも〈連合〉からも不満が出ないことを第一に決定される。こんなやり方で、両者の意見がすみやかに一致するわけがない。そしてその結果、戦地に送られた兵士が高潔で英雄的な死を迎えることはほとんどなくなった。今のドイツ人にとっては、兵士が戦地に行って、無傷でおめおめと戻ってくるほうがふつうなのだ。戦地で命を落とす兵士がいれば、その英雄的な死を喜ぶべきなのに、逆に嘆きのミサが開かれる始末だ。

それはそうと、喜ばしいことがひとつある。ドイツ国内のユダヤ人の数は、戦争から六十年が過ぎた今も少ないまま保たれているのだ。現在その数はおよそ一〇万人。一九三三年当時と比べると約五分の一にすぎない。これを嘆き悲しむ声はごくわずかしか聞こえてこない。私にとっては論理的帰結だが、完全に予想できていたわけではない。自然の消滅を目の当たりにして人々が嘆きの声をあげるのと同じように、ユダヤ人があまりに少なくなりすぎれば、人種上の〈再植林〉のようなものが必要だという意見も出てこないとはかぎらない。ただ、ドレスデンのフラウエン教会やゼンパーオペラハウスなどの古い建物を復旧させるような郷愁的な動きは、私の見るかぎり、ユダヤ人の状況については起きていない。

イスラエルという国家がつくられたおかげで、ユダヤについての重荷がある程度おりたのはまちがいない。だがわざわざアラブの国々のど真ん中にこの国をつくったのは、非常に意味深だ。おかげで以後数十年、いや数百年にもわたってイスラエルとアラブ諸国はたがいに絶えず干渉しあうことになるだろうから。戦後のいわゆる経済の奇跡が起きたのは、こうして奇しくもユダヤ人の数が減少した結果ともいえる。民主主義的な歴史の本によれば、戦後の経済復興は太ったエアハルトとその英米系の仲間の功績ということになっているが、この国の今の豊かさがユダヤ人の寄食者を追い払ったことと密に結びついているのは、素人が考えてもすぐにわかるはずだ。それを疑う者は、この国の東半分の現状をよく見てみるがいい。数十年にわたって愚かしくもロシア・ボリシェビキの思想を、そしてそこに潜むユダヤ的な教えを輸入していたこの地域が今どうなっているかを――。

この程度の政治なら、退化したサルの群れがやっているのも同然だ。いや、サルに任せたほうがまだましかもしれない。〈ドイツ再統一〉でいったい何が良くなったというのか。人々はせいぜい、ある種のサルから別のサルへと政権が移った程度の印象しか抱いていないはずだ。この国には今、一〇〇万人余の失業者がいる。そして、人々の中には無言の怒りと不満が渦巻いている。一九三〇年のドイツもちょうどこんなふうだった。ただ、あのころは状況をぴったりあらわすこんな言葉は存在していなかった。それは「政治不信」という言葉だ。ドイツ人のような民族の目を、いつまでもくらませておくことはできないのだ。

言い方を換えれば、この状況はまさに私のためにあるようなものだ。いや、あまりにもおあつらえ向きすぎるのではないか――。そこで私は他国の状況ももっと徹底的に調べようと決意したが、急ぎの仕事が入ったため、残念ながら調査は後回しにした。どこのだれからかは知らないが、軍事上の問題を解決してほしいという依頼が、私のところに舞い込んできたのだ。今現在、国家全体を率いる立場にない以上、困っている同胞によろこんで力を貸すべきだと私は急ぎ決断した。かくして私はそれから三時間半ほど、コンピュータ上で地雷撤去にいそしむことになった。その訓練には〈マイン・スイーパ〉〔地雷撤去ゲーム〕という名がついていた。

14章　ふたたび表舞台へ

もちろんこのとき私の耳には、帝国の心配屋どもの疑うような叫びが聞こえていた。「国家社会主義運動の総統たるかたが、アリ・ジョークマンなどという芸人と一緒にテレビ番組に出てよいものでしょうか？」このセリフが、何と言おうか芸術的な観点から発せられたのなら、それは私にも理解できる。偉大な芸術を政治がゆがめてはならないのは当然だ。モナリザの絵の片隅に鉤十字を書き入れたら、その絵はもはや芸術ではない。ただ、司会をつとめるジョークマンなる男の吃《ども》ったようなしゃべり方は——もちろん、このしゃべり方こそが彼の売りではあるのだが——どう転んでも、芸術のはしくれとは言えないものだった。芸術どころか、そのまったく逆だ。けれども、「こんな低俗な番組に出演したら、国家社会主義に傷がつくのではないか」という心配からもろもろの懸念が生じているのだとしたら、私はこう反論せねばならない。世の中には、おおかたの人間が単に頭で考えるだけではぜったいに理解できないことや、判断できないことがある。今のこの問題はまさしくそうしたものごとの一種であり、人はただ総統を信じて任せておけばよいのだと。

正直に言えば、私はある誤解を抱いていた。ここに告白しよう。このときまで私は、ドイツの繁栄のために政治番組を作るのだと、そしてベリーニ女史はそれに手を貸してくれるのだと思い込んでいたのだ。ではあるが、ベリーニ女史がずっと口にしてきたことと、私が〈政治番組〉のために準備してきたプログラムはまったく同じものだった。それこそが総統の生来の才能と直観が、書物から得た堅苦しい知識より数倍すぐれていることを示す何よりの証拠だ。日がな計算に明け暮れている学者連中や、出世ばかりに熱心な国会議員らは、表層的な事実にたやすく踊らされるものだ。だが真に選ばれた魂は、運命の呼び声を無意識のうちに感じとる。たとえ、アリ・ジョークマンというふざけた名前が、私の運命とは正反対にあるように感じられても――。

いやこれは、むしろ神の計らいなのかもしれない。思えば一九四一年、厳しい冬がいつもより早く到来したことによって、わが軍がロシアの懐深くに兵を進める前に攻撃を停止したのも、あれはまさしく神意だった(48)。それによってわが軍は、勝利をこの手に……。

そう、あの無能な将軍どもがいなければ、勝利を手にできていたはずなのだ！

しかし、この件でこれ以上頭に血を上らせるのはやめにしよう。

だが次のときには、見ているがいい。親衛隊生え抜きの、忠実で献身的な将軍らを集め、かならずや勝利をおさめてみせる。

アリ・ジョークマンの話に戻ると、私がベリーニ女史の意図を誤解していたことは、番組出演の決断を急がせるために運命が仕掛けた一種のトリックだったのかもしれない。ジョークマンの番組がどんなものかをたとえ事前に知っていたとしても、私は結局は出演を承諾しただろう。この点は、小賢しい文句屋連中に声を大にして言っておきたい。だが、番組の内容を知ってあれこれ逡巡しすぎれば、番組に出るチャンスそのものを逃してしまった可能性もある。私は以前からゲッベルスに説明していた。人々の関心を集めるためなら、私は道化になるのもやぶさかではないと。なぜなら人心を掌握するためには、まず自分の声を人々に聞いてもらわなくてはならないからだ。そして、このジョークマンという芸人と組めば、何十万人もの視聴者が獲得できるのはあきらかなのだ。

公正に見れば、このアリ・ジョークマンという男のキャラクターは、ブルジョワ的民主主義だけが作りだせる一種のアーティストともいえる。さまざまな遺伝的要素が入り交じったその風貌は、ドイツではなく南欧風、そしてアジア風でもあるが、それでいて彼は、耐えがたいほど訛《なま》っているとはいえ、非常に流暢《りゅうちょう》なドイツ語をしゃべるのだ。この外観とこのしゃべりがあわさって、ジョークマンという男のキャラクターは成立している。これは、アメリカで白人の芸人がわざわざ顔を黒く塗って、愚かな黒人の役を演じるのと共通するものがある。ただひとつのちがいは、ジョークマンが冗談の種にするのは黒人ではなく外国人だという点だ。彼らのような、人種をネタにしたコメディアンが何人もいる——ということは、その種の笑いが人々から強く求められているわけだ。これは私には理解しがたい現象だった。私にとって、人種や外国人のジョークはそれ自体が矛盾だ。これを説明するために、一九二二年に戦友が私に聞かせてくれた逸話を紹介しよう。


二人の退役軍人が出会った。

「怪我はどのあたりで?」ひとりが言った。

「ダーダネルスのあたりで」もうひとりが答えた。

「そりゃたいへんだ。あのあたりはものすごく痛むっていうじゃないか!」


他愛ない誤解をもとにした、だれでも難なく応用できるジョークだ。そして登場人物の役柄が変われば、ユーモアの効果はもちろん、教訓的な効果までもが変化する。たとえば最初の質問者の役を、アメリカ大統領ルーズヴェルトや宰相ベートマン・ホルヴェークのような物知りで有名な人物にやらせたら、この小咄のおもしろさは俄然高まる。(49) だが質問者が退役軍人ではなく何かの虫けらだったとしたら、ユーモアの効果はたちまち消えてしまう。観客はきっと思うはずだ。ダーダネルスがどこにあるか、いやそもそもそれが海峡であることを、虫けらが知らないのは当然ではないか?

馬鹿な人間が馬鹿なことをしても、笑えない。いいジョークの根本には驚きがなくてはならないのだ。驚きがなくては、教訓的な効果を最大限に引き出すことはできない。たとえばトルコ人が愚鈍なのは当然であって、驚きではない。だから、トルコ人が天才科学者の役をやるジョークは、その設定のばかばかしさゆえ、それだけで確実に人を笑わせられる。だがアリ・ジョークマン本人やそのゲストのジョークは、そういう類とはちがっている。彼らが得意とするのは、あまり教養のない外国人をほどよくネタにした小咄やエピソードで、そこにはほとんど理解不能なただたどしいドイツ語を口にする外国人がしばしば登場する。そこには、この〈リベラル〉な社会でごく日常的に行われている民主主義的な偽善が浮き彫りになっている。この社会ではふつう、外国人を十把ひとからげにするのはよくないとされている。だから政治ネタのコメディアンは外国人の人種を正しく分けるよう、かなり気をつかう。けれどもジョークマンやその怪しげなゲストらは、インド人もアラブ人も、トルコ人もポーランド人も、ギリシャ人もイタリア人も、十把ひとからげに料理するという荒技を、大手を振ってやっているのだ。

彼のこうしたやり方に私はまったく異論がない。異論がないどころか、むしろ二重の意味でメリットがあると考えている。そのひとつはもちろん、アリ・ジョークマンが抱える大勢の視聴者の存在だ。彼の番組に出演すれば、その大勢の関心をそのまま私に向けてもらうことができる。そしておそらくもうひとつのメリットは、ジョークマンの小咄の性質のため、その視聴者には真正のドイツ国民が多いと予測されることだ。それは、残念ながらドイツ人の視聴者の民族的意識がとくに進んでいるせいではない。そうではなく、トルコ人は純朴で誇り高い民族だから、さまざまなタイプの笑いを楽しみはしても、同胞の元トルコ人やトルコ移民にからかわれたり説教されたりするのを好まないからだ。トルコ人にとってはまわりから尊敬されたり誇りにされたりするのが非常に重要であり、それは笑われ役になることとはもちろん相いれない。

私はこの手のユーモアはまったく不要だし、下劣でもあると考えてきた。家の中にネズミがいたら、呼ぶべきは駆除業者であって、道化ではないはずだ。ただこうした一連の出来事が自分の復権のために必要なお膳立てなのだとしたら、舞台に一歩を踏み出した瞬間から観客に向かってこう強く訴えようではないか。正直でまっとうなドイツ人が劣等民族を冗談の種にするのに、わざわざ外国人のボケ役の助けを借りる必要はないのだと。

スタジオに到着すると、若い女が私に近づいてきた。ひきしまった体型の持ち主で、国防軍に忠実に仕える女兵士のような風貌だ。だが、この前にエズレム嬢で手痛い経験をした私は、いくら見かけがアーリア人風でも油断は禁物だと肝に銘じた。それにしても彼女はまるで空軍本部からそのままやってきたかのように、ケーブルを何本も体からぶら下げ、マイクロフォンのようなものまで装着している。

「おはようございます」。女はそう言って、私に手を差し出した。「私はジェニー。あなたはその……」。彼女は一瞬口ごもった。「アドルフ……」

彼女の親しみのこもった──というよりなれなれしい口ぶりに私は一瞬、どう反応すべきか躊躇《ちゅうちょ》した。だが、まわりのだれも、べつに驚いたようすはしていなかった。あとでわかったことだが、これは私が初めて出会うテレビ業界の習わしだったのだ。徐々にわかってきたのだが、この世界では一緒に番組を作ることによって、塹壕でともに戦った兵士が抱くのと似た強いきずなが生まれると考えられているようだ。そして塹壕の兵士が兄弟のきずなで結ばれ、命果てるまでたがいの忠誠を誓ったように、テレビ局の人間たちはすくなくとも制作中の番組が終わるまでは、おたがいをファーストネームで呼ぶというわけだ。この風習どおりファーストネームでいきなり呼ばれて私は最初いささかむっとしたが、これは割り引いて見てやらねばなるまい。なんといってもこのジェニーらの世代は、まだ真の最前線に立つという経験を積んでいないのだ。この件についてはいずれ何か策を講じる必要があろうが、さしあたって当座は信頼には信頼をもってこたえようと私は決めた。そして、この小癪《こしゃく》な娘に向かっておだやかにこう話しかけた。

「私のことは、ヴォルフ伯父様と呼んでくれ」

彼女は一瞬眉をひそめて言った。「わかりました、ミスター……ではなく、ええと……伯父様、メイキャップ室までご一緒いただけますか?」

「もちろん」。私はそう言って、彼女のあとについてテレビ局のカタコンベを進んでいった。ジェニーは私の前を歩きながらマイクロフォンを口に近づけ、「エルケ、今そっちに向かっています」としゃべった。その後は、二人とも無言のまま黙々と廊下を歩いた。

「前にテレビに出たことはありますか？　ヒトラーさん？」ジェニーがしばらくして口を開いた。ファーストネームで呼ぶのは、やっぱりやめにしたのだろうか。おそらく彼女は、私の総統としてのオーラに圧倒されたのだろう。

「何度か[50]」。私は言った。「だが、もう前の話だ」

「まあ」。彼女は言った。「じゃあ、もしかしたら、私もどこかで拝見しているかしら？」

「たぶん、ないとは思うが」。私は言った。「あれはここベルリンの、オリンピック・スタジアムだった……」

「もしかして、コメディアンのマリオ・バースの前座を？」

「前座？」私はたずねたが、彼女はおかまいなしにこうつづけた。

「すごく目立っていました、あのときのパフォーマンス。ご自身であれだけのものを作りあげたなんて、すばらしいです。ところで、今日は何か前とはちがうのをお考えなんでしょう？」

「そう、前とは……まったくちがうことを」。ためらいながらも、私は同意した。「先の戦いから、もうずいぶん経つことだし……」

「こちらにどうぞ」。ジェニーはそう言って、化粧室のドアを開いた。中に化粧台が見える。「ここから先はエルケがお世話します。エルケ、こちらが……その……ロルフ伯父様です」

「ヴォルフ」。私は訂正した。「ヴォルフ伯父様と呼んでくれ」

エルケと呼ばれた女は眉をひそめて私を見た。流行りの服をきりっと着こなしている。歳は四十くらいだろうか。彼女は私の顔と、化粧道具の近くにあったメモとを見比べてこう言った。「ヴォルフ？　おかしいわね。私のメモだと、次にここに来るのは〈ヒトラー〉のはずだけど」。それから彼女は私に手を差し出して、こう言った。「エルケです」。そして一瞬考えてから「ということは、あなたが、その……」とつづけた。

またしても、〈ファーストネーム塹壕〉に逆戻りか。けれど、見たところこのエルケという女は、私を〈ヴォルフ伯父様〉と呼ぶには少々年をとりすぎているようだ。

「ヒトラーだ」。私は意を決して言った。

「そうそう、ヒトラーさん」。エルケ女史は言った。「どうぞここに座って。何か特別な希望はありますか？　それとも、私にお任せいただけます？」

「すべてお任せしよう」。私はそう言って腰を下ろした。「何もかも私が自分でやるわけにはいかない」

「そりゃそうですよ」。エルケはそう言いながら、私の制服が汚れないように化粧用のケープをかぶせた。それから彼女は私の顔をじっと観察し、「すばらしいお肌ですねえ」と世辞を言いながらパウダーに手を伸ばした。「あなたぐらいの年齢のかたはだいたい、お水を飲む量が少なすぎるんです。ほかの俳優さんのお顔を一度ぜひご覧になれば」

「ただの水が、私のいちばん好む飲み物だ。いつも大量に飲んでいる」。私は言った。「わが肉体を損なうことは、国民に対する責任放棄に等しい」

突然、くしゃみのような妙な音がしたかと思うと、小さな部屋と私たち二人は化粧パウダーの霞《かすみ》に包まれていた。「すみません。すぐに片づけます」。エルケはそう言うと、空中を舞うパウダーを小型の掃除機で吸いとりはじめ、つづいて私のズボンにも掃除機をかけた。そして私の髪についたパウダーを払っているとき、ドアが開いた。鏡越しにアリ・ジョークマンの姿が見えた。アリは部屋に入るなり、ごほごほと咳き込んだ。

「今日はドライアイスを使う予定だったっけ?」アリがたずねた。

「いや」。私が答えた。

「私の失敗なんです」。エルケが言った。「でも、すぐにちゃんと、もとどおりにしますから」。なかなか好ましい態度だ。言い訳もごまかしもせず、過ちを素直に認め、それを自分の責任として引き受ける。このドイツ民族のすばらしい特性が過去数十年にわたり、民主主義の泥沼に堕ちずに生き残ってきたことを、私はつねづね喜ばしく思う。

「了解」。アリは言って、私に手を差し出した。「ベリーニ女史の話では、鋭いギャグががんがん飛び出してくるそうで。よろしく、アリです」

私は、粉をかぶっていないほうの手を化粧用ケープの下からごそごそと出して、アリと握手を交わした。髪の毛に残っていたパウダーが小さなだれのように床に落ちた。

「こちらこそよろしく、ヒトラーだ」

「それで、準備はどう？　万事オーケー？」

「そう思うが。どうだろう、エルケ？」

「あとすこしで終わります」。エルケが答えた。

「ほお！　すごい衣装だね」。アリが言った。「こりゃたまげた。まるで本物そっくりだ。ねえ、こういうのはどこで手に入るんだい？」

「それが、そう簡単には手に入らない」。私はしばし考えた。「最後に制服をあつらえたのは、ミュンヘンのヨーゼフ・ランドルトという店だが……」

「ランドルトねえ」。アリはしばし考えた。「聞いたことないな。でも、ミュンヘンってことは――もしかして、プロ７《ジーベン》の近くかな？　あのあたりには、イカした衣装屋がいくつかあるんだよね」

「だが、今はもう店をたたんでしまったかもしれない」。私は推測しながら言った。

「それはそうと、このコンビはぜったいいけるよ。ナチっぽいあんたと俺が組んだら、怖いものなしだ。もちろん、ナチネタだけじゃ新鮮味には欠けるけどね」

「どういう意味だ？」私はいぶかしげにたずねた。

「いや、それは……もちろん、ネタとして悪いわけじゃないよ。ただものすごいネタじゃないのも事実だね。まあ今の時代、だれも手をつけてないネタなんて皆無だけどね。俺は今の外国人のギャグ、ニューヨークで拾ってきたんだ。九〇年代のニューヨークはそういうのが大流行りだったからね。おたくはその、総統ネタっていうの？どっからもってきたわけ？」

「究極的にいえば、ゲルマン民族からだ」。私は言った。

アリは笑った。「ベリーニの言ってたとおり、おたくはほんとに筋金入りだ。オーケー。それじゃまたのちほど。そうだ、何か合図は必要かな？　それとも、どんな話題のあとでおたくのことを観客に紹介するか、決めておこうか？」

「その必要はない」。私は言った。

「たいしたもんだね」。アリは言った。「台本なしだなんて、俺にはとてもとても。ぜったいどこかでまごついちまう。俺はふだんから、アドリブはあんまりやるほうじゃないし……まあともかく、がんばっていこうや、相棒！　またあとでな！」そう言うと、アリは部屋を出ていった。

正直言えば、私は自分が次に何をすべきか、だれかが教えてくれると思っていたのだ。

「それで次は?」私はエルケにたずねた。

「あら、意外」。エルケは笑った。「総統が、進むべき道をご存じないとは」

「失敬な。鬼の首でも取ったように」。私はむっとして言った。「総統は国家が進むべき道を先に立って示しはするが、旅行のガイドをしているわけではない!」

くしゃみの音とともに、彼女の鼻からパウダーが飛び出した。「その冗談はいまひとつね、ヒトラーさん」。エルケは言った。結局彼女は、〈ファーストネームの習い〉には従わないと決めたようだ。彼女は部屋の片隅をさして言った。「わかります? あそこにある画面から番組のようすが見えます。同じ画面は衣装室や食堂にも置いてあります。ジェニーがあとで、あなたの出番にあわせた時間に迎えにきますので、それではどうぞよろしく」

番組は、私が事前に聞いたり見たりしていたとおりに進んでいった。アリがさまざまなテーマを出し、それにあわせた短い映像が要所要所で映し出される。映像の中では、ポーランド人やトルコ人に扮したアリ・ジョークマンが、それぞれの民族の欠点とされる特徴を大げさに演じ、観客を笑わせている。彼はもちろんチャップリンではないが、それは悪いことではない。聴衆はアリの芸風のツボをよく心得ているし、彼のパフォーマンスの——すくなくとも一部の——土台には、政治的な意識がたしかに存在する。もちろんそれは〈政治的な意識〉という言葉の意味を、広くとればの話ではあるが。つまり私がメッセージを投げれば、それが肥沃な大地に届く可能性は高いということだ。

アリから私へのバトンタッチは、あるセリフで行われることになっていた。アリはそのセリフをそのままそっくり読み上げた。「さてここで、新しいコメンテイター、アドルフ・ヒトラーの登場です！」この言葉とともに私は、まぶしいスポットライトの光の中に最初の一歩を踏み出した。


それはまるで何年もの空白ののちに、あの懐かしいスポーツ宮殿に戻ってきたような気持ちだった。焼けるようなライトの光が顔に降り注ぐ。客席を埋める若者らの顔を、私は目にやきつけた。会場にいるのは数百人ほどだろうか。だが、テレビの向こうで番組を見ている人は何万人、いや何十万人といるにちがいない。彼らこそがこの国の未来だ。私が築こうとしているドイツの未来の土台には、こうした人々ひとりひとりが存在しているのだ。緊張と喜びの両方が胸に満ちる。わずかに残っていたかもしれない疑念も、今この瞬間、すべて晴れた。何時間も続けて演説をするのなら慣れっこだ。しかし今、私に与えられた時間はわずか五分――。

無言のまま、演説用テーブルへと足を踏み出す。

私はスタジオ全体にぐるりと視線をはわせた。そして、数十年の民主主義が若者の心にどれほどの痕跡を残したか見極めようと、必死に静寂に耳を澄ませた。私の名前が告げられたとき、客席には笑いが広がった。だが私が舞台の上にゆっくり姿をあらわすと、笑い声はさっと消えた。聴衆の顔には混乱がはっきり見てとれた。彼らは頭の中で私の顔と、彼らがよく知っているプロの芸人の顔を比べていたのだろう。そして、混乱の次に浮かんだ不安を、私はごく単純なアイコンタクトによって息もできないような沈黙に変容させた。妨害が入るかもしれないという覚悟はしていた。だが、不安は感じなかった。ミュンヘンのビアホール〈ホーフブロイケラー〉で党の集会が行われた折り、どれだけの野次が飛んできたかを思えば、怖いものなどない[51]。

足を一歩前に踏み出す。聴衆は私が話を始めると思っただろう。だが、私は腕を組んだだけにとどめた。客席のざわめきは一瞬のうちに、さきほどの百分の一、いや千分の一ほどにも小さくなった。舞台で何も動きがないことに焦ったアリ・ジョークマンが滝の汗をかいているのを、私は目の端で認めた。彼は沈黙の真の力を知らない。そして、それをむしろ恐れている。それはひと目見ればわかる。彼は私がセリフを忘れたと思っているのか、いまいましそうに眉間にしわを寄せている。アシスタントの女が私に向けて、動揺したように腕時計をたたいてサインを送っている。だが、私は頭をことさらゆっくりあげることで、さらに沈黙を引き延ばした。場内の緊張と、アリの動揺が痛いほど感じられる。私はそれを存分に味わった。私は肺の中に空気を入れ、ふだんの自分に戻り、沈黙に音を与えた。すべての人々が砲声を聞き取ろうと耳をそばだてているときには、小さなピンをひとつ落とすだけでも十分なのだ。

「同胞の紳士淑女諸君!
私が、そして
諸君が、たった今
多数の
映像の中で
見たことはすべて
真実である。
トルコ人は芸術的創造性をもたない
これは真実だ。
彼らは未来永劫、芸術的創造性をもたない
これもまた真実だ。
トルコ人は雑貨屋の魂をもっており、
その精神的能力は
基本的に
農奴の精神的能力を
大幅には
超えるものではない。

これもまた真実だ。
インド人は
宗教的に混乱した
おしゃべりな民族である。
これもまた真実だ。
ポーランド人の財産に対する態度は
未来永劫、錯乱している。
これもまた真実だ。
これらはすべて、
一般的な真実なのだ。
それは、
ここにおられる同胞の紳士淑女も
みな理解しているはずだ。
説明の必要すらない
あきらかなことだ。
しかしながら
ここドイツにおいては、
それをあえて大声で口にするのは、

唯一、
われらの運動の支持者であるトルコ人だけだ。
これは、国家として恥ずべきことではないか？
同胞の紳士淑女諸君！
現在のドイツの状況を考えるとき、
私はいささかも驚きはしない！
現在のドイツ人は
民族の分別に比べ、
ゴミの分別はずっと正確に行っている。
だが、ただひとつ例外があるべきだ。
それは、ユーモアの分別だ。
ここドイツでは、唯一、
唯一ドイツ人だけがドイツ人のジョークを言い、
トルコ人はトルコ人のジョークを言う。
家ネズミは家ネズミのことをジョークにし、
野ネズミは野ネズミのことをジョークにする。
この状況は、変わらなくてはならない。
いや、変わるのだ、今この時から。

本日午後十時四十五分より、
家ネズミは野ネズミのことを笑い、
アナグマはノロジカのことを笑う。
そして、ドイツ人はトルコ人のことを笑う。
私はそれゆえ
先の発言者の外国人に対する批判に
全面的に賛成する所存である」

私はそこまでしゃべって、スポットライトから離れた。

客席は、水を打ったように静まりかえっていた。

私は一歩一歩足を踏みしめながら、舞台から退場した。客席からはあいかわらず、物音ひとつ聞こえてこなかった。舞台裏で、ひとりの職員がベリーニ女史に何か耳打ちしていた。私は女史のそばに行って客席をもう一度観察した。聴衆は混乱したような目で、舞台をきょろきょろ見たり、司会者の席を見たりしていた。司会者の席ではアリ・ジョークマンが、幕切れの言葉を探して口をぱくぱくさせていた。彼が演技ではなくほんとうに困ってしどろもどろになっているのがおかしくて、聴衆は笑った。アリの無能ぶりに、私はわずかに胸のすく思いがした。彼はようやく「それではまた来週」と、とってつけたようなあいさつをして、何とかその場をおさめた。ベリーニ女史が咳払いをした。その顔が一瞬、不安そうに見えたので、私は彼女を励まそうと決意した。

「何を考えているのか、お察しする」。私はベリーニ女史に話しかけた。

「あら、そう？」

「もちろん」。私は答えた。「私自身、同じような気持ちを味わったことがある。あれは、サーカスクローネの建物を借りたばかりで、われわれがまだ……」

「ちょっと失礼」。ベリーニ女史は言った。「電話が」

彼女はセットの隅のほうに行って、携帯電話を耳に押しつけた。電話の内容はどうやら芳《かんば》しいものではないようだ。その顔の表情をなんとか読もうとしているとき、だれかの手が私の制服にふれた。アリだった。彼は私の制服の襟首をつかんでいた。その顔にはいつもの陽気な表情はかけらもない。親衛隊のだれかがここにいてくれればと、またしても強く思った瞬間、アリは私を壁に押しつけ、怒鳴り声をあげた。

「先の発言者に賛成するって、いったい何だよ、あれは！　このボケ！」

世話役たちがこちらに駆け寄ってくるのを、私は目の片隅でとらえた。アリは私をもう一度壁に押しつけたが、それきり手を離した。アリは赤黒くなった顔でぐるりとあたりを見回し、こう叫んだ。「いったいなんなんだよ！　こいつはナチネタをやるんだって、そう思っていたのに」。同じ声の大きさのまま、アリはとなりに立っていたザヴァツキ青年のほうを向くと、こう怒鳴った。「カルメンはどこだ？　おい！

カルメンはどこだよ！」

　青ざめた顔に張りつめた表情を浮かべたベリーニ女史が大急ぎでこちらにやってきた。私はこの瞬間、彼女が全面的に私の味方についてくれるかどうか考えたが、結局、答えは出なかった。ベリーニ女史はなだめるようなしぐさをして、何かを言おうと口を開きかけた。だが、そのとたんアリがまくしたてた。

「カルメン！　やっと来てくれた！　まったくひどい話だよ！　さっきの、見てたんだろ？　わかっただろ？　こいつはいったい、何を考えてんだよ！　カルメン、あんた、言ってたじゃないか。俺はいつもの外人ネタをやって、こいつはナチネタをやるって。こいつは俺と反対のことを言うはずだって、言ってたじゃないか？　こいつは番組の中で、きっとトルコ人を罵倒するだろうだって。それがなんだよ、〈この運動の支持者〉ってどういう意味だよ！　この運動って、どういう運動だよ！　なんで俺が、その支持者なんだよ！　人をコケにするにもほどってもんがあるだろ、よう？」

「彼は変わっているんだって、あなたに言っておいたはずよね」。ベリーニ女史が答えた。もうすっかりいつもの落ち着きを取り戻している。驚異の回復力だ。

「そんなこと知るもんか！」アリは怒りで泡を吹かんばかりだった。「今ここで言っておく。このクソ野郎はもう金輪際、俺の番組には出さない。最初に決めたことに従わないやつに、番組をぶちこわされるのはごめんだ！」

「ほら、落ち着いて」。ベリーニ女史が独特のやさしい、しかしきっぱりした口調で言った。

「そんなに悪くなかったんだから」

「だいじょうぶですか？」世話役のひとりがたずねた。

「万事オーケーよ」。ベリーニ女史はなだめるような口調で答えた。「私に任せておいて。だから落ち着きなさい、アリ」

「落ち着けるわけなんか」。アリは吠えるように言って、人差し指を私の肩のすぐ下にねじ込んだ。「もうお前なんかに、俺の番組を荒らさせやしない」。そして今度はその指で私の胸を、何度もキツツキのように突いた。「お前は、そのヒトラーのクソ制服とわけのわからない小ネタでここまで来れたと思っているかもしれないけどな、はっきり言ってやるよ、ナチネタなんかぜんぜん新しくないんだ。古いんだよ！　このど素人めが！　お前、ここでいったい何をやるつもりなんだ？　もしかして、俺のお株を奪おうとでも考えているのか？　残念だけど、あきらめな。そんなことは、ぜったい起こらない！　ここで支持されているのは、お前じゃなく、この俺だ。俺の聴衆だし、俺のファンだ。お前には指一本ふれさせない！　お前なんか、哀れなアマチュア芸人だ！　お前の制服も、お前のネタも、全部がクソ同然なんだよ！　どっか人前でしゃべりたきゃ、酒場か町内会の寄り合いにでも行けよ。そういうところなら、大うけまちがいなしだぜ。だけど、それだけだよ。お前は何ものにもなれない。わかったか！」

「何ものにもならなくて、かまわない」。私は冷静に言った。「何百万人ものドイツ国民が、私を陰で……」

「いいかげんにしろよ！」アリがわめいた。「もうカメラは回ってないんだぜ！　お前、俺のことを挑発してるのか？　お前ごときをこのアリ・ジョークマンが、相手になんかするわけないだろ！」

「落ち着きなさいよ」。ベリーニ女史が、さっきよりも大きな声で割って入った。「あなたがた二人ともよ。オーケー。たしかにすこし、やらなきゃいけないことはある。多少は微調整が必要だから。でも、ぜんぜん悪くはなかったわ。とにかく、新しかったもの。今はとにかくみんな、落ち着いて、どんな反応が出てくるか待つことにしましょうよ……」

この新しい世界で私が自分の使命を完全に確信したのは、まさにこの瞬間だった。

15章　総統に乾杯！

総統の真の力があきらかになるのは、危機の瞬間だ。逆風が吹きつける危機の瞬間にこそ、神経の太さや意志の力、そして強い決意を示すことができる。一九三六年当時[52]、もしも私がいなければ、だれもラインラントに軍を進めようとはしなかっただろう。当時の状況からすれば、これは無謀同然の行為だった。もし敵が反撃を決意すれば、わが軍のわずか五大隊に対し、敵はフランス軍だけでその六倍の兵力を備えていた。どうやっても勝ち目はないと、人々はみな及び腰になっていた。だが、私はあえて軍を進めた。ほかのだれも、そんなことはできなかっただろう。そしてこのときに私は、精神的にも物理的にも私の側に立ってくれるのはだれか、剣を手にして私のそばに立ってくれる真の味方はだれかを、冷静に観察していた。

運命が、真に忠実な臣下をあきらかにしてくれるのもまた、危機の瞬間だ。心が揺れるこうした瞬間に、確たる信念をもって大胆に行動できる人間は、勝利を得ることができる。いっぽう、確たる信念をもたず、どちらにつくのが得かを考えてばかりいる人間は、こうした危機の瞬間にこそ正体が知れる。総統たる者、この手の人間にはかならず注意を払わなければならない。彼らを利用することは可能ではある。だが、運動の成功のためにそうした人間をあてにしてはいけない。ゼンゼンブリンクはまさに、その手の人間のひとりだ。

ゼンゼンブリンクは、一目で超高級だとわかるスーツに身に包んでいた。そして必死に冷静さを装っていた。だがもちろん私は、彼の顔が青ざめているのを見逃さなかった。その蒼白さは、敗北に耐えられないと自覚している勝負師のようだ。いや、敗北そのものではなく、敗北が不可避だとわかった瞬間からもう、彼には耐えられないのだ。この手の人間が追いかける目標は、けっして自分の目標ではない。当座の成功が約束されそうだから、その目標を選んだだけだ。彼らは、それが自分自身の成功でないことに気づかない。成功者になりたいと望む彼らは、そのじつ、成功者の鞄持ちにすぎないのだ。それをうすうす感じているからこそ、彼らは敗北の瞬間を強く恐れる。敗北の瞬間には、勝利が自分のものではなかったことはむろん、勝利に自分が無関係だったことまで白日にさらされてしまうからだ。

ゼンゼンブリンクが心配するのは自分の評判だ。国のことなど彼には二の次にちがいない。賭けてもいいが、彼は私やドイツ国家のために銃弾の矢面に立ちはしない。それどころか、まったく逆の行動をとるだろう。あのとき、彼は単なる偶然のような素知らぬ顔で、ベリーニ女史の近くに来た。自信ありげにふるまおうとはしている。だが、彼がベリーニ女史の励ましを求めているのは一目瞭然だった。私はそのことに驚いたりしなかった。

私の先の人生には、四人の強い女がいた。[53] もちろん四人は、配偶者の候補としてはまるで考えられない女たちだった。どういうことか説明しよう。たとえば、ムッソリーニやルーマニアの指導者アントネスクが訪問に来たとき、「となりの部屋に行って、何か声をかけられるまでは出てきたり邪魔をしたりするな」と彼女らに言ったら、その言いつけは確実に守ってもらわなくてはいけない。妻のエヴァはそういう言いつけを守れる女だった。だが四人の女たちはちがう。たとえば、四人のうちの一人であるリーフェンシュタール。彼女はすばらしい女だが、さっきのような要求をしたら私の頭めがけてカメラを投げつけるのが落ちだ。ベリーニ女史もおそらく同じタイプだ。彼女は四人の女たちと同じように、私にとって尊敬の対象なのだ。

あの数時間、いやあの数分間の意味をベリーニ女史がどれだけ理解したか、私以外の人間はだれも気づかなかっただろう。彼女はまったく見事なものだ。タバコをいつもより心もち深く吸いこんだほかには、彼女はいっさい動じたようすを見せなかったのだ。痩せた体をぴんとまっすぐ伸ばし、つねに注意を怠らず、求められればいつでも有益な助言を口にし、迅速で正確な反応を返す。まるで油断のない雌オオカミのようだ。その髪の毛に白いものはほんのわずかも交じっていない。あるいは彼女は私が最初に推測したよりも若く、三十代の終わりくらいなのかもしれない。その若さで、恐れ入ったものだ。ゼンゼンブリンクの突然の接近に、あきらかに彼女は不快感を漂わせていた。それは、ただ彼をうっとうしく思ったからではなく、彼の女々しさを嫌ったからだ。女史の力になるためではなく、そのエネルギーのおこぼれにあずかろうとして彼がすりよってきたのを、敏感に感じとったからだろう。

私はふと女史に、今晩はどう過ごすつもりなのか、たずねてみたい気がした。私の頭の中に突然、オーバーザルツベルクの山荘で過ごしたいくつもの夜の思い出が、悲しみとともによみがえってきた。しばしば三人か、四人か五人くらいで集まり、夜ふけまで起きて過ごした。私が何かを話すこともあったし、話さないこともあった。何時間ものあいだ、ときおりだれかが咳をするほかは、ひとことも口をきかずに静かに過ごすこともあった。ただ犬を撫でているだけのときもあった。私はこうした集まりを、とても思慮深いものだと感じていた。だが、そんなふうに過ごすのはけっして簡単ではなかった。総統という人間は国家の中で、ごくふつうの家庭生活のささやかな喜びに背を向けなければならない数少ない人間のひとりだからだ。

そして、ホテル住まいというのはいつもまったく孤独なものだ。これは、六十年の空白を経てまったく変わらない、数少ないものごとのひとつだ。

私はふとベリーニ女史に、私の状況についてどう思うか、ぜひ聞いてみたい気がした。だが、知り合ってまだ日が浅いことを考えれば、度を越えて親密な質問をするのははばかられた。このことを考えるのはひとまず先延ばしにしようと私は決めた。だが、こうして表舞台に戻れたことを、すこしは祝ってみるのが筋かもしれない。シャンパンか何かをグラスに一杯。もちろん私自身は酒は飲まないが、まわりの人間がなごやかにグラスをあけているとき、そのそばにいるのはやぶさかでない。そのときふと、ホテルを予約した例のザヴァッキ青年と目があった。

彼はまっすぐに私を見ていた。その目には、見まちがえようのない尊敬の念があふれていた。この目には覚えがある。だが、誤解してはいけない。この青年の目は、同性愛趣味の突撃隊長レームのベッドにもぐりこんでいた輩とはちがう。レームのベッドから引きずり出され、反吐《へど》のような体に弾丸を数発撃ち込まれ、最後の一発でようやく絶命させられた突撃隊の隊員どもと、この青年はちがっている。彼は私を、静かな尊敬をたたえた目で見ていた。その昔ニュルンベルクで、こんな目をした何万人もの若者に私は希望を差し出した。未来への不安と屈辱に満ちた世界で、不景気なおしゃべりと敗北者に囲まれて育った若者たち。彼らは私の中に、自分を導いてくれる確かな手を見出し、進んで私についていこうと決めたのだ。

「さて」。私は彼に近寄って、話しかけた。「さっきのは、どうだった?」

「すごかったです」。ザヴァッキは言った。「すごくインパクトがありました。コメディアンのインゴ・アッペルトだって、あなたと比べたらかたなしですよ。あなたは勇気があるんですね。ほかの人からどう思われようと、ぜんぜん気にしないんでしょう？　ちがいますか？」

「そんなことはない」。私は言った。「私はただ、真実を口にしたいと思う。そして人々から、この人間は真実を言っているのだと思ってもらいたい」

「それで？　人々は今そう思っているでしょうか？」

「どうかな。だが、すくなくともこれまでと同じようには思っていないはずだ。そして、それだけでも達成できれば十分だ。あとは、繰り返していくのみだ」

「まあ、それもそうですが」。ザヴァツキは言った。「日曜日の午前十一時に繰り返しても、大きな数字がとれるとはちょっと思えませんね」

ザヴァツキが何の話をしているのか、私にはわからなかった。彼は咳払いをして言った。「行きましょう。食堂でささやかな打ち上げみたいなものを用意していますから」

　食堂に降りていくと、もう何人かの社員があちこち所在なげにたむろしていた。私がそばを通りすぎると、ひとりのだらしない感じの男がくるりと振り返り、大口をあけて笑いかけてきた。男は笑ったかと思うとごほんと咳払いをし、ドイツ式敬礼――のようなもの――をした。私は返礼をしてその場を通りすぎ、ザヴァツキの後ろについて、シャンパンが用意された一角にきた。彼の反応からして、それはかなりの上物のようだ。ザヴァツキはウェイターにシャンパンを二人分用意するよう頼み、そのとき、この種類のシャンパンはいつも置いてあるわけではないのだと言った。

「あのジョークマンにだって、こんないい酒をいつも用意するわけじゃないんですよ」とウェイターは言った。

ザヴァツキは笑って私にグラスを差し出し、自分のグラスを高く掲げて言った。

「あなたに乾杯！」

「ドイツに乾杯！」私は言った。そしてわれわれはグラスをかちりとあわせ、シャンパンを飲んだ。

「どうです？」ザヴァツキが心配そうに言った。「お口にあいませんか？」

「私は自分でワインを飲むときには、いつも甘口の貴腐ワインに決めているのだが[54]」。私は説明した。「この渋めの味わいも、なかなかだ。ただ、私にはすこし酸味が強すぎるかもしれない」

「何か別のものをお持ちすることもできますが……」

「いや、かまわないでくれ。こういうことには慣れている」

「そうだ、ベリーニはいかがです？」

「ベリーニ？　女史と同じ名前の酒が？」

「そうなんです。きっとあなたにぴったりですよ。待っていてください！」

ザヴァツキは言うなりどこかに飛ぶように姿を消した。残された私はためらいがちにあたりを見回した。一瞬脳裏に、その昔、政界に入った当初の不安に満ちた記憶がよみがえった。あのころの私はまだ闘争を始めたばかりで、社会の中にまだきちんと居場所がなく、迷子になったような心もとない気持ちをしばしば感じていた。だが、ほろ苦い記憶にひたっていたのはほんの一瞬だった。ザヴァッキがどこかに消えてからすぐ、若い栗色の髪の女が私に近づいてきて話しかけたからだ。

「よかったですよ！　あの、家ネズミと野ネズミのたとえとかは、いったいどうやって思いつくんですか？」

「あなたにもできる」。私は確信に満ちて言った。「目をしっかりあけて、自然の中を歩くことだ。ただ、今日のドイツ人の多くは残念ながら、ごく単純なものごとを見るのを忘れてしまっている。あなたはこれまでどんなことを勉強されたのか、うかがってもよろしいか？」

「まだ、勉強中なんです」。彼女は言った。「中国文学と、演劇学と、それと……」

「悪いことは言わないから」。私は笑って言った。「そんなものはやめてしまいたまえ。あなたのように美しい娘が、そんな頭でっかちな、わけのわからぬ学問に精を出す必要はない。そんなことより早く、若く勇ましい男を探して、ドイツ人の血をたやさぬようつとめるほうが賢明だと思うが？」

彼女はおかしそうに笑って言った。「それもやっぱり〈メソッド演技〉なんでしょう、ね？」

「ああ、あんなところにいたわ！」背後からベリーニ女史の声がした。ゼンゼンブリンクと、そして無理に笑顔を浮かべたアリ・ジョークマンも一緒だ。私のところにやってくると、ベリーニ女史はこう言った。「さて、乾杯をしましょう！　ここにいる私たちはみんなプロだし、ほんもののプロならわかるはずよ。今日の番組は上出来だったことが。あんな番組は、これまでどこにもなかった。このコンビはきっと、成功するはずだわ！」

ゼンゼンブリンクがせっせとグラスにシャンパンをついでいるうち、ザヴァツキが戻ってきて、私の手に杏子色の液体の入ったグラスを押しつけた。

「これは？」

「まあ、ちょっと試してみてください」。ザヴァツキは言って、自分のグラスを高く掲げた。

「それではみなさん、総統に乾杯！」

「総統に乾杯！」

あちこちから上機嫌な笑い声が上がった。そして私は、まわりからの祝いの言葉を受け流すのに大忙しだった。「みんな、たいへんなのはこれからだぞ！」私はザヴァツキが持ってきた飲み物をおそるおそる一口飲み、彼に向かってにっこりうなずいて見せた。フルーティな味で舌触りがよく、凝りすぎた感じもなく、果物を単につぶしたような素朴な味わいだった。おそらくは、ほんの少しシャンパンが混ざっているのだろう。だがその量はわずかなので、飲み終えた後でも胃にもたれてげっぷが出たり、その他の不愉快な現象が起きたりする心配はなさそうだった。こういうことはつまらなそうに見えて、意外に大事なのだ。私のような立場にある人間は、人前で恥をさらすことのないようにつねに気を配っていなければならない。

こんなふうにくだけた、しかし重要な集まりでひとつ残念なのは、好きな時間に自室に引っこむことができない点だ。これがもし、どこかで同時に戦争でもしているときなら、事情はちがう。たとえば北フランスに斬りかかりながらいっぽうでノルウェーに奇襲攻撃をしかけようとしているときなら、乾杯を交わした後で執務室にひきこもっても、だれにもとがめられたりしない。執務室でひとり、最終勝利に必要なUボート計画を研究したり、戦局を一挙に有利にするための高速爆撃機の作戦を練ったりしていられる。ところが平和なときには、いつまでもその場に立ちつくしたまま、果実酒を片手に時間をつぶさなくてはならない。ゼンゼンブリンクの騒がしいおしゃべりがだんだん私の神経にさわってきた。ジョークマンの仏頂面にもそろそろうんざりだ。私はほんの一時でも話の輪から離れて、ブッフェで何か食べ物でも取ってこようと決めた。

ブッフェでは、温められた四角いブリキの容器の中に、さまざまな種類のソーセージやローストなどがどんどん盛られていた。パスタも大量にあった。だが、どの料理にも私の食指は動かなかった。そのまま踵《きびす》を返そうとした瞬間、私のそばにザヴァツキが突然姿をあらわした。

「何かお手伝いしましょうか？」

「いや結構。何も問題はないので……」

「ああ、そうか!」ザヴァツキは突然、手のひらで自分の額をたたいた。「もしかして、煮込み料理を召し上がりたかったのでは？」

「いや、そんな……ここにあるオープンサンドでも食べていれば十分だ」

「でも、煮込みとかのほうがお好きでしょう？　総統は素朴な料理がお好みでしょうから」

「それはまあ、ほんとうのことを言えば」。私は認めた。「あるいは、何でもいいから肉を使っていない料理があれば」

「すみません、すぐにはちょっと無理そうです」。ザヴァツキは言った。「僕がもっと気をまわしていればよかったんですが……それか、もしも少し待っていただけるなら」

彼は携帯電話を取り出して、指で何か操作した。

「君の電話は料理もできるのか？」

「まさか」。ザヴァツキは言った。「ここから十分くらいのところに家庭料理の店があるんです。そこの煮込み料理は絶品なんで、もしもご所望であれば店に頼んで届けてもらいますが」

「そんな面倒をかけるまでもない。ちょうど少しばかり、外を歩きたい気分だったのだ」。私は言った。「私がその店まで行って、おすすめの料理をいただこう」

「あなたさえよろしければ」。ザヴァツキは言った。「ご案内しましょう。それほど遠くはないですから」

私たちはその場をこっそり抜け出して、涼しい夜風に吹かれながら歩いた。食堂で、社員たちの絶え間ないお世辞の相手をしているよりは、ずっといい気分だった。ときおり、蹴りあげられた木の葉が足元で舞った。

「少し質問をしてもいいですか？」ザヴァツキが言った。

「何なりと」

「それは、その偶然なんですか？　つまり、あなたがベジタリアンだというのは」

「偶然などではない」。私は言った。「これは理性の問題だ。私はずっと前からそうしている。時間さえかければ、ほかの人々も納得して同志になってくれると思っている。社の食堂にまで菜食主義を広めるには、まだ時間がかかりそうだが……」

「いや、そういう意味ではなくて。前からずっとそうだったのですか？　それとも、ヒトラーになってからベジタリアンになったのですか？」

「私はずっと前からヒトラーだ。その前に、私がいったいだれだったというのか？」

「だってほら、いろいろ試してみたんじゃないですか？　チャーチルとか、ホーネッカー〔東ドイツ国家評議会議長〕とか？」

「ヒムラーはたしかに、輪廻だの何だのの神秘的な話を信じていたが、私はそういう戯言《ざれごと》は信じない。私はヒトラーになる前に、ホーネッカーだったことなどない」

ザヴァッキは私を見つめて言った。「それであなたは、ご自身が芸を突きつめすぎているとかは感じないんですか？」

「人間は何に対しても、全身全霊でわき目もふらぬ一途さで取り組まなくてはならない。そうでなければ何も実を結ばない」

「でもたとえば、あなたがベジタリアンかどうか、だれかが見ているわけでもないでしょう？」

「第一に」。私は言った。「第一にこれは、健康上の問題だ。第二に、肉を食べないのはあきらかに自然の理にかなっている。たとえばライオンは二、三キロ走ったら、もうぐったり疲れ果ててしまう。時間にしたら二十分かそこらだ。そこへいくとラクダは、一週間でもずっと動いていられる。これは食べ物のちがいがなせる業だ」

「その例は、詭弁のように聞こえなくもないですが……」

私は立ち止まってザヴァッキを見た。「詭弁とはどういうことだ？　よろしい。別の例をあげよう。スターリンは今どこだ？」

「もう死んでいます。それは確実です」

「そうか、ではルーズヴェルトは？」

「彼も同じです」

「ペタンは？　アイゼンハウアーは？　アントネスクは？　ホルティは？」

「最初の二人は死んでいます。残りの二人の名前は、すみませんが聞いたことが」

「そうか、いずれにせよ、みなもう死んでいる。そして私は？」

「もちろん、死んでいません」

「そのとおり」。私は満足げに言って、ふたたび歩き出した。「私は確信している。それはつまり、私がベジタリアンだからだ」

ザヴァツキは笑った。それから彼は歩みを速めて、私に追いついた。「おもしろい。今のは何かにメモしておかなくていいんですか？」

「なぜ？　頭でちゃんとわかっていることだ」

「僕は忘れてしまいそうで、心配なんです」。ザヴァツキはそう言って、一軒の料理屋を指さした。「あそこです。入りましょう」

客のまばらな店内に入ると、年とった店員が注文を取りに来た。彼女は私のことをうさんくさそうにじろじろと眺めた。ザヴァツキがとりなすようなしぐさをすると、店員はすぐに飲み物を運んできてくれた。

「良い店だ」。私は言った。「ミュンヘンで闘っていたころを思い出す」

「あなたはミュンヘンのご出身でした？」

「いや、リンツだ。というより正しくは……」

「……正しくは、ブラウナウのご出身でしたね」。ザヴァツキが引き取って言った。「僕もちょっと本で調べてみたんですよ」

「君はどこの出身なんだね」。今度は私が質問した。「それから、歳はいったい？　三十にもなっていないように見受けるが」

「二十七歳です」。ザヴァツキが答えた。「僕はボンの出身なんです。大学はケルンに」

「ラインラント人か」。私は言った。「学のあるラインラント人ということだな」

「ドイツ文学と歴史を勉強しました。ほんとう言うと僕は、ジャーナリストになりたいと思っていたんです」

「ならなくて、正解だ」。私は彼に太鼓判を押した。「あんなろくでもない嘘つき稼業」

「テレビ業界だって、似たり寄ったりですよ」。彼は言った。「僕らがどんなにくだらない、クソみたいな作品を制作しているか、ほんとうに信じられないくらいですよ。いい作品を作っても、局のほうからどうせ『もっと、くだらなくしろ』って文句がくるだけなんですから。でなければ『もっと安く作れ』か、でなければその両方か」。それからザヴァツキはあわててつけ足した。「すみません、もちろんあなたのは例外です。あれは、ぜんぜんちがう。あれを見て、僕は初めて思ったんです。くだらない番組だけがカネになるわけじゃないかもしれないって。あなたのやり方に、僕、すごく感動しました。菜食主義のことでも何でも、あなたはひとつとしてだれかの真似はしていない。そしてすべてが、大きなコンセプトの一環になっている」

「イデオロギー、という概念が好きなのだ」。私は言ったが、若者にこうして熱烈に賞賛されて、嬉しくないわけがなかった。

「ほんと言うと、僕はずっとこういうものをやりたかったんです」。ザヴァツキは言った。「わけのわからないクズ番組ではなく、ただ、いいものを作りたかった。でも現実には、フラッシュライトでクズ同然の番組を山ほど作らなきゃならない。知ってます？　僕、子どものころ、大きくなったら動物病院で働きたいと思ってたんです。かわいそうな動物を何とかして助けてやったり救ってやったり。何かそういうポジティブなことをしたいと」

店員が煮込み料理を運んできて、私たちの前に置いた。私は感激した。見かけも香りも、煮込み料理とはかくあらねばという手本のような料理だったのだ。食べはじめてしばらくのあいだは、私もザヴァツキも無言のままだった。

「お口にあいましたか？」ザヴァツキが聞いてきた。

「すばらしい」。私は微笑みながら答えた。「野戦料理をそのまま持ってきたような味だ」

「まったく」。ザヴァツキがうなずいた。「そのとおりですね。素朴で、でもおいしい」

「君は結婚しているのかね？」

ザヴァツキは首を横に振った。

「婚約は？」

「いいえ」。ザヴァツキは言った。「その、気になる相手はいるのですが……」

「だが？」

「彼女は僕の気持ち、ぜんぜん知らないんです。僕のことなんか、まるで眼中にないかもしれない」

「勇気をもって、突進してみたまえ。引っ込み思案の子どもでもあるまいし」

「はあ、でもその、彼女は……」

「ためらっていてはだめだ。前進あるのみ。女の心というのは、戦場と同じだ。ためらっていては勝利をおさめることはできない。もてる力をすべてかき集め、勇気をもって立ち向かうのだ」

「あなた自身、奥さんとはそうやって？」

「いや、私の場合、女にはあまり――。だが、それを嘆く暇さえなかった。もっとほかのことを優先させなければならなかったので」

「ほかのこととは？」

「ここ数年はとくに、女でなく勝利を獲得してばかりいた」

ザヴァツキは笑った。「あなたが書き留めておくつもりがないのなら、僕がやりましょう。もっといくらでも出てくるようなら、やっぱり本を書くことを考えるべきですよ。ヒトラー流の人生案内――幸福な人間関係の方法、なんてね」

「私にそんなものを書く資格があるんだろうか」。私は言った。「私の結婚生活は、ごく短いものだったし」

「そうでしたね。知ってます。でもそんなこと、かまいませんよ。そのほうがむしろいいくらいかもしれないし。そうしたらタイトルは〈わが闘争――わが女性との日々〉ですかね。このタイトルだけでもう、バカ売れまちがいなしですよ」

私も思わず笑った。私はもの思いにふけりながら、ザヴァツキのことを見た。短くて、ところどころ飛び跳ねた髪。活発そうな瞳。陽気で、それでいて利発なおしゃべり。そして、その声。それらはみな、見覚えのあるものだった。そうだ、昔、私のまわりにはこんなふうな青年たちがいたのだ。禁固刑になったときにも、総統官邸にも、総統地下壕にも――。

16章　ユーチューブに出ているんですよ！

「やあ、ヒトラーさん」。キオスクの主人が言った。「やっぱりね。今日、きっと来るだろうと思ってたんだ！」

「そうか」。私は笑いながら言った。「でも、どうして？」

「昨日さ、テレビで見たよ」。店主は言った。「それで思ったんだ。あんたはきっと、新聞に何て書かれているか知りたがるだろうって。新聞や雑誌をいろいろ取りそろえて読める場所を、きっと探しているはずだってね。ほら、入って入って！　そこに掛けてよ。コーヒーはどう？　あれ、どうした？　気分でも悪いの？」

一瞬、女々しい気持ちになったのを見透かされて、私はいささか居心地の悪い思いがした。じっさい私はそのとき、久しく忘れていたあたたかい気持ちがこみあげるのを感じて、ほろりとしかけていたのだ。その朝、私は十一時半にさわやかに目覚め、軽く朝食をとると、キオスクの店主の推測どおり、新聞を読もうと決意した。注文しておいたスーツが二日前に届いていたので、私は袖を通してみた。クラシックな形の黒っぽい地味なスーツと、それにあわせて選んだやはり黒っぽい色の帽子。いつもの制服よりは少しくだけたその装いで外に出ると、いつもに比べてはるかに人目が集まってこないことに私はすぐ気づいた。日差しはうららかに澄みわたり、気温もさわやかで申し分ない。私はゆったりと歩きながら、あらゆる任務からつかのま解放された気分を楽しんでいた。

平和で、ほとんどいつもと変わるところのない日だ。緑地帯と小さな公園を抜けていくあいだ、私の関心を引くものは、例によって犬の落とし物を集めている気のふれた女以外、ほとんど何もなかった。今日の女は丈高く茂った草むらにかがみこみ、小さなスパニエルが落としたものを必死に拾い集めていた。私は一瞬、あちこちで見られるこの狂気のような行為は、もしかしたら伝染病の類ではないかと疑った。だがそれにしては、この女の行為を見て騒いだりあわてたりする人間はだれもいないようだ。いや、人々の反応はむしろその逆だ。すぐあとで気づいたのだが、当局はあちこちに自動販売機のような機械を置いて、犬の排泄物を拾い集めるための袋を、こうした頭のネジが緩んだ女たちに提供しているらしいのだ。おそらくこの女たちは、赤ん坊を腕に抱くという女本来の願望をかなえられず、一種のヒステリーを起こし、そのはけ口としてあらゆる種類の犬を過剰なほど世話せずにはいられないのだろう。この哀れな女たちに回収用の袋を与えるのは、驚くほど実用的な解決策だと私も認めないわけにはいかない。もちろん長期的には、これらの女を女性本来の役目に戻すほうがはるかに望ましいが、そういうことを言うと、またどこかの政党がうるさく異を唱えてくるはずだ。それは承知の上だ。

こうした愚にもつかないことを考えながら、私はキオスクへと歩みを進めた。ほとんどだれも私に注意を払わないので、とても気楽だった。こうした状況は初めてのものではない気がしたが、キオスクの主人が言葉をかけてくるまで、私はなぜ自分がそんなふうに感じるのかほとんど忘れていた。あれははるか昔、ミュンヘンで過ごしていた最初の日々のことだ。あのころはこんなふうな空気をしばしば体験したものだ。禁固刑から釈放されたばかりのあの当時、私はミュンヘンでもう名を知られていたものの、弱小政党の党首にすぎなかった。それでも、人々の心の奥底を見つめて巧みな演説をする私を、庶民は賞賛し、応援してくれた。あのころ、ヴィクトゥアリエン広場の市を通りすぎると、いちばん小さな出店の店主でさえ親しみを込めたしぐさで私に手を振り、卵やらリンゴやらを持たせてくれた。そうしてまるで兵糧係のようにたくさんの品々を抱えて家に帰り着くと、下宿屋の女主人は満面の笑みを浮かべて私を迎えてくれたものだ。あのころ、私に笑いかけてくれた人々の顔には混じりけのない喜びがあふれ、まぶしく輝いていた。ちょうど今、私に笑いかけたキオスクの店主の顔にも同じ表情が浮かんでいた。それを見たとたん、昔の思い出が自分にも理解できないほどあまりにすばやく、あまりに圧倒的な力で脳裏によみがえってきたので、つい私は目をそらしてしまったのだ。長年の経験から人の内面を見る目に長けたキオスクの主人は、もちろん私のそんな表情を見逃さなかったわけだ。そんな能力を持っているのは、ほかにはタクシーの運転手ぐらいだ。

私はきまり悪さを隠すように咳払いをすると、言った。「いや、コーヒーは結構だ。お茶をいただければたいへんありがたいが。もちろん、水をグラスに一杯でもかまわない」

「了解了解」。店主はそう言って、ホテルの部屋にあるのとよく似た電気ポットに水を注いだ。「おたく用に新聞を、椅子のすぐ横にとりわけておいたよ。そんなに数はないんだけどね。たぶん、新聞なんかよりインターネットを見たほうがいいんじゃないかな」

「そう、このインターネッツというやつ」。私は同意しながら、すすめられた椅子に腰を下ろした。「たいへんすばらしい発明だ。新聞記者らの気まぐれに頼っていたら、これからは成功などできないと私も考えている」

「お楽しみに水を差すつもりはないんだが、ヒトラーさん」。店主が引き出しからティーバッグを取り出しながら言った。「でも、心配することはないさ……あれを見た人は、みんなあんたのことを好きになると思うよ」

「心配はしていない」。私はきっぱり言った。「批評家の意見にどれほどの価値があるというのか？」

「はあ……」

「どれほどの価値もない」。私は言った。「まったくない！　三〇年代にもやつらの主張にろくに価値などなかったのだ。今日だってそれは同じだ。批評家など所詮、こう考えろああ考えろと言うだけの連中だ。市井の人々の感覚が、やつらに劣るわけではない。まっとうなドイツ人の魂は、批評家などいてもいなくても何をどう考えるべきかきちんと理解できる。健全な民族は、いいことと悪いことを正しく見分けられるのだ。農民は自分が小麦をまく土地が肥えているかどうかを知るために、批評家の意見を必要とするだろうか？　否。土地の状態をいちばんよく知るのは、農民本人であるはずだ」

「農民は、土地を毎日見ているからね」。キオスクの主人は言った。「でも、あんたのことを毎日テレビで見ているわけじゃない」

「しかしすくなくとも、テレビの番組は毎日何か見ているはずだ。だから比較ができる。いや、まっとうなドイツ人は、だれかに意見を示してもらう必要はない。自分の意見は、自分の手で作りあげればよいのだ」

「そりゃ、おたくはそうだろうけど」。店主はウィンクをしながら、私に砂糖を差し出した。「自由な意見のエキスパートだからね」

「それは、どういう意味だ？」

「やれやれ、ほんとうに難しい人だね」。キオスクの主人は頭を振りながら言った。

「あんたと話すときには、いつも、本物が出てきたつもりでいなくちゃならないんだから」。表でだれかが売り場のカウンターをこつこつとたたく音がし、店主は立ち上がった。「何て書いてあるか、読みながら待っててよ。お客が来たみたいだから、ちょっと行くね。そんなに長くはかからないからさ」

私は椅子のそばに積み上げられた新聞の小山を見おろした。期待していたわけではなかったが、どの新聞の一面にも私の顔写真はなかった。大新聞の中で、昨日のことにふれているものはひとつもなかった。たとえばあのすばらしい〈ビルト〉紙は、小山の中に入っていなかった。しかたがない。アリ・ジョークマンはもうずいぶん前からこの番組をやっているのだから、今この時期にわざわざそれをとりあげる意味は薄いのだろう。ようやく見つけた記事は、いくつかの小さな地方紙のコラムだった。そういう新聞には、毎日編集者のひとりがテレビの番組について書く小さな欄があるらしい。そして昨日の晩は三人の編集者が、軽いエンターテインメントを求めてジョークマンの番組を見たようだ。三人はみな、昨日のいちばんの目玉は私の演説だったと書いていた。そのうちひとりは、ほかならぬヒトラーの扮装をした芸人が、ジョークマンの番組の定番であるいわゆるエスニック・ジョークについて鋭い指摘をしたのは画期的だと述べていた。残る二人は、私という「非常に冴えたゲスト」を登場させたことで、彼の番組に長らく欠けていた切れ味のよさが戻ってきたと語っていた。

「さあて」。キオスクの主人が声をかけてきた。「どう、満足？」

「昔も、最初は底辺の底辺から出発したのだ」。私は紅茶を一口すすりながら言った。「最初の聴衆は二十人足らずだった。そのうちの三分の一は、たぶん何かのまちがいで紛れ込んだだけの人だ。そのときのことを思えば、今、不平など言えない。それよりも必要なのは、未来を見つめることだ。ところで君はどう思った？」

「よかったよ」。主人は言った。「強烈で、でもよかったと思うよ。アリ・ジョークマンは何だか、おもしろくなさそうな顔をしていたけれど」

「それはそうだ」。私は言った。「その手の悶着には、もう慣れっこだ。成り上がり者は、今までとちがう斬新な考えの持ち主があらわれると、何やかや騒ぎ立てるものなのだ。自分のお株を奪われるのが心配でならないのだろう」

「やつはあんたを、もう一度番組に出すかね？」

「プロダクション会社がそうしろと言えば、彼には逆らえまい。この世界で生きている以上、やつもルールには従うしかないはずだ」

「あんたをうちの店の外で拾ったのがほんの二、三週間前だなんて、何だか信じられない気持ちだよ」。キオスクの主人が言った。

「ルールは六十年前も今も同じだ」。私は言った。「ルール自体はけっして変わらない。ただひとつ変わったのは、邪魔なユダヤ人が昔よりも少なくなったことだ。おかげでドイツ人の暮らしぶりは、昔よりもずっと良くなった。それはそうと、私は君にまだきちんと礼を言っていなかった。かたじけない。もしかして、その……？」

「いいって、いいって」。主人は言った。「俺は、ほんとにちょっと世話を焼いてやっただけだし。金だって、ないわけじゃないんだから」

そのとき携帯電話の音が鳴った。店主は電話を顔に近づけ、名を名乗った。店主が電話で話しているあいだ、私は〈ビルト〉紙に手を伸ばし、中をぱらぱらとめくってみた。紙面に繰り広げられているのは、怒りと毒舌が混然一体となった強烈な記事だった。一面にとりあげられているのは政治家への批判。それを読んでいると、例の温厚だか愚鈍だかわからない女首相が、邪魔な小人にまとわりつかれて身動きがとれなくなっている図がありありと思い浮かんできた。そのほかにこの新聞は、政府が民主主義にのっとって〈合法的〉に行った決断のほとんどすべてを、まったくのナンセンスとして切って捨てていた。この扇動的な新聞がとりわけ目の敵にしているのは、欧州連合という概念らしい。だが私がいちばん気に入ったのは、主張そのものよりもその巧妙な手法だった。たとえば義理の母親と寝取られ男のジョークのあいだに置かれた、あるユーモラスなコラムだ。

あるポルトガル人と、あるギリシャ人と、あるスペイン人が売春宿に行った。金を払うのはだれか？　それはドイツ人だ[55]。

言いえて妙とはこのことだ。反ユダヤ主義的新聞〈シュテュルマー〉の発行人だったあのユリウス・シュトライヒャーなら、もちろんここにイラストを添えずにはおかなかっただろう。無精ひげを生やした汗臭そうな南欧風の三人の男が無垢な乙女の体をまさぐっているそのそばで、実直なドイツ人が身を粉にして働いている図――。だがこの記事の場合、そんなイラストはかえって余計だろう。そんな絵が添えられていたら、このジョークの思慮深さはいっぺんで奪われてしまう。

そのほかにはとりどりの犯罪記事が、つづく紙面を埋めつくしている。その先には、大衆をとりこむには歴史的にも最強の手段であるスポーツ記事。さらにその先には有名人の写真が、醜いものから年をとったものまであれやこれや。嫉妬と怒りと悪意がおりなす完ぺきなまでのコンビネーションだ。このページに昨日の番組のことがちらりとでも載っていたなら――。だが、キオスクの主人の仕分けは冷徹かつ正確だった。彼が分類したとおり、〈ビルト〉紙には私についての言及はひとこともなかった。私が新聞を置いたのとちょうど同時に、主人も電話を切った。

「うちの息子から電話だったんだ」。彼は言った。「例の、あんたが気に入らなかった靴の持ち主だよ。あんたのことを聞いてきたんだ。店にいた、あの男の人だよねって。見たそうだよ。友だちの携帯電話でさ。超イカしてたって伝えてくれって、言われたよ」

私はよく理解できないといった顔で、ぽかんと店主を見つめた。

「すごくいいと思ったそうだよ」。店主は息子の言葉を翻訳してくれた。「やつらが携帯電話にどんな映像をとりこんでるかは、まあ知りたくもないんだけどさ。わざわざそれを保存したってことはともかく、〈カッコいい〉とか〈おもしろい〉とか思ったって証拠だよ」

「若者は、何ものにもゆがめられていない目でものを見るからだ」。私は同意した。「彼らは、良い悪いの先入観を持たないし、ただあるがままにものを考える。正しく育てられた子どもは誤った判断をしたりしない」

「あんたには、子どもはいるのかい[56]？」

「残念ながら」。私は言った。「だが……いわゆる婚外子がどこかにいるという噂をばらまく輩がときどきいる……」

「ほほう」。キオスクの主人はそう言って、にやりと笑いながらタバコに火をつけた。

「それは、扶養義務がどうのって話かい？」

「ちがう。私の評判を落としたくて、そんなことを言ってくるのだ。笑止千万だ。いったいいつから、世に子どもを送り出すのが過ちだの不名誉だのということになってしまったのか？」

「保守の連中にそう言ってやったらどうだい？」

「まったく。あの単細胞のやつらには、いつも配慮してやらねばならない。やつらはたいがいが、まともな議論の通じる相手ではない。ヒムラーはかつて、親衛隊でそれをやろうとした。親衛隊の中で、正規の結婚で生まれた子どもにもそうでない子どもにも同等の権利を与えようとしたのだ。けれども、まるでうまくいかなかった。かわいそうなのは子どもたちだ。小さな男の子や女の子が婚外子だというだけで白い目で見られ、嘲笑の的にされ、ほかの子どもに取り囲まれてあざけりの言葉を浴びせられるのだ。公共精神のためにも、こんなことがいいはずはない。われわれはみな、同じドイツ人だ。たとえ婚外子だろうとそうでなかろうと。私はつねづね言っている。ゆりかごの中でも塹壕の中でも、子どもは子どもだ。彼らのことは、守り、世話してやらなくてはいけない。ことさらに言うまでもない、当然のことだ。いったいどこの卑劣な人間が、子どもをどこかに捨てて、素知らぬ顔で逃げ出したりするものか？」

私は〈ビルト〉紙をもとの場所に戻した。

「それで、結局どうなったわけ？」

「どうもなりはしない。そんなのは結局のところ、嘘と中傷の塊にすぎなかったのだから。それからあとは、もう噂がたつことはなかった」

「そりゃ、何よりだ」。主人はそう言いながら、紅茶を一口すすった。

「もちろん、この件でゲシュタポが裏で働いていたかどうかは私もわからない。だがたぶん、そうする必要もなかったはずだ」

「きっと、そうだろうね。あんたはメディアを完ぺきに統制していたっていうし。ちがう？」主人はまるで冗談でも口にしたように、おかしそうに笑って言った。

「そのとおり」。私はうなずいた。そのとき、ワーグナーの〈ワルキューレの騎行〉のメロディーが流れた。

クレマイヤー嬢が私のために設定してくれた着信音だ。この前コンピュータを〈接続〉したあと、私専用の携帯電話を準備しようという話になった。この携帯電話は、まったくすばらしい発明だ。これがあればマウスを使うよりさらに簡単に、インターネッツの世界を縦横に旅することができる。そしてマウスがなくても、指だけで操作できるという便利さ。この機械を手渡されたとき、それがまさにアーリア人の創造性の結晶であることを私は即座に感じとった。そしてもちろん、数回操作をするだけで、この技術を開発して市場に送り出したのが、あのすばらしいジーメンス社であることがわかった。クレマイヤー嬢はどこかを何回か操作して画面の文字を拡大し、私が眼鏡をかけずにそれを読めるようにはからってくれた。じつをいえばこのときまで、私は電話関連のことはすべてクレマイヤー嬢に任せようと思っていたのだ。結局のところ、総統は電話などの些事にわずらわされるべきではないし、そのためにこそ、わざわざ秘書がいるのだ。だがいっぽうでクレマイヤー嬢が私にくぎを刺したように、彼女の勤務は基本的にパートタイムにすぎない。私はこれまで党組織にあまりに頼りきりになっていた自分を、心の中で叱咤した。もう一度スタートラインに立った今は、良かろうが悪かろうが、この機械を自分で使うように努めなくてはならない。

「着信音は何か特別なのにします？」クレマイヤー嬢がたずねた。

「その必要はない」。私は冷笑的に答えた。「大部屋で働いているわけではあるまいし！」

「わかりました。じゃあ、とりあえずフツーのやつにしときましょう」。そのとたん、酔いどれピエロがシロフォンを奏でているような音が聞こえてきた。その奇妙な音は何度も繰り返された。

「いったいこれは何だ？」私はぎょっとして言った。

「だから、着信音」。クレマイヤー嬢はそう答えてから、大急ぎで「着信音です！ わがソートー」とつけ加えた。

「それでこれは、こんなふうに鳴るものなのか？」

「もちろん、着信したときだけですよぉ」

「すぐにそれを切りたまえ！ まわりから馬鹿かと思われてしまう！」

「だから、最初に聞いたじゃないですか」。クレマイヤー嬢は言った。「じゃあ、こっちのほうがいいですか？」さっきよりもたくさんのピエロが、てんでに楽器を奏ではじめた。

「勘弁してくれ」。私はうめき声をあげた。

「でも、ほかの人がどう思うか、ソートーは気になさらないんじゃ？」

「親愛なるクレマイヤー嬢、聞きたまえ」。私は言った。「私は個人的にはレーダーホーゼ、つまり革製の半ズボンは、あらゆるズボンの中でもっとも男らしいものだと考えている。いつの日かふたたび、軍の最高司令官に返り咲いたあかつきには、一個大隊の兵士全員にサスペンダー付きレーダーホーゼを装備したいと思っている。[57] もちろんウールの長靴下もだ」

　私がそう言ったとたん、クレマイヤー嬢はなにか奇妙な音をたて、突然鼻をかみはじめた。

「無理もない」。私はつづけた。「君は南ドイツの出身ではないから、おそらく理解できないのだ。しかし、そうした軍隊がもし現実に存在して、そのいでたちで軍事パレードを行ったとしたら、この革ズボンにまつわるあらゆる冷やかしが的外れであることがすぐにわかるだろう。だが、ここが問題の核心だ。権力への長い道のりの中で私は、このレーダーホーゼというズボンをはいていると、産業界の首脳や閣僚どもから政治家としてまともに扱ってもらえないことを身にしみて理解した。そして私は愛するこの革ズボンを涙をのんであきらめざるをえなかった。大義のため、そしてドイツ国民のために――。今ここで、はっきり言おう。すばらしき革ズボンを私はあえてあきらめたのだ。その犠牲を、このばかげた着信音のせいで無にされるのはごめんだ。そしてこの着信音のせいで、馬鹿者のように見られるなどご免こうむる！　とにかく頼むから、この機械から出てくる音をまともなやつにしてくれないか」

「だから、いちばん最初に聞いたじゃないですか」。クレマイヤー嬢はハンカチをどけながら、鼻声で言った。「フツーの電話みたいな音にすることもできますよ。それか、お好きな何かの音にすることとも。たとえば、言葉とか、物音とか、音楽とか……」

「音楽？」

「もちろん私が自分で演奏するわけじゃないですよ。ほら、あの……レコードみたいなものだと思ってくだされば」

こうしてクレマイヤー嬢は、私の電話の着信音にワーグナーの〈ワルキューレの騎行〉をセットしてくれたのだ。

「いい音だろう、そう思わないか？」私は主人にたずねながら、電話をさっと耳に近づけ「こちら、ヒトラー！」と言った。

ワルキューレが鳴り響くばかりで、電話からは何も聞こえてこなかった。

「ヒトラーだが！」私は言った。「こちらヒトラー！」ワルキューレはまだ鳴りやまず、私は「こちら、総統大本営！」に言い換えた。もしかしたら電話をかけてきた人間が、総統に直接つながってしまったことに驚いたのかもしれない。だが、ワルキューレの音がさらに大きくなったほかは何も起こらなかった。今やその音は、耳をつんざくほど大きくなっている。

「**こちらヒトラー！**」私は怒鳴った。「**こちら、総統大本営！**」一九一五年当時の西部戦線に引き戻されたような気分だった。

「頼むから、その緑色のボタンを押してくれないか」。キオスクの主人が悲痛な声で私に言った。「ワーグナーの音楽は苦手なんだ」

「緑のボタン？　どれのことだ？」

「あんたの電話についている、緑のボタンだよ」。主人は大声で言った。「それを、右側にずらすんだ！」

　私は手の中の電話を見つめた。たしかにディスプレイの上に、緑色のスライダーのようなものがある。それを右側に押すと、ワルキューレの音はたちまち消えた。私はふたたび怒鳴った。「**こちらヒトラー！　こちら総統大本営！**」

　何も起こらなかった。だが主人が目を丸くして、電話を握った私の手をとり、私の耳にそっと押し当てた。

「ヒトラーさん？」ザヴァツキ青年の声がした。「もしもし、ヒトラーさんですか？」

「もちろんだ」。私は言った。「こちら、ヒトラー！」

「よかった、ずっと探してたんですよ。ベリーニ女史からの伝言です。会社の上層部は、たいへんご満悦だそうですよ！」

「そうか」。私は言った。「それはよかった。ただ私としては、もう少し大きな期待を抱いていたのだが」

「もっとですか？」ザヴァツキはとまどったように言った。「これ以上のことを？」

「親愛なるザヴァツキ君」。私はなだめるような口調で言った。「三つの新聞に記事が出ただけでも、たしかにすばらしい成果だ。だがわれわれは、もっと大きな高い目標に向かっていかなければ……」

「新聞の記事？」ザヴァツキが甲高い声で笑った。「新聞の話なんて、だれもしていませんよ。新聞じゃなくて、ユーチューブに出てるんですよ、あなたが。それで、アクセス数がすごい勢いで増えているんです！」そこでザヴァツキは声をひそめ、こうつけ足した。「ここだけの話ですけどね、昨日の番組の直後に、あなたを降ろせと言ってきた人間が何人かいたんです。名前はちょっと申し上げられないんですが。でも、今は……。まあ、見ていてくださいよ！　若者は、あなたに熱狂していますから」

「若者の目は、何ものにもゆがめられていないのだ」。私は言った。

「今すぐ、次の企画を作れって話になるはずですよ」。ザヴァツキが、興奮を隠せない口調で言った。「あなたの出番も、この前より増えることになりますよ。短いクリップもいくつか録ろうということです。今すぐ、社にいらっしゃれますか？　今どちらです？」

「キオスクにいる」。私は言った。

「了解です」。ザヴァツキは言った。「そのままそこにいてください。すぐにタクシーを迎えにやりますから！」そう言うと彼は電話を切った。

「いい知らせだった？」キオスクの主人がたずねてきた。

私は自分の電話をさしだして言った。「これを使って、〈ユーテューブ〉というものに、つないでみてくれないか？」

17章　アクセス数が七〇万回を超えました！

ことの次第はこうだった。何者かが何か専門的な装置を使って、例の場面の映像を〈インターネッツ〉の中にとりこんだ。インターネッツの世界にはだれでも短い映像を展示でき、それをだれでも好きに見ることができる。ユダヤの低級新聞記者が何かを指図しようとしなかろうと、人々は見たい映像を見たいだけ見る。もちろん、ユダヤの記者どももインターネッツ上で悪あがきをしたかもしれない。だが、事態はもうはっきりしていた。つまり人々は何度も繰り返し、私が演説をしているあのシーンをインターネッツで見ていたのだ。何人がその映像を見たかは、映像の下に書かれた数字でわかるようになっている。

私はつねづね、こうした数字に不信を抱いてきた。これまで党の面々や財界の指導者らと長くつきあってきた結果、この世界には出世しか頭にない人間や日和《ひより》見主義的な人間が存在することを、そして数字に少し色を付けるくらい彼らが何とも思わないことを、私はよく知っていた。数字を表沙汰にしなければならないとき、この種の人間は素知らぬ顔で数字を改ざんしたり、すこしでもその数字がましに見えるように故意に比較の数字をさしはさんだりする。逆に、不都合な事実が明るみに出てしまう場合は、問題の数字自体を隠ぺいしてしまう。そうした工作を私は何度も目撃した。だからこそ私はただちに仕事に着手し、ユダヤの怪しげな数字をいくつかみずから検証した。そして、自分で自分を説き伏せて、たとえば〈チャップリンの独裁者〉を人々がどれだけ〈クリック〉しているのか調べてみた。その数はじつに七桁にも及んでいた。

だがむろん公正な比較のためには、この数字を計算しなおす必要がある。チャップリンのこの安物芝居は、結局のところ制作から七十年あまりが過ぎている。つまり、さっきのクリック数を年間に換算すると、年にほぼ一万五〇〇〇回ということだ。これでも目覚ましい数字ではあるが、それはいわば計算上そうだというだけだ。人間の関心は時とともに薄れていくものであり、好奇心とは当然ながら、すでに時代遅れになったものごとより今起きていることに強く向かう。しかもカラーの映像が当たり前になった今、いったいどれだけの人があんな古臭い白黒映画に興味を抱くというのか？

そう考えると、インターネット上でこの映画がさかんに見られていたのは、だいたい六〇年代か七〇年代くらいと推測してまちがいあるまい。今日、この映画をわざわざインターネッツで見ようという人間は、おそらく映画を学んでいる学生かユダヤ法学者、あるいはその手の〈専門家〉がおおかたで、その数は年間でせいぜい数百人だろう。そして数百人程度のアクセスであれば、私はこの三日間でもう軽くその数千倍も上回ってしまった。

これは私にとって、ある点でとても興味深いことだった。

かつて私は、今日的なやり方とはまるで異なる手法で、国民の啓蒙やプロパガンダに大きな成果をあげてきた。私のやり方とはこうだ。茶色の制服の突撃隊員に列を組ませ、トラックの上で旗を振りながら市街を巡らせる。ボリシェビキの赤軍戦士の顔を拳で殴らせ、頭がい骨をこん棒でたたき割らせ、頑固な共産主義者の体を半長靴で踏みつけ、そこに理性を押し込む。私はこうした手法を全面的に支持してきた。だが今、ただひとつのアイデアやただひとつの演説が、それだけで何十万もの人々に何かを考えさせたり知的議論を戦わせたりすることもあるのだと私は悟った。これは私にとって非常に理解しがたいことだった。そんなことが可能だとは、とても思えなかった。私は、不安とは言わないがかすかな疑念を感じて、すぐにゼンゼンブリンクに電話をかけた。彼は上機嫌だった。

「もうアクセスが、七〇万回を超えましたよ」。ゼンゼンブリンクは嬉々として語った。「いやほんと、信じられない！　自分でご覧になりました？」

「ああ」。私は言った。「だが、あなたの浮かれようは、少々度を越しているように見えなくもない。そんなにうまくいくわけがないのではないか？」

「はあ？　何をおっしゃるかと思えば。あなたは、文字どおり金の卵なんですよ。こんなのはまだ序の口にすぎない。私を信用してくださいよ」

「それにしても、人々に金は払わなくてはなるまいに」

「人々って、どの人々ですか？」

「私は長いあいだ、プロパガンダ活動を率いてきた。だから、わかっている。七〇万人の人々を自分の味方につけるには――そう、一万人くらいの人間が必要だ。それも狂信的な人間が」

「一万人？　どんな人間が、一万人も必要なんです？」

「理論的には、一万人の突撃隊員が必要だ。これでも低めに見積もった数字だ。だが、おそらく突撃隊員などただのひとりもいないはずだから、すくなくとも一万五〇〇〇人の人間が必要ということになる」

「冗談もほどほどにしてくださいよ」。ゼンゼンブリンクは上機嫌な声のまま、私に脅しをかけた。電話の向こうで、何かガラスがかちゃりと鳴ったような気がしたが、確信はもてなかった。「気をつけてください。そのうち、冗談ではすまないこともでてくるはずです」。ゼンゼンブリンクはそう言って、電話を切った。

　これでどうやら疑念は解けた。ゼンゼンブリンクが、この件について何もしていないのはあきらかだ。これほど多くの支持は、人々の自発的意思によって集まったのだ。

もちろん彼が嘘八百を口にしているとか、はったりで何かを言っているとかの可能性も捨てることはできない。部下を自分で精選したわけではない以上、それはしかたのないことだ。けれども彼は、この件については信頼が置けそうに見えた。それはともかく私はプロダクション会社からの要望で、追加企画をいくつか考えることになった。

よくあることだが、あまりに奇をてらいすぎると人はおかしな提案をしてしまうものだ。私もあやうく、「総統、銀行を訪問する」「総統、プールで泳ぐ」などの珍妙なルポルタージュに出演させられるところだった。だが私は、こうした下らない企画を即刻拒否した。政治家がスポーツをするのを見せられて、国民が喜ぶわけがあるか？　私は権力を掌握した直後からもう、運動などの活動はいっさいやめていた[58]。サッカー選手でもダンサーでも、その競技の完成形を披露できる人なら、その技を人々は見たいと思うだろう。彼らの鍛錬は、芸術の域に達しているのだから。やり投げのような陸上競技でも、完全にやりとげればそれは見事な芸術になる。しかし、たとえばゲーリングや例の女首相のような重い――いや、立場の重い政治家が飛んだり跳ねたりするのを、いったいだれが見たいと思うだろう？　美しいにはほど遠い、そんな光景を？

もちろん、次のように言う人々がいるのは先刻承知だ。「政治家は国民に向けて、力強さをアピールしなくてはならない。馬術の障害飛越や体操競技などは無理でも、たとえばゴルフのようなスポーツなら、何とか無難にこなすことができるのではないか？」保守的かつ親英的な人々のあいだでは、そんな議論も出るかもしれない。問題は一流のゴルフプレイヤーを見なれた人にとって、不恰好なスパニエルのようにボールをつつきまわしている人間など、見るに堪えないにちがいないことだ。それに、他の政治家たちはいったい何と言うだろう？　午前中は政治や経済の問題にもっともらしく取り組んでいた人間が、午後は一変して、芝生と格闘しはじめたら？　まして水着など、それこそ愚の骨頂だ。

たしかにムッソリーニはまわりの反対をふりきって、それを実行した。それからもっと最近では、ロシアのあのいかがわしい指導者もそうだ。彼が興味深い人物だったことは認めるが、それでも私にとって、政治家が水着姿を大衆の目にさらすなど考えられない。政治家がシャツを脱いだら、その時点で彼の政治は終わりだ。シャツを脱いだその政治家は、人々にこんなメッセージを送っているも同然なのだ。「親愛なる同胞諸君、見たまえ！　驚くべき発見だ。私はこうして裸でいるほうが、すばらしい政治ができる」

何たる無意味な、馬鹿げた話だろうか？

そういえば、どこかで読んだことがある。最近の話だ。ドイツのある国防大臣が、兵士たちが戦地にいるか戦地に向かっているそのときに、自分はあろうことか女と一緒にプールに入り、それをわざわざ写真に撮らせたのだという。私なら、そんな男をただの一日も大臣の座に置いておきはしない。辞表を出されてもそれを突き返し、弾を込めたピストルをおもむろに机の上に置き、男を残して部屋を出ていく。もしもわずかでも礼儀を心得たやつなら、自分が何をすべきか察するはずだ。それがわからない大馬鹿者は、翌朝、頭に銃弾を撃ち込まれ、女と遊んでいたプールにうつぶせに浮かんでいるだろう。それを見ればまわりの閣僚どもも、水着姿で兵士らを裏切るのがどれほどのことか、よくわかるはずだ。

ともかく水着姿を人目にさらすなど、私には言語道断だ。

「水着になるのが嫌なら、じゃあ、何がやりたいんですか？」

私にこう質問してきたのは、フラッシュライト社の名ばかり助監督、ウルフ・ブロンナーという男だ。年のころはおそらく三十代なかば。思わず人目を引くそのひどい恰好。とはいえ、カメラマンに比べればその服装はまだましというべきだろう。カメラマンという人種は、最近のテレビの仕事を通じて知るかぎり、あらゆる職種の中でいちばんみすぼらしい服装を平気でする輩だ。いやちがう、服装の汚さでは報道写真家のほうが一枚上手だ。理由はわからないが私の経験上、報道写真家はテレビのカメラマンなら即座に体から払いのけかねないようなぼろを、しばしば身につけている。それはおそらく自分がカメラを手にしているせいで、だれも自分のことを見ていないように錯覚してしまうからだ。私は、何かの紙面にだれかの不機嫌そうな顔写真を見つけると、いったいカメラマンはどんななりをしていたのかとつい考えてしまう。このブロンナーという男はそういうカメラマンよりまともな恰好をしてはいる。だが、それは多少はましという程度だ。「私は、日々の政治の動きをテーマにしたいのだ」。私は言った。「もちろん、もっと大局的な問題も」

「そんなもののどこが、いったいおもしろいんだか」。ブロンナーがぶつぶつつぶやいた。「政治なんて所詮はクソだ。でもまあいいよ、あんたの番組であって、俺のじゃない」

私が年来学んだ事実のひとつは、一般的なものごとを狂信するのはかならずしも重要でないということだ。場合によっては、それは妨げにもなる。たとえば、私がこれまで会ったディレクターの何人かは、純粋な芸術的意図から、人々が理解できる映像を録るのを断固拒否した。だから、このブロンナーの無関心はいっそ好都合だった。彼の無頓着のおかげで私は、民主主義的に選ばれた議員どものろくでもない仕事ぶりを大手を振って非難する自由を獲得したのだ。だが、ものごとはいつも、できるかぎり単純明快にしなくてはいけない。そのため私がまず選んだのは、政治的話題とはいっても、文字どおり人々の日常に密着したものだった。

しばしば通りかかる例の問題学校の近くに幼稚園がある。私はそのそばに毎朝立って、調査をした。この近くの道路を無責任なドライバーが猛スピードで走り、小さな子どもの命と健康を平気で危険にさらす光景を幾度も目撃していたからだ。私はまず、こうしたスピード狂への抗弁演説を手短に行い、さらにこうした無分別な殺人予備軍の映像を、あとで編集するためにいくつか撮影した。そして最後に、近くを通りがかった大勢の母親たちに取材を行った。彼女らの反応は驚くべきものだった。ほとんどの母親たちは、まずこう質問してきたのだ。

「どこかに、隠しカメラがあるんじゃないですか？」

私はこう答えた。「親愛なるご婦人よ。隠しカメラなどどこにもない。カメラは、ほら、ここに。見えるだろうか？」そう言いながら私は、撮影のための機材とカメラクルーを指し示した。私は思いやりと忍耐をもって説明を行った。女たちは昔からこの手の機械には弱いと決まっている。そうしてカメラの所在をあきらかにしてから、私はひとりひとりの女に、このあたりをよく歩くのかと質問した。

「それでは、ここらを暴走しているドライバーのことは、おそらくお気づきですな？」

「はあ、まあ……」。女は間延びした口調で答えた。「それが何か……？」

「彼らの乱暴な運転が、このあたりで遊ぶ子どもを危険にさらしていると、そうお思いにはならないか？」

「ええまあ、そうですわね、でも……あの、ちょっと、何のためにそんなことを？」

「同胞のご婦人よ。私はあなたに、心配事を率直に話していただきたいのだ」

「ちょっと待って！　同胞って何のことです？　たしかに……このあたりを子連れで通るときは、ちょっといらいらすることはありますけれど」

「それではなぜ、この自由選挙で選ばれた政府は、そうした傍若無人な暴走ドライバーに何も厳しい罰を与えないのか？」

「さあ、それは……」

「この状況を、変えていこうではないか！　ドイツのために！　あなたと私で、ともに！　さあ、どんな罰が必要だとあなたはお考えか？」

「どんな罰が必要だと思うか、と言われても……ちょっと」

「それではあなたは、今の刑で十分だとお考えなのか？」

「はあ……どうでしょう？」

「では、十分厳しくはないと？」

「いいえ、そんな、私は……そんなつもりでは……」

「なぜ？　それでは子どもたちは？」

「それは……それは、問題ありません。ええ、今のままで。私はまったく不満はありませんから！」

何人に質問しても、答えは似たり寄ったりだった。まるで、不安が大気に満ちているかのようだ。仮にも自由を標榜している政府のもと、いったいなぜこんなことが起きるのだろうか？　国民の一部であるこの無邪気で単純な女たちは、私がふつうの軍服姿であらわれると、自身の意見をことさらはっきり口にしなくなるのだ。私にとってそれは衝撃だった。だが、こうした反応を示すのはだいたい四人のうち三人くらいの割合で、残るひとりの反応は、だいたい次のようなものだった。

「あなた、この地区の新しい警備員さん？　よくぞ言ってくださったわね！　もう、ひどい話なのよ！　あんなやつら、すぐ監獄送りになればいいのよ！」

「では、彼らを刑務所に送るべきだと？」

「まず最低でもね！」

「私が理解するかぎり、死刑はもうこの国では行われていないようだが……」

「あら、残念！」

同じような原則に従って、私は自分自身で気づいたことや報道から読み取ったことを、つぎつぎやり玉に挙げていった。たとえば食品の安全性。あるいは携帯電話で話をしながら運転するマナー違反のドライバーたち。狩猟という悪習、等々。それにしても解せないのは、人々の反応が、こうした連中に過酷な罰を求めるか、それについて言及するのさえためらうかのどちらかだったことだ。より多かったのは、後者の反応だ。

ある例では、ことのほかそれが顕著だった。ある日、数人の有志が当局への批判を行うために街中に集まっていた。デモ行進といういちばん手近な方法はだれも考えなかったようだが、ともかく広場に集まった彼らは、そこで署名活動を始めた。現在ドイツで年間一〇万件も行われている堕胎を禁止せよという署名だった。

ドイツ人の血がそんなに大量に闇に葬られているという事実はむろん、私には受け入れがたいことだった。堕胎された子どものほぼ半分は男児が占める。つまり四個師団とはいわずとも、三個師団分の人材が故意に失われているということだ。だがこのひどい話に反対している勇気あるまっとうな市民らは、私が目の前に来ると突然、自分の意見を口にしなくなってしまうのだ。それどころか私たち取材陣が広場に到着するや、署名活動自体が完ぺきに打ち切られてしまった。

「いったい、どういうことだ?」私はブロンナーにたずねた。「あの人々は、なぜ急に態度を豹変《ひょうへん》させたのだ? いくら言論の自由があるといっても」

「わけわかんないですね」。ブロンナーも驚いたようだった。「でもほら、例の犬のリードの強制に反対する飼い主連中なんて、もっとひどかったじゃないですか?」

「それはちがうだろう」。私は言った。「君は誤解している。あの飼い主どもはまともな人間ではない。都合が悪くなれば、平気でこっそりずらかるあの連中は、みなユダヤ人だ。あの星のマークを見ただろう? 奴らの正体は一目瞭然だ」

「でもあれ、ユダヤ人じゃないでしょう?」ブロンナーが反論した。「あの星のマークの中には、〈ユダヤ〉じゃなくて〈犬〉って書いてありましたよ」

「その手口がユダヤの典型なのだ」。私は説明した。「混乱を引き起こすのが、やつらの魂胆だ。人を惑わせ、その炎で汚らわしい毒のスープを煮立てるのがやつらのやり方だ」

「それは、でも……」。ブロンナーはあえぐように言うと、たえきれず噴き出した。

「たしかにあなたは、ほんとうに筋金入りだ！」

「わかっている」。私は言った。「ところで、撮影隊のための制服はもうそろったのか？　これからは、みなで一体になって行動を起こさなければならないからな！」

突撃取材の内容は、プロダクション会社でも大きな反響を呼んだ。「あなたなら、教会の司祭を無神論者に宗旨替えだってさせられるかもしれないわね」。ベリーニ女史は、取材内容をよりわけながら、笑って言った。

「その昔、大々的に試みたこともあった」。私は昔を思い出しながら言った。「でも、あのクソ坊主どもには、収容所送りも効かなかった」

最初の出演から二週間後、私は番組の最後に行う炎の演説のほかに、この突撃取材のコーナーを任せられた。さらに四週間後には、もうひとつ出番が増えた。これは基本的に、二〇年代はじめのころの私の躍進劇と似ていた。ただひとつのちがいは、あのころの私には党の存在があったことだ。

今の私には、かわりにテレビの番組がある。

ところで、アリ・ジョークマンという人物への私の評価は正しかったようだ。私が番組の中で総統ならではの資質を花開かせ、徐々に影響力や権力を勝ちうるにつれ、彼は怒りで鬱屈していった。だがやつは状況を受け入れず、舞台の裏で会社のお偉方に愚痴をこぼし、相手をあきれさせていた。もし私が彼と同じ立場に置かれていたら、取る道は二つにひとつ。最初から邪魔者の干渉をいっさい拒絶するか、あるいは乱入者に踏み込まれた瞬間から、契約がどうなっていようとかまわず、局のための仕事をすべてキャンセルするかだ。けれどもジョークマンは私が思ったとおり、過去のみじめな栄光や怪しげな栄誉を、そして番組での自分の立場を、まるで何かの勲章のように意地でも手放すまいとするばかりだった。反撃を覚悟で信念を貫いたり、信念ゆえに禁固刑に処されることなど、彼はぜったいに受け入れないだろう。

いや、そもそもアリ・ジョークマンがどんな信念を持っていたというのか？　いかがわしげな出自と、自慢げで空疎な馬鹿話をのぞいたら、いったい彼に何がある？　私には、もちろんある。私の背後には、ドイツの未来がある。鉄十字勲章がある。そして、ドイツのためにこの血を捧げたと証明する傷痍《しょうい》軍人記章がある。ひるがえってこのジョークマンが、ドイツのためにいったい何を捧げたのか？

もちろん、傷痍軍人記章の金章をジョークマンがぜひ手に入れるべきだというわけではない。だいたい、戦争がない今、そんなものは手に入らない。仮に手に入れたとしても、もうひとつ問題がある。それは、傷痍軍人記章を手にした彼が、はたしてコメディアンに適しているかという問題だ。この種の高位の記章を獲得したまれな人間は、よく見れば往々にして不自由な体になっている。それは自然の摂理の過酷さゆえだ。前線で戦い、銃剣や手榴弾やガス攻撃に五度かそれ以上も襲われた兵士は、目はガラス玉に、腕は義手になり、下顎が仮に残っていたとしても口は醜くゆがんで癒着しているものだ。そんな木偶《でく》のような体から、最良のユーモアは生まれてこない。状況の痛々しさはむろん理解できる。だが、私は総統として逆の側も見ざるをえない。逆の側――つまり客席には、粋《いき》にめかした人々が上機嫌で座っている。榴散弾工場や飛行機工場での過酷な労働のあとで、あるいは夜通しつづいた爆撃のあとで人々が望んでいるのは、神経を休めてリラックスすることだ。彼らが期待しているのが、単に二本の義足ではなく、良質の笑いであることはあきらかだ。身もふたもない言い方をすれば、こうだ。傷痍軍人記章を手に国に帰り、道化として生きていくくらいなら、いっそ手榴弾にあたってひと思いに命を落とすほうが、よほどましということだ。

もうひとつ、私がすぐに気づいたのは、アリ・ジョークマンが国家社会主義に匹敵するようなイデオロギーをもっていないだけでなく、そもそもいかなるイデオロギーももちあわせていないことだ。そして確たるイデオロギーをもっていなければ、現代の娯楽産業界では出世の見込みも存在理由もないことはあきらかだ。そんなやつらのその後を決めるのは、歴史の流れだ。

でなければ、視聴率だ。

18章　お嬢さん、泣かないでくれ

国民がいなくては、総統は何ものでもない。いやもちろん、国民などいなくても総統は総統だ。だが国民がいなければ、総統であることはわかりようがない。まともな頭の持ち主なら、たやすく理解できることだ。たとえばあのモーツァルトでさえ、ピアノがなければ音楽の天才であることを示しようはない。ピアノがもしなかったら、姉とともに神童として世にあらわれることはできなかったはずだ。もちろん、ピアノがなくてもバイオリンがあれば話は別だ。だが、そのバイオリンすらなかったら？ 二人一緒にザルツブルク方言で詩を暗唱したり、何か可愛らしい芸をするくらいはきっとできるだろうが、そんなものは、クリスマスの時期ならどの家庭の居間でも見られる当たり前の光景だ。総統にとっての国民は、モーツァルトにとってのバイオリンと同じなのだ。

そしてもうひとつ欠かせないのが、腹心の存在だ。

むろん、懐疑的な人間はここですかさず口をはさみ、二つのバイオリンをいちどきに弾くなどできないとわけ知り顔で言うだろう。けれどもそこからわかるのは、この種の人間が現実をどう見ているかだ。起こるはずがないことは起こらないと彼らは思っている。だがそれは、彼らの勝手な思い込みだ。真に偉大な指導者の多くも、この点でつまずいてきたのだ。

ナポレオンについて考えてみよう。彼が天才だったことに疑問の余地はない。だが、ナポレオンが得意だったのは〈軍事〉というバイオリンだけで、〈腹心〉というバイオリンは不得手だった。ここで浮上するのが、すべての天才に共通する「どんな人間を腹心に選ぶか」という問題だ。たとえばフリードリヒ大王には、クルト・クリストフ・フォン・シュヴェリーン伯爵という腹心がいた。このシュヴェリーン将軍は祖国を守るため、騎乗で旗を振っていたところを銃で撃たれて命を落としたが、大王にはもうひとり、一七五七年にサーベルの一撃で戦死するハンス・カール・フォン・ヴィンターフェルトという腹心もいた。いっぽうのナポレオンはどうだったか?

はっきり言ってしまえば、ナポレオンにすぐれた右腕はいなかった。いや、これはまだしもおだやかな言い方だ。彼のまわりには並みいる親類縁者が群がり、足を引っぱった。彼は意志薄弱な兄のジョゼフをスペイン王の座に就け、ジョゼフの妻の妹にはフランス陸軍のベルナドットをめあわせた。弟のジェロームをヴェストファーレン王の座に就け、妹たちをそれぞれイタリアのどこかの伯爵家に嫁がせた。だが、そのことでだれかが彼に感謝しただろうか？　それよりさらにひどい寄生虫は弟のルイで、兄のおかげでオランダ王の座に据えられながら、まるで自分の手でオランダを征服したかのような顔で好き勝手な施政を行った。こんな腹心しかいなかったら、戦争を指揮することも世界を統治することも、とうてい不可能だ。その点私は、すぐれた腹心をそろえることにいつも非常に重きを置いてきた。そしておおかたの場合、そうした腹心をかならず見つけてきた。

そうだ、あのレニングラード包囲戦のときも。

包囲戦が始まると、二〇〇万余のレニングラード市民は食糧供給を絶たれ、市内に閉じ込められた。そんな状況で毎日一〇〇〇発もの爆弾を市内に撃ち込むのは、それも生活必需品の店を狙って砲撃を行うのは、相当な使命感を必要とする仕事だった。包囲された市民はしまいには、たがいの頭蓋をたたき割り、土中に熱で溶けこんだ砂糖を食べるため土さえも口にした。もちろんこうした市民が、保存に値する人種なわけではない。けれども一介の兵士はそうした光景を見て「気の毒だ」とか「あんまりだ」とか、つい思ってしまいがちだ。彼らが多くの場合、非常に動物好きであることを思えばなおさらだ。

兵士が動物に愛情を注ぐのを、私は塹壕でたびたび目にした。彼らの中には、愛猫を助けるために弾幕射撃の嵐の中に飛び出していく者もいた。一週間かけて蓄えた配給食糧を、迷い犬に気前よく分けてやる者もいた。戦争とは残酷な感情をもたらすだけでなく、やわらかくあたたかな感情をも、ときには目覚めさせるのだ。多角的に見れば戦争は、人間から最上のものを掘り出す道具にもなる。磨かれていない原石として戦地に赴いた兵士は、「何があろうとやらねばならないことはやる」という鉄の意志をかね備えたすばらしい動物愛護者になる。この数十万人もの素朴な、動物を愛する兵士らは「すこし攻撃の手を緩めよう。レニングラード市民をゆっくり餓死させても、べつにかまわないではないか」などとはけっして言わなかった。彼らは「爆弾をどんどん落とせ！　総統の命令はいつもかならず正しいのだ！」と口にした。それこそが、真の腹心の証しだ。

いや、腹心なら今もいる――。〈総統〉演説の原稿をクレマイヤー嬢がタイプで清書しているのを眺めながら、私はそんなことを考えた。彼女の全般的な仕事ぶりには至極満足していた。その仕事には非難すべき点はひとつもなかったし、勤務態度も模範的だ。最近では以前のように〈パートタイム〉でなく、〈フルタイム〉で働いてくれている。ただひとつ改善の余地があるのは、その外観だった。身なりにかまわないように見える、というわけではない。だが、性格は明るい彼女が暗いうえにも暗い色の服を着て、死人を思わせるような尋常でなく青白い化粧をしているのは、どうにもよろしくない。国家社会主義とは畢竟《ひっきょう》、明るい、人生を肯定するような運動なのだから。

いっぽうで、総統たる者、見かけのことになど頓着すべきでないという考え方もある。たとえばその昔、外交を任せていたフォン・リッベントロップは容貌だけをとれば、どこにも非の打ちどころがない人物だった。[59] 絵に描いたように整った顎をはじめ、すばらしい容姿を授かったこの男はしかし、生涯にわたってどうしようもない俗物だった。結局、見かけがよいだけでは、だれの何の役にも立たないということだ。

「クレマイヤー嬢、たいへん結構だ」。私は言った。「今日の仕事はこれで終わろう」

「今やってるぶんだけ、急いで印刷しちゃいますから」。彼女はそう言って、パタパタとキーボードをたたいた。そうして今度は鞄から小さな鏡と、例の暗い色の口紅をとりだし、唇に塗りはじめた。話を切り出すには、またとない機会だ。

「君の婚約者は、その、君の化粧について、何と言っているのか？」

「婚約者？　何の話ですか？　わがソートー？」

　総統に話しかけるときの言葉づかいについては、まだ改善の余地があるようだ。

「その、君にはおそらく、いやきっと、若い恋人が……つまり崇拝者がいるだろうということだが」

「いませんて、そんな人」。クレマイヤー嬢が化粧の手を休めずに答えた。

「口外するつもりも、問いつめるつもりもない」。私は彼女を安心させるように言った。「よければ安心して話してほしい。カトリック教徒がそばにいるわけではないのだし。二人の若者がたがいに惹《ひ》かれあうのに、問題などないはずだ。結婚の証明も、必要はない。真の愛とはそれ自体、気高いものだ！」

「それは、とってもいい話ですけど」。クレマイヤー嬢は鏡をちらりと見て、上下の唇をこすりあわせた。「でも、いないんです、ホントに。あの、一か月くらい前に別れちゃったんです。もうほんと、サイテーのクソ野郎だったんで」

私はすこしばかりぎょっとした顔で彼女を見たのだろう。クレマイヤー嬢は大急ぎでこうつけ足した。「すみません、つい口がすべって。総統大本営でこんな汚い言葉、言うべきじゃなかったです。言いたかったのはつまり、その男は汚いブタ野郎だったってことです。わがソートー!」

クソ野郎がブタ野郎に替わったことに何の意味があるのか、クソ野郎よりもブタ野郎のほうが多少なりともましなのか、私にはわからなかった。けれども、クレマイヤー嬢の表情の動きからは、正直な努力の痕跡と、二番目の表現をあきらかに誇らしく思う気持ちがにじみ出ていた。

「第一に」。私は強い口調で言った。「厳密に言えば、ここは総統大本営ではない。私は、昔はともかく今は軍の最高指揮官ではないのだ。それから第二に私は、ドイツのうら若き娘がその手の言葉を口にすべきではないと考える。ましてや君は、私の秘書なのだ!」

「でも、ほんとにそういうヤツだったんですから。実物を知ったら、ソートーだってきっとそう思いますよ。ちょっと、聞いてくれます……?」

「その男とのいきさつなど、どうでもよい。今問題にしているのは、ドイツ帝国の外観であり、この部屋にいるドイツ人女性の外観だ。私は、だれかがこの部屋のそばを通りかかったとき、ドイツは立派なきちんとした国だという印象を抱いてほしい。けっして……」

私はその先の言葉をつづけられなかった。クレマイヤー嬢の片目に涙が一粒浮かび、もう片方の目にも一粒、そしてそのあとは両の目から滝のように涙がこぼれてきたからだ。もしこの瞬間が戦争のさなかだったら、総統たる者、よくよく注意をしなくてはならない。相手への同情からうっかり集中力を奪われたら、一大事になる。包囲戦や絨毯爆撃で赫々《かっかく》たる勝利をおさめるためには、集中力を切らしてはいけない。これは、状況が不利なときのほうがむしろ簡単だと、私は経験から知っている。最後の血がしたたり落ちるまでけっして領土を侵されるなと指令を出したら、その日の戦争の指揮は終わったも同然だ。もうそのまま家に帰ってもいいくらいだ。それにしても、他人の感情に足をすくわれないよう注意するにこしたことはない。

もちろん、今は戦時中ではない。そしてクレマイヤー嬢の仕事ぶりに、非の打ちどころのないことは事実だ。私は彼女に鼻紙をさしだした。こんなものも、私の知らぬ間に潤沢に生産されるようになっていたらしい。

「そんなにひどく悲しむことではない」。私はなだめるように言った。「私はただ……君が将来……いや、君に能力がないなどと言っているわけではない。君の仕事には十分満足している……だからさっきの小言をそれほど深刻に受けとめなくてもよいのだ……」

「ああ」。クレマイヤー嬢は鼻をすすりあげた。「ソートーのせいじゃないんです。これはあの……あの男が……あの男のこと、ほんとに好きだったので。向こうもそうだと思っていたのに、だから」。そう言いながら彼女はリュックをかき回し、携帯電話をとりだした。そしてボタンをいくつか押して、ブタ野郎の写真を私の前に差し出した。

「素敵でしょ？　それに彼はいつも、何というか……特別な感じがあって」

私はその写真をじっと見た。たしかに見てくれはいい男だ。髪はブロンドで背が高い。クレマイヤー嬢より十歳ほど年がいっているようだ。写真はどこかの路上で撮られたもので、男は上等そうなスーツに身を包んでいる。軽薄な感じはぜんぜんなく、しっかりした頼もしい男に見える。小さいけれどもまっとうな会社の社長とでもいうような風情だ。

「気を悪くしないでほしいのだが」。私は言った。「でも、正直言って私には、君と彼との関係が幸福な結末を迎えなかったのは不思議でないことに思える」

「不思議でない？」クレマイヤー嬢は鼻をすすった。

「そうだ」

「どうして？」

「考えてみたまえ。その男との関係が終わったのは、君も当然わかっている。だが、まだきちんとわかっていないことがある。それは、率直に言って、君がそもそも正しいパートナーではなかったことだ」

クレマイヤー嬢は鼻をすすりながら、うなずいた。「でも、最初はぜんぶうまくいってたのに……こんな……」

「たしかに」。私は言った。「だがそれは、君にもすぐにわかることだ」

クレマイヤー嬢は鼻をかむのをぴたりとやめ、鼻紙を拳でぐしゃぐしゃに握りしめながら、私を見上げて言った。「何が？　すぐにわかるって、何が？」

私は息を深く吸い込んだ。正直、驚きだった。ドイツ国民の未来のため闘っている私を、神はなぜこんな、はるかに遠い場所まで連れてきたのだろう？　いや、神の御業とはやはりすばらしいものだ。クレマイヤー嬢の個人的な問題と、人種政策の尊き代弁者とをかくも見事に結びつけるとは！

私は言った。「考えてみたまえ。男とは――それもとくに人種的に健全な彼のような男は――生きることに前向きな明るい女性を人生のパートナーとして求めるものだ。良き母親になりそうな、健全な、国家社会主義的精神をあふれさせている女性こそが、そうした男から伴侶として望まれるのだ……」

「私は前向きだし、明るいです！　それなのに！」

「そう、たしかに」。私は言った。「君の言うとおりだ、私もそれはわかっている。だがたとえば、いちど男性の、それもいちばん盛りの年ごろの男の目で、自分自身を見てみたまえ！　そのいつも黒ずくめの服装と、暗い色の口紅を！　そしてその顔色……私はつねづね、君の化粧はどう考えても青白すぎると思っていたのだ……いや、クレマイヤー嬢、お願いだからもう、泣かないでくれ。ただ私は、一九一六年に西部戦線でたくさんの死体をこの目で見てきた。だが、その彼らの顔ですら、君よりはまだ生気があった！　その暗い瞳と黒い髪はともかく、君は十分魅力にあふれた若い乙女なのだ。それなのにどうして、もっと明るい色の服を着ようとしないのか？　綺麗な色のブラウスとか、ひらひらしたスカートでも穿《は》いてみればよいではないか？　あるいは色鮮やかなサマードレスとか？　そういう恰好をすれば、男たちは振り返って君のことを見るはずだ！」

　クレマイヤー嬢は、ぴくりともせずに私を見つめた。そして突然、激しく笑い出した。

「今、一瞬、想像しちゃって」。彼女は説明した。「自分がそういうドレスみたいのを着て、髪に花をさして、そういうアルプスの少女ハイジみたいな恰好で歩いていると き、あの男にばったり出会って、そしたら向こうはなんだか女連れで、それで私、あいつが――あのクソ野郎が結婚してることに気づいて――。間抜けづらでその場に立っている自分を想像したら、もうほんとおかしくて、つい。あの、嬉しいです、ソートーが私を元気づけてくれたことが」。彼女は言った。「それじゃ私は、これで失礼します」。彼女は立ち上がり、リュックサックをつかんで肩にかけた。

「さっきの原稿が印刷できたら、ソートーの棚に入れておきます」。彼女はドアの取っ手に手をかけたところでそう言った。「それでは良い夜を、わがソートー！　でもやっぱり、ドレスはちょっと……」。そう言いながら、クレマイヤー嬢は出ていった。

　残された私は、今晩は何をして過ごそうかと考えた。ゼンゼンブリンクから渡された新しい機械を、ホテルで接続でもしてみるべきだろうか。その機械を使えば、テレビに映画を映し出すことができるのだという。映画は昔のようにリールに保管されるのではなく、便利なことに、小さなプラスチックの円盤におさめられている。この種の円盤が、フラッシュライト社ではたくさんの棚を埋め尽くしている。そして、つねづね映画というものを高く評価してきた私は、空白の数十年で見逃した作品を見ようと興味津々だった。

　あるいは、将来ベルリンに宇宙開発基地をつくる計画を、このさいじっくり考えてみるのも悪くない(60)。現実に戦争が始まったら、宇宙開発どころではなくなるのは過去の歴史が示すとおりだ。だからこそ今、昔からの情熱を存分に追求しておくべきなのかもしれない――。そんなことを考えていると、ふたたびドアが開き、クレマイヤー嬢が姿をあらわした。彼女は一通の封筒を私の机の上に置いた。

「まだ郵便箱にこれが残っていたんです」。彼女は言った。「郵便局が配達したものじゃないです。たぶんだれかが、会社の郵便箱の中に放り込んでいったんでしょう。それではわがソートー、繰り返しですが、どうぞ良い夜を！」

その封筒はたしかに私宛てだった。送り手は私の名前をわざわざ引用符付きで書いていたので、まるでそういう名前のテレビ番組にでも宛てたように見えた。私は封筒の匂いを嗅いでみた。その昔、女が崇拝を表現するためにそういう方法を使うことがよくあった。だが、その封筒に特別な匂いはしなかった。私は封を開けてみた。

そのときに感じた胸の高鳴りは、今もはっきり思い出せる。便箋のいちばん上に、まごうかたなき鉤十字が描かれているのが、真っ先に目に飛び込んだ。こんなに早く前向きな反応が来るとは正直思っていなかった。だが、鉤十字のほかには何もそこには書かれていなかった。

私は便箋を開いた。太くて黒いペンで書かれた、へたくそな文字がそこに並んでいた。

「くだらないことをするな！　クソ今々しい、ユダヤのぶため！」

私は笑い出した。そんなに笑ったのは久しくなかったことだった。

著者による原注（上）

(1)「空飛ぶ要塞（フライング・フォートレス）」とはヒトラーの造語ではなく、アメリカのボーイング社が開発した戦略爆撃機B－17の愛称。

(2)二人がソファに座っていた事実だけははっきりしているが、そのほかについては確かなことはわかっていない。毒物のカプセルから拳銃の発砲に至るまでの経緯については、無数の推測がなされている。地下壕じゅうにたくさんの目撃者がいただろうことを考えると、たった一件の自殺について詳細がはっきりしないというのは驚きである。これは作家にとっては好都合だ。だれの推測が正しいとも分からないのなら、すべてを等しく無視すればいいのだから。

(3)ジュガシヴィリ・ヨシフ（一八七九～一九五三）。ソ連の最高指導者。通称である「スターリン（鋼鉄の人の意）」は本名ではない。ヒトラーとは違う主義のもと、多くの人間を殺害した。ヒトラーは「スターリンは獣だが、卓越した獣だ」と評した（『独白録』より）。

(4)ヒトラーは質素な昼食とともに、ケーキを食べるのを好んだ。最期の時までその習慣は続いた。

(5)マルティン・ボルマン（一九〇〇～一九四五）。全国指導者。「総統秘書」。すぐれた記憶力ゆえ、黒幕として欠かせない存在だった。ゲッベルスからは「テレタイプ将軍」と呼ばれた（バルドゥール・フォン・シーラッハ『私はヒトラーを信じた』より）。

（6）ナチスの機関紙。日刊。発行部数一七〇万部（一九四四年）。〈ビルト〉紙が登場するまで、日刊新聞の発行部数では最高を誇った。

（7）ユダヤ人への誹謗《ひぼう》中傷を主たる目的とした週刊新聞。一枚のビラならともかく、これほど単調な内容の新聞を毎週だれが読んでいたのだろうか？　じつは一九四〇年には、現在のニュース雑誌〈フォークス〉や女性誌〈ブリギッテ〉とほぼ同数の読者がこの〈突撃兵〉を読んでいたのだ。歴史学者ダニエル・ゴールドハーゲンは著書『普通のドイツ人とホロコースト――ヒトラーの自発的死刑執行人たち』（邦訳、ミネルヴァ書房）の中で、今日考えられている以上に当時のドイツ社会に反ユダヤ主義が広まっていたことを示唆した。ユダヤ人への中傷文を読むのが〈フォークス〉や〈ブリギッテ〉を読むのと同じくらいふつうのことだったのなら、それも納得がいくかもしれない。

（8）パンツァーベアは「装甲熊」の意（熊はベルリン市のシンボル）。一九四五年四月二十三日に日刊新聞として創刊され、七回で廃刊。当時の戦局を考えると、わざわざ新しい新聞を作るよりもほかに政府には心配事がなかったのだろうか？

（9）「三号に一回」は主観的表現。実際には〈シュピーゲル〉誌がヒトラーの特集をするのは年に一、二回である。

(10) 一九〇九年末にはヒトラーはじっさいに浮浪者収容施設で暮らしていた。美術を学ぶためウィーンに来た彼は大学に合格できず、それから長いことウィーンをさまよっていた。父親の遺産と孤児年金を得るが（孤児年金は――ヨアヒム・フェストによれば――美大の学費と偽って受給していたと見られる）、定職にはつかず、金がなくなると浮浪者の収容施設に逆戻りした。

(11) ヒトラーのいう「絵描き」はむろん、ペンキ屋ではなく画家のことだ。ヒトラーは絵葉書用に好ましい風景画を描いていた。その芸術性については意見が分かれるが、道端でイーゼルを立てている日曜画家と比べればだいたいの想像はつく。とりたてて良くも悪くもない、といったところだろう。

(12) ここでの「反撃」はポーランドに侵攻したときの「反撃」の意である。ナチスは、ポーランド人に変装した党員にドイツ領内のラジオ局を襲わせ（グライヴィッツ事件）、それに「反撃」することで戦争の火ぶたを切った。

(13) 親衛隊大将フェリックス・シュタイナーの軍集団は一九四五年三月末、ソ連包囲下にあるベルリンの援護を命じられたが、それを実行しなかった。三〇〇万を超えるドイツ兵の死亡により、シュタイナーやその他の軍集団は書類上の組織でしかなくなっていたからだ。シュタイナーの軍集団自体が三月に、存在しない部隊からでっちあげられたばかりだった。命令不服従の約二週間後、実在していたわずかな部隊から第一二軍が作られた。

(14)　タバコについてヒトラーは「タバコ臭い食堂で食事をすると、一時間か一時間半くらいしたあとで私は鼻づまりになる。体内に入りこんだバクテリアが、煙のせいでぬくぬくと増殖するからだ」と書いている（『独白録』より）。

(15)　著述家ヘンリー・ピッカーによれば、ヒトラーはコーヒーを「基本的には飲まず、ふだんはレモンティーを飲んでいた」という。

(16)　これよりももっと辛辣《しんらつ》な直喩《ちょくゆ》が『わが闘争』の中には蔓延《まんえん》している。

(17)　フリードリヒ・パウルス（一八九〇～一九五七）。陸軍元帥《げんすい》。スターリングラードで包囲され、一九四三年に降伏。軍事的に見れば遅すぎても、プロパガンダ的には早すぎる降伏であり、ヒトラーはパウルスに英雄的な死を要求した。それは正確に言えば、武器も弾薬も食べ物もなく、零下三〇度の環境に適した衣類もないまま死ねということだった。

(18)　一九四一年二月、北アフリカで苦戦中のイタリア軍を支援するため同地に送られたドイツアフリカ軍団には、ソ連で戦う兵士たちとは別の、機能的で優れたデザインの軍服が与えられた。軍人でありジャーナリストでもあったエーリヒ・クービーの推測によれば、ドイツアフリカ軍団の兵士らがエリート軍隊に見られたのは、恰好の良い軍服のおかげが非常に大きかった。

(19)　IGファルベンは第二次世界大戦当時、化学企業として世界最大だった。合成繊維ペルロンや合成ベンジンなど、戦争に役立つ数々の発明をし、ナチスの政策に深く関与した。そのため、戦争犯罪を裁いたニュルンベルク裁判では、特別に「IGファルベン裁判」が行われた。戦後は連合国の決定により、バイエル、BASF、ヘキスト、ワッカーなどに分割された。

(20) ゲーリングは一九二三年のミュンヘン一揆で大腿部《だいたいぶ》に銃弾を受けて以後、鎮痛用にモルヒネを常用した。ニュルンベルク裁判のときに強制的に薬を断たれるまで、依存状態は続いた。戦争末期に米英との交渉に臨もうとしたため、ヒトラーは遺言書でゲーリングを党から除名した。

(21) フランスは第一次世界大戦の教訓から、ソ連を遠ざけ、ふたたび強大化しつつあるドイツを孤立させるために防疫線政策を行った。その一環として、一九二一年にポーランドとルーマニアの同盟が結ばれた。だが、実際には一九三〇年代中ごろからルーマニアはドイツの国家社会主義に共鳴するようになっていた。

(22) 「三冊」とも言える。『わが闘争』は発売当時は二巻に分かれており、一九二四年に第一部、一九二五年に第二部が発売されたが、その後、全一巻に合本された。一九二八年にヒトラーは続編を書いたが、出版社は発行に乗り気でなかった。続編が出たら、すでに停滞しはじめていた本編の売り上げがさらに落ち込むだろうという判断だった。ヒトラーの権力掌握後、機密保持の理由から続編の発行は最終的に見送られた。

(23) ベニート・ムッソリーニ（一八八三〜一九四五）。イタリアの独裁者。ヒトラーはムッソリーニを、さまざまな面で自身のファシズムの手本にした。「総統（フューラー）」という名称は、ムッソリーニの「ドゥーチェ」のドイツ語訳に相当する。連合軍のシチリア上陸後、ムッソリーニは逮捕されるが、一九四三年九月、ドイツにより解放され、以後はファシズムの傀儡《かいらい》政権として使われた。

(24) ハインリヒ・ヒムラー（一九〇〇～一九四五）。SSの全国指導者であり、ヒトラーにはだれよりも忠実な部下だったが、戦争末期に極秘で連合国との和平交渉を試みた。ヒトラーはそのことを、連合国の新聞で知った。

(25) ヴァルター・フォン・ブラウヒッチュ（一八八一～一九四八）。一九三八年に陸軍総司令官に任命されたが、その一番の理由は彼がイエスマンだったからだ。ブラウヒッチュの離婚と再婚をヒトラーは経済的に援助した。一九四一年にヒトラーはブラウヒッチュを陸軍総司令官職から解任し、代わって自分がその座についた。

(26) ヨーゼフ・シュトルツィング＝ツェルニー（一八六九～一九四二）。新聞記者。一九二二年より〈民族の観察者〉で働く。シュトルツィングは本名ではなく、ワーグナーのオペラ『ニュルンベルクのマイスタージンガー』の登場人物の名前。音楽評論も行い、ヒトラーをバイエルン地方のワーグナー信奉者の輪や社交界に紹介した。『わが闘争』の校正刷りを読んだが、ツェルニーはあまり多くを修正できなかった。あるいは修正を求めなかった可能性もある。

(27) ヒトラーユーゲントの女子版で、十～十八歳の少女が加入。ヒトラー自身はこの年齢の女性に関心がなかったが、ナチスは、遺伝的に好ましい兵士を再生産するためにも彼女らの性交渉に否定的でなかった。
(28) アルフレート・ヨードル(一八九〇～一九四六)。一九三九年より国防軍最高司令部作戦部長。一九四四年六月六日の朝、連合軍のノルマンディー上陸を電話で知らされるが、眠っているヒトラーを起こすことを再三拒否した。
(29) ヒトラーは映画を好んだ。オーバーザルツベルクにはつねに映画作品が用意されており、その中にはレニ・リーフェンシュタールの第一作である『青の光』やケストナーの小説をもとにした『エーミールと探偵たち』もあった。
(30) ヒトラーがオーバーザルツベルクにベルクホーフを新設してまもなく、ナチスの高官はそろって同地に移り住んだ。ゲッベルス、ゲーリング、ボルマンなどの邸宅のほか、兵舎や地下壕、高射砲台なども作られた。
(31) この述懐は事実である。ソ連との戦いが始まったころ、ヒトラーは自惚《うぬぼ》れ気味にこう語った。「想像してみれば、フリードリヒ大帝は、自軍の十二倍もの敵を相手に戦ったからこそ豪傑と言われたのだ。わが軍が戦った敵は、自軍の数倍だ。これは恥ずべきことではないか？」(『ヒトラーのテーブル・トーク』より)
(32) これも事実である。二名のパイロットはヨーゼフ・プリラーとハインツ・ヴォダルチックで、このエピソードは映画『史上最大の作戦』にもおさめられている。
(33) ドイツ陸軍にはネコ科の肉食獣の名前を戦車につける伝統があり、戦争中も続いた。一九四五年以前は「ティーガー（トラ）」「パンター（ヒョウ）」などで、以降は「レオパルト（ヒョウ）」「ルクス（オオヤマネコ）」「ゲパルト（チーター）」など。

（34）断種は、肉体的・精神的障害者の増殖を案じたナチスの解決策だった。「肉体的な障害」の解釈はあいまいで、メガネを手放せない人まで懐疑の目で見られることもあった（だが、迫害まではいかなかった）。断種は偶発的ではなく、一九三四年から一九四五年までのあいだ「遺伝的疾患をもつ子孫を避けるための法（優生断種法）」に基づいて実施された。強制的に措置を受けた人は四〇万人を超え、そのうち女性六〇〇〇人と男性六〇〇人が手術の結果、死亡した。

（35）ヒトラーは加齢とともに遠視になったが、「眼鏡をかけていた」と後世の人間に伝えられることを嫌った。そのため、書類の文字を大きくするよう命じていた。眼鏡をかけている人間について、ヒトラーは次のように述懐している。「一八九九年にすでに学問の世界で誤りだと証明されたものごとを、一九三三年の高等学校はまだ生徒に教えている。若者がそんなに書物を読んでばかりいると、百年後の世の中には眼鏡をかけた人間ばかりになってしまう。脳の部分はますます肥大するだろう。そんな人間はいったいどんな外観になっているだろうか？」（『独白録』より）

（36）想像しがたいことだが、筋金入りの民族主義者の目には世界はこのように見えている。つまり、南の人間が思い悩んでいるところにアーリア人が来たおかげで寺院やピラミッドやその他の大きな建物が作られたのであって、アーリア人が来なければそれらは作られなかったということだ。人種主義的イデオロギーに従って解釈すると、アーリア人は「文化の担い手」の役割を果たしたことになる。こうした考え方はしかし、けっしてナチスの専売特許ではない。ナチスよりずっと前からそれは存在するし、今日もなおどこかで使われている。国家主義的な原理に基づく国を建てようと思う者はたいてい、過去の歴史の中に、自分の探す証拠を――たとえば、「自分の祖先はよその祖先よりも先にその場所に住んでいた」とか「よその祖先が無為に過ごしているあいだに、うちの祖先はすごい仕事を成し遂げた」などの証拠を――見つけ出そうとする。

(37) 発明家のコンラート・ツーゼ（一九一〇～一九九五）は、世界で最初にコンピュータの原型を作った人物である。その研究資金はナチスから提供された。

(38) ドイツは一九四一年五月、パラシュート隊による攻撃でクレタ島を征服し、一九四五年五月八日に降伏するまで島を掌握した。各地で徐々に劣勢になる中、戦争が終わったときまでクレタに軍が駐留しつづけたのは驚きである。

(39) ヒャルマル・シャハト（一八七七～一九七〇）。一九三〇年まで帝国銀行総裁をつとめ、一九三三年から一九三九年までヒトラーの配下にあった。軍備拡張のためには欠かせない存在だったが、無任所相（特定の行政事務を分担・管理しない国務大臣）のときにヒトラーの政策を批判し、解任される。一九四四年七月二十日の暗殺未遂事件後、関与を疑われて逮捕。ニュルンベルク裁判では無罪判決。ヒトラーはシャハトについて「ごまかす必要があるときに、なくてはならない人物」と述べた（『独白録』より）。

(40)　アドルフ・ミュラー（一八八四〜一九四五）は出版者で、〈民族の観察者〉を発行した。ヒトラーに車の運転を教えたエピソードは、ヒトラー自身が語っている。

(41)　「ウィキペディア」はもちろん「ヴァイキング」に由来しない。ハワイ語で「速い」を意味する「ウィキ」から来ているというのが通説である。

(42)　冬季援助活動は、募金を土台にした市民援助組織。公共の社会福祉の負担を軽減することや民族の連帯を高めることなどを目的とした。募金は強制ではなかったが、しない者はまわりから白い目で見られ、独裁者から直接圧力をかけられるのと大差なかった。冬季援助活動には男女合わせて一〇〇万人以上が金銭や物品集めに奔走した。それゆえ、一九五八年の映画『僕らは素敵な子どもたち』に出てくる「募金箱の歌」は人気を集めた。

(43)　ヒトラーは「ヴォルフ」という偽名を一九二〇年代から、忍びでだれかに会ったり宿泊したりするときに使った。「ヴォルフスシャンツェ」の名もここからきている。

(44)　「人狼部隊」はゲリラ組織の一種で、一九四四年から、占領された地域で連合軍への攻撃を行うはずだった。だが、実際にはその活動で多少なりとも注目されたのは、アメリカ軍の息のかかったアーヘン市長フランツ・オッペンホフの殺害くらいだった。
(45) ヴェルナー・フォン・ブラウン（一九一二～一九七七）は月ロケットの父といわれる。一九三八年にナチスに入党。一九四〇年から親衛隊。第二次世界大戦中、イギリス、オランダ、ベルギーに数千人の死者をもたらしたミサイル兵器、V1およびV2の開発責任者。戦後はアメリカに招聘《しょうへい》された。以来、爆撃による死者について語る者は——少なくとも公の場では——いなくなった。フォン・ブラウンはヒトラーから騎士十字勲章を、ドイツ連邦共和国からは大功労十字勲章を授けられ、アメリカでは多数の名誉博士号を得た。
(46) 徐々に力を増してきていた突撃隊との軋轢《あつれき》を解消するため、ヒトラーは突撃隊長エルンスト・レーム（一八八七～一九三四）および同隊の幹部を殺害した。公式の理由は、「レームが反乱を」企てたためだとされた。
(47) ヒトラーは次のように述べている。「基本的に私は、どんな国家でも二十五年以上平和が続けば弊害が出てくると考えている。人間の瀉血《しゃけつ》と同じで、民族も自身の刷新のために血を流す必要がある」
(48) だれもが好きな「もしも……だったら」という仮定は、ヒトラーにも当てはまる。もしも一九四一年の初夏にバルカンを急襲するのではなくロシアに攻め込み、厳しい冬の到来までに六週間ほどの猶予があったら、ロシアを排除するのは可能だったのではないか？　ヒトラー自身はさまざまな見方をしていた。彼は懐疑的な気分のときは、早すぎた冬を不運だと言い、自信に満ちた気分のときはいつも神意の話を持ち出した。「冬が早く来たのは幸運だったのだ！　そうでなければわれわれはさらに二〇〇〜三〇〇キロも敵地に攻め込んでいただろう。だが――今、わかっただろう――寒さのあまり釘も割れるような環境では、道路の設営など不可能だったはずだ」（『独白録』より）

(49)　ベートマン・ホルヴェーク（一八五六〜一九二一）はドイツの政治家で、一九〇九年から一九一七年まで帝国宰相をつとめた。ヒトラーは次のような人物評を述べている。「ひきかえ、ベートマン・ホルヴェークという男がつっかえつっかえ話す様子はなんとも見苦しい。ホルヴェークの演説はたしかに機知に富んでいるように見えるが、そのじつ、無能をさらけ出しているだけだ。彼は自分にすらわからないことを国民に向けて語ろうとしている」（『わが闘争』より）

(50)　一九三五年のドイツではすでに（二十四時間ずっとではないが）定期的にテレビ放送が行われていた。一九三六年のオリンピックのあいだ、送信出力は大きく増大した。だが当時はそれぞれの家庭で見るよりも、現在のパブリック・ビューイングのような視聴室に集まって見るのがふつうだった。テレビにはむろんヒトラーも「何度か」出ていた。

(51)　ビアホール「ホーフブロイケラー」はヒトラーがミュンヘンで最初に足を踏み入れた場所のひとつだ。当時の収容人数は一三〇〇人程度。ヒトラーがナチスをほとんどゼロから立ち上げ、巨大政党に育て上げたことは否定できない。

（52）第一次世界大戦後に非武装化されたラインラントに進駐することは条約違反であり、ヒトラーの初期のはったりのひとつだった。当時のヒトラーは、フランスに対抗できるだけの軍事力はまったく備えていなかった。だがフランスは反撃をせず、ヒトラーは二つのことを学んだ。ひとつは「厚かましさは国内政治のみならず国際政治においても勝利をもたらす可能性がある」こと。もうひとつは、「こんな行動に出られる強靭な神経を他人は持ちあわせていない。それができる自分は神意によってこの世に送られた」という確信だ。ラインラント進駐は的確ではあったが、けっして神業ではない。危険にさらされる軍隊や人々のことを気にも留めない人間なら、強靭な神経がなくてもそれができたはずだ。

（53）『独白録』によれば四人の女とは、ゲルディ・トロースト、ヴィニフレート・ワーグナー、ゲルトルート・ショルツ＝クリンク、レニ・リーフェンシュタールだった。ゲルディ・トロースト（一九〇四〜二〇〇三）は、ミュンヘンのケーニヒス広場に総統官邸を建てた建築家パウル・トローストの未亡人。ヴィニフレート・ワーグナー（一八九七〜一九八〇）はリヒャルト・ワーグナーの義理の娘で、一九四四年までバイロイト音楽祭を主催した。一九二六年にナチスに入党し、ヒトラーとは「君（ドゥ）」で呼びあう親しい仲だった。ゲルトルート・ショルツ＝クリンク（一九〇二〜一九九九）はナチスの女性組織である国家社会主義女性同盟の指導者だったが、不思議にも戦後、いっさい咎《とが》めを受けることがなかった。

(54)　秘書のトラウデル・ユンゲほかの報告によれば、ヒトラーは特別な機会にしか酒を飲まず、飲むのは甘口の貴腐《きふ》ワインが多かった。ヘンリー・ピッカーは次のように書いている。「ヒトラーが何より好んだ飲み物はドイツ産のさわやかなミネラルウォーターで、とくにファッヒンゲンの水が気に入りだった。まれに健康的なビールを飲むこともあったが、それはバイエルン地方のホルツキルヒェにある小さな工場でヒトラーのために特別に作らせた、アルコール濃度を二パーセントに抑えたビールだった。やむなくシャンパンを飲んだときにはかならず、酢水でも飲んだように顔をしかめていた。唯一飲めるのはドイツ産の甘口貴腐ワインだった」。ヨアヒム・フェストによれば、ミュンヘン時代の最初のころのヒトラーは、「ワインにひと匙《さじ》の砂糖を入れて飲んでいた」らしい。

(55)　ヨーロッパ諸国を敵視するこの辛辣《しんらつ》なジョークは、実際の〈ビルト〉紙からの引用である。「がめついギリシャ人」という見出しも〈ビルト〉の表紙を始終飾っている。こうした中傷的な文言については、www.bildblog.deを参照。

(56)　ゲリ・ラウバルが自殺したあと、彼女は妊娠していたという噂が立った。

(57)　「この世に存在する服装のうちもっとも健全なのは、疑いなく、丈の短いレーダーホーゼに短靴とハイソックスをあわせたものだ。わが国には、冬のあいだじゅう短いレーダーホーゼを穿《は》き通す若者もいる。所詮は慣れの問題なのだ。ＳＳの高

地の連隊は将来、短いレーダーホーゼを装着すべきだろう」(『独白録』より)

(58)「スポーツをする政治家」に対してヒトラーはこう述懐している。「突然運動にいそしみはじめる人間を、私は嫌悪する。ふつうの人間は、突然舞台で歌をうたったりしない。だれもが卓越した技をもっているわけがない。ムッソリーニでさえ、あの情けないありさまだ。なぜあなたはスポーツをしないのかと人に問われたら、私はこう答えよう。ぶざまな姿を人前にさらさないためだと」(『独白録』より)

(59) ヨアヒム・フォン・リッベントロップ(一八九三〜一九四六)。一九三八年から一九四五年までドイツ帝国外務大臣。妻がシャンパン醸造家ヘンケルの跡取り娘だったことから、「ワイン商人」のあだ名をつけられた。戦争勃発からしばらく、外相のリッベントロップは手すきだった。当時の外交政策はおもに、攻撃、爆撃、撤退の三つから成っていたためだ。その後、占領国をユダヤ人迫害に協力させる任務を負う。ニュルンベルク裁判で死刑判決。

(60) 運命とウィーン大学の教授らによって建築家の道を阻まれたヒトラーは、それでも、建築物の設計図を描くことを好んだ。

帰《かえ》ってきたヒトラー　上

二〇一六年四月三〇日　初版発行
二〇一八年四月一〇日　16刷発行

著　者　T・ヴェルメシュ
訳　者　森内薫《もりうちかおる》
発行者　小野寺優
発行所　株式会社河出書房新社
〒一五一－〇〇五一
東京都渋谷区千駄ヶ谷二－三二－二
電話〇三－三四〇四－八六一一（編集）
〇三－三四〇四－一二〇一（営業）
http://www.kawade.co.jp/

ロゴ・表紙デザイン　粟津潔
本文フォーマット　佐々木暁
本文組版　KAWADE DTP WORKS
印刷・製本　中央精版印刷株式会社

Printed in Japan　ISBN978-4-309-46422-0

マンハッタン少年日記

ジム・キャロル　梅沢葉子〔訳〕　46279-0

伝説の詩人でロックンローラーのジム・キャロルが十三歳から書き始めた日記をまとめた作品。一九六〇年代ＮＹで一人の少年が出会った様々な体験をみずみずしい筆致で綴り、ケルアックやバロウズにも衝撃を与えた。

ロベルトは今夜

ピエール・クロソウスキー　若林真〔訳〕　46268-4

自宅を訪問する男を相手構わず妻ロベルトに近づかせて不倫の関係を結ばせる夫。「歓待の掟」にとらわれ、原罪に対して自己超越を極めようとする行為の果てには何が待っているのか。衝撃の神学小説！

孤独な旅人

ジャック・ケルアック　中上哲夫〔訳〕　46248-6

『路上』によって一躍ベストセラー作家となったケルアックが、サンフランシスコ、メキシコ、ＮＹ、カナダ国境、モロッコ、南仏、パリ、ロンドンに至る体験を、詩的で瞑想的な文体で生き生きと描いた魅惑的な一冊。

オン・ザ・ロード

ジャック・ケルアック　青山南〔訳〕　46334-6

安住に否を突きつけ、自由を夢見て、終わらない旅に向かう若者たち。ビート・ジェネレーションの誕生を告げ、その後のあらゆる文化に決定的な影響を与えつづけた不滅の青春の書が半世紀ぶりの新訳で甦る。

ハローサマー、グッドバイ

マイクル・コーニイ　山岸真〔訳〕　46308-7

戦争の影が次第に深まるなか、港町の少女ブラウンアイズと再会を果たす。ぼくはこの少女を一生忘れない。惑星をゆるがす時が来ようとも……少年のひと夏を描いた、ＳＦ恋愛小説の最高峰。待望の完全新訳版。

［ウィジェット］と［ワジェット］とボフ

シオドア・スタージョン　若島正〔編〕　46346-9

自殺志願の男、女優を夢見る女……下宿屋に集う者たちに、奇蹟の夜が訪れる——表題作の中篇他、「帰り道」「必要」「火星人と脳なし」など全六篇。孤高の天才作家が描きつづけたさまざまな愛のかたち。

輝く断片

シオドア・スタージョン　大森望〔編〕　46344-5

雨降る夜に瀕死の女をひろった男。友達もいない孤独な男は決意する——切ない感動に満ちた名作八篇を収録した、異色ミステリ傑作選。第三十六回星雲賞海外短編部門受賞「ニュースの時間です」収録。

不思議のひと触れ

シオドア・スタージョン　大森望〔編〕　46322-3

天才短篇作家スタージョンの魔術的傑作選。どこにでもいる平凡な人間に“不思議のひと触れ”が加わると……表題作をはじめ、魅惑の結晶「孤独の円盤」、デビュー作「高額保険」ほか、全十篇。

カリブ諸島の手がかり

T・S・ストリブリング　倉阪鬼一郎〔訳〕　46309-4

殺人容疑を受けた元独裁者、ヴードゥー教の呪術……心理学者ポジオリ教授が遭遇する五つの怪事件。皮肉とユーモア、ミステリ史上前代未聞の衝撃力！〈クイーンの定員〉に選ばれた歴史的な名短篇集。

大いなる遺産 上・下

ディケンズ　佐々木徹〔訳〕　46359-9　46360-5

テムズ河口の寒村で暮らす少年ピップは、未知の富豪から莫大な財産を約束され、紳士修業のためロンドンに旅立つ。巨匠ディケンズの自伝的要素もふまえた最高傑作。文庫オリジナルの新訳版。

ロビンソン・クルーソー

デフォー　武田将明〔訳〕　46362-9

二十七歳の時に南米の無人島に漂着した主人公が、自己との対話を重ねながら、工夫をこらして農耕や牧畜を営んでいく。近代的人間の原型として、多様なジャンルに影響を与えた古典的名作を読みやすい新訳で。

アメリカの友人

パトリシア・ハイスミス　佐宗鈴夫〔訳〕　46106-9

トムのもとに、前科がなくて、殺しの頼める人間を探してくれとの依頼がまいこんだ。トムは白血病の額縁商を欺して死期が近いと信じこませるが……。ヴィム・ヴェンダース映画化作品！

ジャンキー

ウィリアム・バロウズ　鮎川信夫〔訳〕　46240-0

『裸のランチ』によって驚異的な反響を巻き起こしたバロウズの最初の小説。ジャンキーとは回復不能になった麻薬常用者のことで、著者の自伝的色彩が濃い。肉体と精神の間で生の極限を描いた非合法の世界。

裸のランチ

ウィリアム・バロウズ　鮎川信夫〔訳〕　46231-8

クローネンバーグが映画化したW・バロウズの代表作にして、ケルアックやギンズバーグなどビートニク文学の中でも最高峰作品。麻薬中毒の幻覚や混乱した超現実的イメージが全く前衛的な世界へ誘う。

勝手に生きろ！

チャールズ・ブコウスキー　都甲幸治〔訳〕　46292-9

ブコウスキー二十代を綴った傑作。職を転々としながら全米を放浪するが、過酷な労働と嘘まみれの社会に嫌気がさし、首になったり辞めたりの繰り返し。辛い日常の唯一の救いは「書くこと」だった。映画化原作。

塵よりよみがえり

レイ・ブラッドベリ　中村融〔訳〕　46257-8

魔力をもつ一族の集会が、いまはじまる！　ファンタジーの巨匠が五十五年の歳月を費やして紡ぎつづけ、特別な思いを込めて完成した伝説の作品。奇妙で美しくて涙する、とても大切な物語。

カーデュラ探偵社

ジャック・リッチー　駒月雅子／好野理恵〔訳〕　46341-4

私立探偵カーデュラの営業時間は夜間のみ。超人的な力と鋭い頭脳で事件を解決、常に黒服に身を包む名探偵の正体は……〈カーデュラ〉シリーズ全八篇と、新訳で贈る短篇五篇を収録する、リッチー名作選。

クライム・マシン

ジャック・リッチー　好野理恵〔訳〕　46323-0

自称発明家がタイムマシンで殺し屋の犯行現場を目撃したと語る表題作、MWA賞受賞作「エミリーがいない」他、全十四篇。『このミステリーがすごい！』第一位に輝いた、短篇の名手ジャック・リッチー名作選。

著訳者名の後の数字はISBNコードです。頭に「978-4-309」を付け、お近くの書店にてご注文下さい。